Theodor Much

Noah & Co – und andere Geschichten

Theodor Much

Noah & Co

und andere Geschichten

Eine Satire

EDITION VA BENE

Der Verlag legt großen Wert darauf, daß seine Bücher der alten Rechtschreibung folgen. Die Entscheidung bezieht sich auf die Sinnwidrigkeit der meisten neuen Regeln und darauf, daß sie sich gegen die deutsche Sprache selbst richten.

Gedruckt mit Unterstützung des Bundeskanzleramtes – Sektion Kunst, der Stadt Wien, Magistratsabteilung 7-Kultur, und des Amtes der NÖ Landesregierung, Abteilung Kultur und Wissenschaft.

BUNDESKANZLERAMT KUNST

Die Deutsche Bibliothek – CIP-Einheitsaufnahme

Much, Theodor
Noah & Co – und andere Geschichten / Theodor Much. –

Wien ; Klosterneuburg : EDITION VA bENE, 2006.
(Eine Satire)
ISBN-10 3-85167-186-4
ISBN-13 978-3-85167-186-5

E-Mail: edition@vabene.at
Homepage: vabene.at

Umschlaggestaltung: Brigitte Schwaiger, Wien
Illustrationen: Reija Haavisto, Rovaniemi, Finnland
Satz und Druckvorlage: B&R-Satzstudio, Graz
Druck: Druckerei Theiss GmbH, A-9431 St. Stefan
Produktion: adpl-solutions Druckdenker GmbH, Wien

Printed in Austria

ISBN-10 3-85167-186-4
ISBN-13 978-3-85167-186-5

INHALTSVERZEICHNIS

VORWORT

In Zeiten, in denen dänische Karikaturen über den Propheten Mohammed weltweit zu brennenden europäischen Flaggen, Botschaften und Kulturinstituten führen, in Zeiten, in denen wegen der zeichnerischen Verspottung des muslimischen Glaubens sogar schon Menschen getötet werden, müßte man sich angesichts der vorliegenden Kurzgeschichten Sorgen machen um die Sicherheit Österreichs, österreichischer Einrichtungen und, ja, sogar um das Privathaus des Autors.

Denn die subversiven Geschichten rund um die Bibel, oder besser: rund um die jüdische Thora, könnten, nein: müßten jüdische Fundamentalisten weltweit auf den Plan rufen, allen voran die vielen Anhänger und Mitglieder der sefardisch-orthodoxen Schass-Partei in Israel, dessen geistiges Oberhaupt, Rabbi Ovadia Jossef, mehr als einmal als „Vorbild" für fanatischen Irrsinn bei Theodor Much herhalten muß.

Und wen wundert 's? Rabbi Jossef, gewiß einer der größten Talmudgelehrten der Gegenwart, hat sich durch menschenverachtende und rassistische Äußerungen mehr als einmal hervorgetan und könnte so manchen muslimischen oder christlichen Fundamentalisten als „Bruder im Geiste" erkennen. Auschwitz als Strafe Gottes für sündige Juden zu „begreifen", Palästinenser als „Betriebsunfall« des göttlichen Schöpfungsprozesses zu interpretieren und sie mit Synonymen aus der kriechenden Tierwelt zu versehen, das zeugt wahrlich nicht vom humanistischen Geist, der den jüdischen Schriften innewohnt.

Und genau hier setzen Theodor Muchs Geschichten an. Was vordergründig als Veräppelung der Thora erscheinen mag, ist nichts als ein verzweifelter Aufschrei gegen die Pervertierung der Heiligen Schriften durch kleinkarierte, selbsternannte Frömmler, die in ihrer manischen Gefolgschaft gegenüber dem, was sie für „göttlich“ halten, das menschliche Augenmaß, den „common sense“ verloren haben, vorausgesetzt, sie hätten ihn je gehabt.

Der Autor liebt die Thora: als großartiges Buch über das menschliche Ringen um den Sinn des Lebens, als Versuch, den richtigen, „mittleren“ Weg im Alltäglichen zu finden, als Anleitung für ethische Normen, die das Leben auf diesem Planeten, der wahrlich alles andere als paradiesisch ist, erträglicher machen sollen.

Und er haßt all diejenigen, die mit ihrem Ausschließlichkeitsanspruch diese Welt zur absoluten Hölle machen.

„Wo ist der Mensch geblieben?“ fragt ein genervter, ungeduldiger Gott im „Interview mit Gott“. Wo ist der Mensch geblieben – das ist die zentrale Frage aller hier versammelten Texte. Eine Frage, die Gott bereits in der Thora vor Tausenden von Jahren gestellt und die heute nichts an Aktualität und Brisanz verloren hat.

Wo ist der Mensch geblieben? In Auschwitz damals, ebenso wie heute in Israel, in den palästinensischen Gebieten, in Teheran, in Bagdad, in Abu Ghraib, in Tschetschenien, in Sarajewo, in Ruanda, in Nordirland, aber auch: in Wien und Berlin, in Paris und London, in Washington, Moskau und überall dort, wo zwei Menschen miteinander leben wollen oder müssen.

Wahrscheinlich kann man diese Welt des 21. Jahrhunderts nur mit einer Portion Spott und Ironie ertragen, so wie Theodor Much dies in seinen Geschichten vormacht.

Und er kann sich sicher sein, daß weder Österreich noch sein eigenes Haus in Flammen aufgehen werden. Die jüdischen Fundamentalisten haben den globalen Kampf gegen alle „Ungläubigen« nicht auf ihre Banner geschrieben. Dazu sind sie zu hochmütig – sie nehmen ihre Gegner nicht ernst, gestehen ihnen keine Gleichwertigkeit zu. Das ist in der Sache grauenvoll, in der Realität freilich angenehmer als der Fundamentalismus vieler anderer Gruppen. Und es wäre auch schwierig für jüdische Fundis, gegen Theodor Much loszuziehen, denn dieser bedient sich einer urjüdischen Waffe: des Humors und der Selbstironie, die dem jüdischen Volk in schwierigsten Zeiten noch stets geholfen hat, irgendwie zu überleben. Auch Theodor Much möchte im Auge des Sturms überleben. Und versucht seinen Lesern einen kleinen Weg zu weisen, wie dies möglich sein könnte. Das ist ein großes Anliegen, aber es geht schließlich um viel, um die Bewahrung der menschlichen Vernunft. Dafür lohnt es sich zu kämpfen. Und wenn man dabei noch Schmunzeln kann – was will man mehr?

Richard Chaim Schneider

München/Tel Aviv, Februar 2006

Widmung

Unter allen Lebewesen auf Erden besitzt nur der Mensch die Fähigkeiten, rational denken zu können, Kritik zu formulieren, einen Sinn für Humor zu entwickeln und gerecht zu handeln.

Wer an Gott glaubt, muß wohl akzeptieren, daß all diese Fähigkeiten Gaben Gottes sind, und daß der Nichtgebrauch dieser geistigen Werkzeuge einem Sakrileg gleichkommt.

Ich widme daher dieses Buch all denjenigen, die dieses Sakrileg nicht begehen.

Theodor Much

Baden, 13. 2. 2006

Mit viel Fantasie gegen Fundis

Theodor Much hat eine überbordende kreative Fantasie. Als Arzt dürfte der Mann weder beim Diagnostizieren noch beim Therapieren je in Verlegenheit geraten. Aber Arzt ist er ja nur im Haupt- und Brotberuf. Nicht nur das Rezept-, sondern auch das Buchschreiben geht ihm leicht von der Hand. Der Band „Judentum, wie es wirklich ist" aus dem Jahr 1997 etwa enthüllte das von Vielfalt geprägte Gesicht des modernen Judentums und hat auch bei Nichtjuden große Aufmerksamkeit gefunden. Diesmal ist nicht Information, sondern Polemik sein Anliegen. Er knöpft sich, was er schon seit langem mit Leidenschaft tut, die Fundamentalisten von Religionen und Pseudoweltanschauungen vor, freilich nicht mit erhobenem Zeigefinger, sondern mit pädagogischer List, indem er schildert, welche praktische Konsequenzen ihr Beharren auf wörtlicher Auslegung ihrer „allein wahren" Lehren hätte.

Zentrales Lehrstück der 13 Essays des vorliegenden Buches ist das himmlische Tagebuch eines verstorbenen Reformrabbiners („Willkommen im Paradies"), der die Reise ins überirdische Jenseits und das dortige Leben beschreibt. Hier nun treibt die Fanatasie des Autors wahre Paradiesblüten. Es überrascht nicht, was dabei herauskommt: Rangordnungsunterschiede (Ewiges Leben: Standard, Deluxe und Exquisite), Launenhaftigkeit des Personals, Separatparadiese für die Konfessionen – es geht wie auf Erden zu! Und dazu schreckliche Langeweile! Immer nur Manna zum Essen, nichts als Beten und Harfenmusik, kaum Sport (einmal im Jahr Heiligenscheinweitwerfen).

Das Sagen haben eindeutig die Fundis, die das Alter der Erde eisern mit 5766 Jahren angeben, Darwin für einen

Teufel, Frauen für zweitrangige Geschöpfe und Demokratie für Ketzerei halten. In vielerlei Anschafferfunktionen begegnen wir Rabbi Ovadia Jossef, dem geistigen Oberhaupt der Schass-Partei. Er ist nicht die einzige Personenanleihe aus dem heutigen Israel. Der Autor hält den Rabbiner, der Auschwitz als Strafe Gottes für zur Erde zurückgekehrte sündige Juden der früheren Geschichte erklärte, für einen Kronzeugen gegen den barbarischen Widersinn eines extremen religiösen Fundamentalismus.

Theodor Much zielt auch auf andere Entartungen des gesunden Menschenverstandes: etwa den politreligiösen Messianismus des George W. Bush oder die quasireligiöse Suche nach ewiger Jugend und Schönheit mit Hilfe esoterischer Ersatzmedizinen. In einer Zeit, in der immer mehr Formen der Anti-Moderne, etwa auch die Ablehnung jeglicher Globalisierung, in fundamentalistischen Gewändern auftreten, sollte man die versuchte Ideologisierung solcher Trends nicht unterschätzen.

Es ist dem Autor sicher kein Anliegen, die Bibel zu verspotten, wohl aber deren allzu selbstgerechte Ausdeuter und Gotteserklärer als Scharlatane zu entlarven. Die Botschaft des Buches ist eindeutig: Auch Religion müßte sein, was sie von ihren Anhängern erwartet – Vorbild in Demut, Bescheidenheit, ein Ja zu Vielfalt, Gleichwertigkeit und Toleranz.

Dafür kann man gar nicht zuviel Fantasie aufwenden.

Hubert Feichtlbauer

PROLOG

„Angesichts der Tatsache, daß Gott die Intelligenz des Menschen einschränkte, scheint es unfair, daß er dies nicht auch mit seiner Dummheit tat." Konrad Adenauer

„Zwei Dinge sind unendlich: das Universum und die menschliche Dummheit; aber bei dem Universum bin ich mir nicht ganz sicher." Albert Einstein

Die hier veröffentlichten satirischen (teilweise satirisch-utopischen) Geschichten sind für all die wißbegierigen Leser gedacht, die darauf brennen, endlich, und aus erster Hand, zu erfahren wie es sich tatsächlich im Jenseits lebt („Willkommen im Paradies"); was Noah – der Erbauer der Arche – in seinen (unlängst entdeckten) Memoiren uns zu sagen hat („Noah und Co"); wie Außerirdische unsere Weltgeschichte – seit jeher – manipulieren („Ein Tag im Leben von Klein-Popo"); was die Auferstehung der Toten mit sich bringt („Auferstanden"); weswegen es sich lohnt, ein Bösewicht zu sein („König Avid"); wie ein treuer Hund die Befehle seines Herrn interpretiert („Gedanken eines erleuchteten Vierbeiners"); oder ob ganzheitliche Verjüngungskuren immer von Erfolg gekrönt sind („Adonis"). Selbst das allererste Exklusivinterview mit dem lieben Gott („Ein Interview mit Gott") will ich meinen Lesern nicht vorenthalten.

Doch Vorsicht: Die Erzählungen sind nicht immer ganz harmlose Satiren, denn sie wenden sich – vielleicht nicht immer sofort ersichtlich –, gegen jene in aller Welt weitverbreiteten Geisteshaltungen, die man unter den Begriffen „religiöser Fundamentalismus", „Intoleranz", „Aberglaube" und übermäßige „Leichtgläubigkeit" zusammenfassen kann.

Religiöse Fundamentalisten glauben an die absolute Unfehlbarkeit der heiligen Schriften. Für sie sind diese Schriften „Gottes wörtliches Diktat", Worte, an denen es „nichts zu deuten gibt." Falls nun die Aussagen der Schriften im Widerspruch zu modernen wissenschaftlichen Erklärungen geraten, dann hat die Wissenschaft immer unrecht, die überlieferte heilige Schrift ist „immer im Recht." Wenn beispielsweise Traditionalisten verkünden, daß „die Welt vor genau 5766 Jahren – und nur in 6 Tagen – erschaffen wurde; es niemals eine Evolution der Arten (und natürlich auch keine Dinosaurier) gab; der biblische Noah 930 Jahre alt wurde; die Erde im Zentrum des Universums steht; und eine Neuinterpretation der Schriften im Sinne von Aufklärung, Nächstenliebe und Wissenschaft nicht stattfinden darf, dann ist das Fundamentalismus pur.

Religiöse Fundamentalisten stehen immer in Opposition gegen die Modernität, sie negieren den menschlichen Pluralismus und verteidigen ihre „Werte" unter Einsatz fast aller möglichen und unmöglichen Mittel. Sie betreiben – wie Erich Fromm es einmal zutreffend ausdrückte – Götzendienst und versuchen, das Rad der Zeit zurückzudrehen.

Doch auch Unwissenheit, die Bereitschaft weiter Bevölkerungskreise, neue „Heilslehren" ungeprüft zu übernehmen, Vorurteile und Aberglauben zu konservieren (etwa der blinde Glaube an Horoskope, Mondeinflüsse, diverse alternativmedizinische und esoterische Heilslehren), sind auch heute noch – und in allen Religionen und Bevölkerungsschichten – häufig anzutreffen.

Hierzu eine wahre Geschichte: Vor einiger Zeit wollte ein offensichtlich aufgeklärter Bürger unserer Stadt (Karikaturist einer angesehenen österreichischen Tageszeitung) einer orthodox-religiösen Schule in Wien seine komplette Sammlung von „National Geographic“ spenden. Eine Lehrerin der Schule war von der angebotenen Spende zunächst sehr angetan und dankte dem Mann überschwenglich für die großzügige Gabe. Kurze Zeit später erhielt der edle Spender einen neuerlichen Anruf eben dieser Lehrerin, wobei sie sich bei ihm erkundigte, ob in diesen wissenschaftlichen Zeitschriften auch Dinosaurier erwähnt werden. Als der Mann dies bejahte, sagte sie, daß solche Schriften der Jugend nicht zumutbar wären und bat ihn, von der Spende Abstand zu nehmen.

Viele Wege führen bekanntlich nach Rom.

Auch die ironische Auseinandersetzung mit all den bereits oben erwähnten Manifestationen der menschlichen Dummheit (bzw. den Auswüchsen des religiösen Fundamentalismus), ist eine der möglichen „nach Rom führenden Wege“ im Kampf gegen das ewig Gestrige.

Ausgangspunkt vieler meiner Erzählungen ist die hebräische Bibel (auch „Altes oder Erstes Testament“ genannt), und hier vor allem das Buch Genesis, auf das sich religiöse Fundamentalisten bei der Negierung wissenschaftlicher Erkenntnisse oder Bekämpfung von religiös-liberalen Strömungen mit Vorliebe beziehen.

Meine Geschichten sollen auf keinen Fall mißverstanden werden. In ihnen wird nicht „die Bibel“ kritisiert, sondern nur der Mißbrauch dieses wunderbaren und einzigartigen Werkes durch Einzelpersonen oder Gruppierungen, denen Menschrechte, Toleranz und Aufklärung ein Dorn im Auge sind.

Da das Judentum und auch (wahre) Vorkommnisse im Staat Israel in einigen der Erzählungen eine wesentliche Rolle spielen, möchte ich an dieser Stelle auf das ausführliche *Glossar* (in dem Namen und Fachausdrücke erklärt werden) hinweisen.

Theodor Much

Baden, Winter 2005/6

1.

Adonis – eine fast wahre Geschichte

Auf Anraten meines guten Freundes N. Ebbich betrat ich an einem grauen, wolkenverhangenen Herbsttag die Klinik für Ganzheitsmedizin und Schönheitsvorsorge „True Beauty“. Als Mann in den besten Jahren hatte ich bisher – wie der tägliche wohlgefällige Blick in den Spiegel mir bewies – eigentlich nicht den geringsten Anlaß, mich noch mehr zu verschönern oder mir Sorgen um die Gesundheit zu machen: Weswegen ich also N. Ebbichs Rat gefolgt bin, weiß also der Kuckuck.

Am prunkvollen, mit Marmor verzierten Patientenschalter wurde ich sogleich von einer bezaubernden, großbusigen, ewig lächelnden Blondine in Empfang genommen, die – nach Aufnahme meiner Personalien (und einigen diskreten Fragen nach Beruf, Einkommen und Bankverbindungen) – mich in ein elegant möbliertes Wartezimmer führte, an dessen blendend weißen Wänden Ölgemälde niederländischer Landschaftsmaler des 17. Jahrhunderts zu bewundern waren.

Nach nur kurzer Wartezeit – ich war ja erfreulicherweise der einzig wartende Klient – bat mich die entzückende Blondine, in ein geräumiges, helles, modernst ausgestattetes Ordinationszimmer einzutreten, mich komplett zu entkleiden und auf einer Untersuchungsliege Platz zu nehmen.

Folgsam entsprach ich ihren Anweisungen, entkleidete mich und sprang elegant und elastisch auf die in Mattgrün gehaltene Liege.

Nun betrat ein wahrer Gott in Weiß den Raum. Der großgewachsene Mediziner, ein auffallend hagerer Mensch mit stechenden blaßblauen Augen, einer weißen (Einstein-) Mähne und einem gepflegten schwarzgefärbten Spitzbart, umkreiste mich zunächst dreimal wortlos, fühlte meinen Puls, betrachtete eingehend meine Zunge und schaute mir – mit Hilfe einer Lupe – in die Augen. Dann betastete er mit zarten langgliederigen Händen meine Haut, klopfte mit geballter Faust einige Körperstellen ab, ließ wieder von mir ab, umkreiste mich erneut, räusperte sich und begann mit einer tiefen beruhigenden Stimme auf mich einzureden. Er erklärte mir mit großem Ernst, was für ein Glück ich hätte, gerade noch rechtzeitig in seine Obhut gekommen zu sein, und daß er mir – anders als die ahnungslosen Schulmediziner – mit Sicherheit werde helfen können, sämtliche schweren Leiden zu kurieren.

Auf meinen schüchternen Einwand, daß mir – soweit ich es beurteilen könne – nichts fehle, meinte er belehrend, daß es äußerst gefährlich sei, die deutlichen Anzeichen einer frühzeitigen Alterung, verminderter Leistungsfähigkeit und die vielen in mir schlummernden Entzündungsherde – alles Folgen einer unsinnigen Polioimpfung in meiner Kindheit – zu ignorieren.

In diesem Augenblick wurde mir bewußt, wie wenig ich bisher für meine Gesundheit getan hatte und wie groß der diesbezügliche Nachholbedarf sei. Ich bat ihn daher inständig, alles Menschenmögliche gegen diesen von ihm diagnostizierten Körperverfall zu unternehmen.

Nachdem ich mich wieder anziehen durfte – was mir trotz frühzeitiger Vergreisung ohne fremde Hilfe gelang –, erläuterte mir der Gott in Weiß die große Bedeutung von Vitaminen, Mondeinfluß, Mozartblüten und Edelsteinen für Körper und Geist und erwähnte beiläufig, daß eine von ihm unlängst erfundene, garantiert naturbelassene Vitamin-Mozartblüten-Creme – selbst zu diesem sehr fortgeschrittenen Zeitpunkt meines Verfalls – imstande sei, all die von ihm bei mir diagnostizierten Leiden zu kurieren. Dankbar für diesen therapeutischen Hinweis bat ich ihn händeringend, mir sein Wundermittel zur Verfügung zu stellen, ein Ansinnen, das er nach kurzem Zögern offensichtlich akzeptierte, denn er beauftragte die entzückende Blondine, mir eine Großpackung der Creme auszuhändigen. Ergeben schüttelte ich ihm die Hand und versprach hoch und heilig, die Medizin gewissenhaft nach Anweisung zu verwenden.

Nachdem wir uns herzlich voneinander verabschiedet hatten, wankte ich auf altersschwachen Beinen zum Empfangsschalter und erhielt dort gegen Barzahlung – es waren läppische 1000 Euro (für Untersuchung, Beratung und Medizin) – eine versilberte 50-Gramm-Dose der kostbaren Creme.

Zum Abschied ermahnte mich die bezaubernde Blondine, die Creme zweimal täglich in die Bauchhaut einzumassieren und wünschte mir mit allerliebster Stimme „gute Besserung".

Zu Hause angekommen – meine Frau war gerade beim Friseur – eilte ich sofort in das Badezimmer und betrachtete mich im Lichte der neuen medizinischen Erkenntnisse eingehend im Spiegel. Erstaunt über meine bisherige Ignoranz im Umgang mit dem eigenen Körper bemerkte ich sogleich mehrere graue Strähnen in meinem ansonsten blonden Kopfhaar, außerdem einige braune Flecken an meiner welken Gesichts- und Brusthaut, einen kleinen Bierbauch und ein schlaffes, offensichtlich vorzeitig geschrumpftes Genitale. Doch das alles konnte mir nichts ausmachen, denn ich wußte ja, daß all diese ersten Anzeichen des körperlichen Verfalls – dank der neuen Wundercreme – bald Vergangenheit sein würden.

Schon nach zwei Wochen gewissenhaft durchgeführter Selbstbehandlung bemerkte ich ein wohltuendes Kribbeln im Brust- und Genitalbereich; den neuerlich etwas vermehrten (harmlosen) Haarausfall brachte ich mit dem beruflichen Streß der vergangenen Tagen in Zusammenhang.

Nach weiteren zwei Wochen – in der Zwischenzeit bemerkte ich eine deutliche Größenzunahme meiner Brüste und einige kahle Stellen auf meinem Schädel – bat ich telefonisch um einen neuen Termin in der „True Beauty Klinik". Noch am gleichen Tag empfing mich der Gott in Weiß in seinem noblen Büro. Erneut mußte ich auf der grünen Liege entkleidet Platz nehmen, und nach eingehender Untersuchung – dieses Mal unter Hinzuziehung einer älteren und sehr kompetenten Spezialistin für die alles durchdringende universelle Energie – teilte mir der Arzt freudenstrahlend mit, daß all die von mir angegebenen Erscheinungen in Wirklichkeit positiv zu bewerten wären, weil natürlich einsetzende Entgiftungsmechanismen meines Körpers, die dank der Creme nun langsam in Gang kämen, gewisse – unbedeutende – Nebenwirkungen erzeugen. Er empfahl mir seine Creme ab sofort dreimal anstatt zweimal täglich anzuwenden und, aufgrund der neuen Untersuchungsergebnisse, in Zukunft auf eiweißhaltige Nahrungsmittel, Kaffee, Tee und Kartoffeln zu verzichten und mir außerdem – dringend – sämtliche Zähne (die er als Entzündungsherde infolge von Amalgamplomben diagnostizierte) reißen zu lassen.

Dankbar für seine brillante Diagnostik stimmte ich all dem zu und bat ihn, unverzüglich ans Werk zu gehen.

Erleichtert, entgiftet und zahnlos beglich ich drei Stunden später meine Schulden (dieses Mal waren es nur 2000 Euro für Diagnose und Zahnextraktion) und verließ beschwingten Schrittes die Klinik für Ganzheitsmedizin und Schönheitspflege.

Dann vergingen weitere drei Wochen, die ich zum Teil – aus beruflichen Gründen – im Ausland verbrachte. Abgemagert, völlig kahl und zahnlos, dafür aber mit gewaltigen Brüsten versehen (um die mich so manche Sexbombe beneiden würde), kehrte ich heim und konnte zu meiner großen Freude feststellen, daß inzwischen ein Großteil der häßlichen braunen Gesichtsflecken verschwunden war.

Stolz präsentierte ich das erfreuliche Ergebnis meiner lieben Frau, die aber von den großen therapeutischen Fortschritten weit weniger begeistert war als ich und sich auch über meinen neu aufgetretenen Mundgeruch und mein praktisch nicht mehr vorhandenes Genitale maßlos aufregte.

Ich beschloß daher erneuert, den Gott in Weiß aufzusuchen, der mich aber – weil gerade auf einer Kongreßreise unterwegs – erst zwei Wochen später empfangen konnte und nach eingehender Untersuchung sich vom Ergebnis seiner therapeutischen Bemühungen begeistert zeigte.

Die geringfügigen Nebenwirkungen der Therapie erklärte er mir völlig überzeugend mit der derzeit ungünstigen Konstellation der Gestirne und der seit Wochen verstärkten Sonnenaktivität. Zusätzlich empfahl er mir, einen Antitachyonenblocker zum Schutz vor der so gefährlichen Weltraumstrahlung und den von ihm gerade neu entwickelten Entschlackungstee zur Stärkung des Immunsystems und Bekämpfung der schädlichen Hefepilze im Organismus zu erwerben. Sicherheitshalber verkaufte er mir auch noch einen wertvollen, in allen Regenbogenfarben glitzernden Diamanten, den ich bei Vollmond über Nacht unter die Zunge stecken sollte.

Eine Stunde später beglich ich dankbar meine Schulden für Ordination, Antitachyonenblocker-Anwendung, Diamanten und Entschlackungstee (alles zusammen zum Sonderpreis von 7501 Euro) und begab mich auf direktem Weg nach Hause, wo ich zwei Briefe vorfand: einen Abschiedsbrief meiner lieben Frau und die Kündigung seitens meines Arbeitgebers.

EPILOG

Verjüngt, gesund und fit wohne ich seit einer Woche gemeinsam mit meinem neuen Freund (einer ehemaligen Patientin der „True Beauty Klinik") unterhalb der Brücke am Strom, der unsere schöne Stadt durchfließt, und hoffe, wenn alles gut geht und ich morgen die erste Rate der Notstandshilfe erhalte, mir endlich einen neuen Büstenhalter der Größe XL leisten zu können.

2.

Adams Wurm

Tag 1 (25. 8. 2007):

Gegen zwei Uhr morgens betrat Adam Potator seine Substandardwohnung im Keller eines halbverfallenen Hauses am Rande einer trostlosen Arbeitersiedlung in einer der breiten Öffentlichkeit unbekannten Kleinstadt irgendwo in Mitteleuropa. Schon seit achzehn Jahren war es Adams Gewohnheit, Nacht für Nacht sämtliche Kneipen seines Wohnbezirkes zu beehren und diese auf die Qualität ihrer Alkoholika zu prüfen.

Auch diese laue Sommernacht verbrachte Adam in Begleitung einiger Zechgenossen in diversen düsteren Gasthäusern und im berüchtigten „Roten Hahn." Dort untersuchte er, auf Empfehlung eines Freundes, die kombinierte Wirkung von Rotwein, Valium und Codein. Der Erfolg dieses Experiments ließ nicht lange auf sich warten und übertraf bald all seine kühnsten Erwartungen, denn schon nach dem dritten Glas Rotwein vermochte er plötzlich die hochgeistigen Gedanken seiner schon angetrunkenen Freunde zu empfangen und gleichzeitig sich mit seiner längst (im Suff) verstorbenen Frau – Xanthippe – zu unterhalten.

Für einen stocknüchternen, wissenschaftlich orientierten Zeitgenossen wären solch unerwartete telepathische Geistesgaben willkommene Geschenke des Himmels gewesen, doch für einen körperlich und psychisch degenerierten Säufer, wie es Adam eben war, erwiesen sich telepathische Fähigkeiten dieser Art als ärgerlich, störend und ermüdend.

Verwirrt und von heftigen Kopfschmerzen geplagt, beschloß er daher, so schnell es seine Füße ermöglichten (und das war nicht besonders flott), das Lokal zu verlassen und sein Heim anzusteuern. Dort glücklich angekommen, warf sich Adam – er bemühte sich nicht einmal, Mantel und Schuhe auszuziehen – auf sein vor Schmutz starrendes Bett und schlief augenblicklich ein. Doch sein wohlverdienter schwerer Schlaf war nur von kurzer Dauer, denn schon nach wenigen Minuten weckte ihn eine wohltönende, etwas fremdartig klingende Stimme, die ihm eindringlich folgende Botschaft übermittelte:

„Verehrtes unbekanntes Wesen des Planeten Erde, du hörst eine tachyonengestützte Eilbotschaft des galaktischen Imperiums; es spricht der Generalsekretär des Zentralbüros für interstellare Angelegenheiten ... (*Anmerkung des Autors: Den hier angegebenen unwahrscheinlich langen und komplizierten Namen des Sprechers wollen wir aus Platzgründen an dieser Stelle nicht erwähnen).* Wir überbringen allen Erdenmenschen den Gruß unseres allmächtigen Imperators ... *(Anmerkung des Autors: Namen und Ehrentitel tun hier nichts zur Sache)* und ersuchen dich höflich, unsere Warnung an alle Bewohner des Planeten Erde dringend zu übermitteln. Die Wissenschafter des Imperiums haben soeben festgestellt, daß euer blauer Planet in genau 60 Stunden und 12 Minuten irdischer Zeitrechnung von einem, einer Herde schwarzer Löcher entlaufenen Jungloch getroffen und komplett vernichtet werden wird. Wir bedauern die Unachtsamkeit eines unserer Lochhüter und, um den Schaden möglichst zu minimieren, werden wir in genau 48 Stunden ein Wurmloch zu deiner Wohnhöhle installieren, durch welches sich die gesamte Menschheit in ein neu eingerichtetes Reservat am Rande der Andromeda-Galaxie retten soll.

Denn wisse, daß Wurmlöcher tunnelförmige Abkürzungen in der gekrümmten Raumzeit darstellen. Sie umgehen diese Krümmung und ermöglichen so Reisen mit Überlichtgeschwindigkeiten.

Im Vertrauen auf dein Verständnis und auf gute Zusammenarbeit hoffend, grüße ich euch alle …“

Der noch von heftigen Kopfschmerzen geplagte Adam vernahm zwar die Stimme des Zentralsekretärs, doch, überzeugt, eine verrückte Halluzination zu erleben, fand er die Botschaft weder amüsant noch beachtenswert, griff erneut zu einer am Bettrand bereitstehenden Schnapsflasche, kippte den köstlichen Inhalt der Flasche in seinen durch Gastritis überreizten Magen und schlief bald den Schlaf des Gerechten.

Tag 2 (26. 8. 2007):

Schon am nächsten Tag (eigentlich war es Abend, denn solange brauchte er, um aus dem Bett zu kriechen) war der nächtliche Spuk vergessen, und Adam begab sich gemeinsam mit seinem besten Saufkumpanen Micki Fliegenfuß auf neue Abenteuer. Auch in dieser Nacht amüsierten sich beide köstlich. Adam wiederholte sein Experiment der vergangenen Nacht und konnte erneut, nach Vertilgung von zwei Litern Rotwein, Valium und Codein, die Gedanken aller Gäste des Lokals (sie kreisten lediglich um Alkohol und Sex) empfangen. Bald meldete sich auch seine geliebte, längst verstorbene Xanthippe zu Wort und überschüttete ihn mit allerlei Vorwürfen und Verwünschungen.

Gegen drei Uhr morgens torkelte er erschöpft in seine verkommene Vorstadtwohnung, und, wie schon in der Nacht zuvor, wurde er, kaum eingeschlafen, von der (dieses Mal noch viel eindringlicheren) Stimme des Zentralsekretärs des galaktischen Imperiums geweckt, der die ihm schon bekannte Botschaft übermittelte. Über die neuerliche Belästigung erzürnt, beschloß Adam, den Störenfried zu ignorieren, und nach Vertilgung des Inhalts einer weiteren bereitstehenden Schnapsflasche konnte ihn keine noch so laute Stimme mehr ärgern.

Tag 3 (27. 8. 2007):

Auch an diesem schönen Sommerabend wiederholte sich die Geschichte, und pünktlich gegen 22 Uhr betrat Adam (dieses Mal alleine, weil sein Freund Micki beim Versuch, die Stadt von der Terrasse eines siebenstöckigen Hauses aus zu überfliegen, tödlich verunglückt war) das Gasthaus „Zum Roten Hahn".

Um seiner Einsamkeit zu entrinnen, lud Adam die ihm bekannte platinblonde Witwe Eva (die, wie er, all ihre Abende in verschiedenen Spelunken verbrachte) an seinen Tisch, und bald, nach erneutem Konsum von Rotwein, Valium und Codein, war er wieder in der Lage, all die Gedanken seiner Mitmenschen zu lesen (an diesem Abend meldete sich Xanthippe nicht mehr zu Wort).

Natürlich bemerkte Adam sogleich, daß Eva durchaus gewillt war, ihn nicht nur mit Äpfeln zu verführen. Daher bat er sie, ihn in seine Wohnung zu begleiten, und Schlag ein Uhr morgens betraten beide (sich gegenseitig stützend) seine düstere und muffige Behausung. Lüstern warfen sich beide sogleich auf das schmutzstarrende Bett. Doch so sehr sie sich auch Mühe gaben, wach zu bleiben, schliefen sie sogleich und erst halb entkleidet ein.

Doch schon eine Stunde später wurde Adam von der Stimme des Zentralsekretärs des galaktischen Imperiums geweckt. Dieser wiederholte eindringlich seine – wie er sagte – „allerletzte Warnung" und kündigte an, daß in wenigen Minuten das Tor zum rettenden Wurmloch geöffnet werden würde, was dann auch innerhalb von 35 Sekunden prompt geschah.

Ein gelber Blitz, gefolgt von einem schrecklichen Donnerschlag, erhellte das Zimmer und erschreckte Eva fast zu Tode. Entsetzt sahen beide, wie gleichsam durch Zauberhand ein rund vier Meter langer und drei Meter dicker, schwarzer, orange gepunkteter Wurm aus der südlichen Schlafzimmerwand herausragte und – nach Wurmart – sich wild am Boden krümmte. Nach wenigen Sekunden erlahmte die Bewegung, und eine Öffnung von gut zwei Metern Durchmesser tat sich am freien Wurmende auf. Von wilder Panik ergriffen (und vom Alkoholgenuß noch benommen) purzelte Eva vom Bett, direkte in die Wurmöffnung, und, bevor Adam auch nur einen Finger rühren konnte, war die Frau im Wurm spurlos verschwunden. Adam erging es um nichts besser, denn auch er verlor aus Ungeschicklichkeit und mangelnder Koordinationsfähigkeit sein Gleichgewicht und stürzte kopfüber in den düsteren Schlund des Ungeheuers.

Nach beider Abgang verharrte der Wurmleib noch drei weitere Stunden regungslos am Boden von Adams Wohnung, um dann mit einem Knall spurlos zu verschwinden.

Tag 4 (28. 8. 2007):

Diesen Tag erlebten die Bewohner des Planeten Erde nicht mehr.

EPILOG

Anfrage des Wurm-Schleusenwärters im Segment Alpha der Andromeda-Galaxie an den Generalsekretär des galaktischen Imperiums:

Exzellenz, heute habe ich zwei völlig verschreckte und verwahrloste Individuen im Sieb der Schleuse aufgegriffen. Nach intensiver Befragung gaben sie an, Adam und Eva zu heißen und vom Planeten Erde (einem unbedeutenden win-

zigen Planeten im Sonnensystem X1R3) zu stammen. Anscheinend sind sie die einzigen Überlebenden ihrer Rasse nach der Kollision ihres Planeten mit einem uns unglücklicherweise entlaufenen schwarzen Jungloch. Bis zum Eintreffen weiterer Instruktionen habe ich mir erlaubt, beide Individuen im Park der Wurmlochanlage unterzubringen. Nun erholen sie sich von ihrem Schrecken unter einem Apfelbaum, dessen Frucht – wie von Ihnen vorgeschrieben – nicht gegessen werden darf. Zu ihrer eigenen Sicherheit habe ich daher eine Andromedaschlange zur Bewachung des Baumes abgestellt.

In Erwartung weiterer Instruktionen,
Euer ergebener Diener,

Erzengel Michael

3.

Noah und Co

„Gott sprach: Die Erde bringe hervor beseeltes Tier allerlei Art, Vieh, Gewürm und Wild des Landes allerlei Art. Und es geschah so. Gott machte Wild des Landes allerlei Art, Vieh allerlei Art und Gewürm allerlei Art, und Gott sah, daß es gut war." (Genesis 1.24)

* * *

„Da sprach Gott zu Noah: Mach dir eine Arche von Gofer-Holz … mach sie 150 Meter lang, 25 Meter breit und 15 Meter hoch ... ich aber will die Sintflut von Wasser auf die Erde bringen … von allen Tierarten nimm ein Paar mit … nimm jedem Tier sein Futter mit … noch 7 Tage, dann werde ich es vierzig Tage regnen lassen; … nimm von allen reinen Tieren je sieben Paare mit, aber von den unreinen Tieren nur jeweils ein Männchen und ein Weibchen … Noah machte alles genau, wie der Herr es befohlen hatte … er war damals 600 Jahre alt …" (Genesis 6,13–21; Genesis 7,2–6)

VORWORT

Wie allgemein bekannt, entdeckten vor knapp fünf Jahren amerikanische Archäologen knapp unterhalb der Spitze des Berges Ararat in 5100 Meter Seehöhe zwei mysteriöse, uralte und schon weitgehend verwitterte Steintafeln. Die mühsame Textentzifferung ist nun abgeschlossen, und das Ergebnis übertrifft die kühnsten Erwartungen der Wissenschaft. Der Text wurde von keinem Geringeren als dem biblischen Noah verfaßt, und wir sind stolz darauf, als erster Verlag der Welt unseren Lesern den endlich entzifferten und in eine zivilisierte Sprache übertragenen Text in Form einer kurzen Inhaltsangabe bekanntgeben zu können.

Bemerkenswert ist die Übereinstimmung zwischen dem uns überlieferten ursprünglichen biblischen Text und dem hier veröffentlichten Bericht Noahs.

Um unsere Leser bestens zu informieren, erlaube ich mir, einige wenige Textpassagen auch noch mit Kommentaren zu versehen.

Für die Redaktion: Prof. Dr. Dr. N. Ebbich

* * *

Noah, Sohn des Lamech, war ein gerechter Mann. Als Ausdruck seiner tiefen Dankbarkeit für diese seltene menschliche Eigenschaft opferte er täglich allen bekannten Göttern und Göttinen der Region jeweils ein Lamm aus seiner Herde.

Noah liebte auch den Wein (*Anmerkung: das berichtet ebenfalls die Bibel*), und als er eines Abends auf unsicheren Beinen in Richtung seiner Wohnhöhle wankte, hörte er plötzlich laut und deutlich die Stimme eines ihm bis dahin unbekannten Gottes, der ihm die berühmte biblische Botschaft von der bevorstehenden Sintflut übermittelte.

Die Botschaft lautete wie folgt: „Mit der Menschheit geht es zu Ende. Aus Enttäuschung über die Sündhaftigkeit der Erdenbürger, will ich – Elohim – sie alle ertränken und dazu gleich sämtliche Tiere dieser Welt. Doch weil du immer ehrlich und gerecht warst, will ich dich, deine Familie und dein Hab und Gut verschonen." Dann folgten präzise Anweisungen zum Bau einer Arche (*Anmerkung: siehe Genesis Kapitel 6)* und zwei weitere (*Anmerkung: und leicht verwirrende*) Aufforderungen: zunächst der Befehl „Von jeder existierenden Tierart je ein Männchen und Weibchen einzusammeln", und wenig später die Anweisung „von jedem reinen Tier sieben Paare und von allen unreinen Tieren nur ein Paar einzufangen und auf die

Arche zu bringen.“ Schließlich folgte noch der Befehl „sich auch um das Futter all dieser Tiere zu kümmern, und das alles innerhalb von sieben Tagen, bis zum Einsetzen des großen Regens.“

Anmerkung: An dieser Stelle muß betont werden, daß Noah, der laut Bibel (und auch nach eigenen Angaben) damals 600 Jahre alt war, für dieses doch recht hohe Alter sehr gut aussah. Er besaß zwar nur noch einen Backenzahn und keinerlei Kopfbehaarung, doch sehen und hören konnte er hervorragend. Auch andere Körperorgane funktionierten bei Noah zufriedenstellend. So erfahren wir aus der Bibel, daß er im zarten Alter von 500 Jahren drei Söhne – Sem, Ham und Jafet – zeugte. Daß die Menschen der damaligen Zeit derart alt werden konnten, verdankten sie offensichtlich zweierlei Gegebenheiten: erstens dem gesunden, chemiefreien Essen und dem Fehlen von Atomkraftwerken, und zweitens – wie wir aus dem Buch Genesis 6,1–4 erfahren – der biologischen Abstammung aus der Verbindung von menschlichen Frauen mit Söhnen von Göttern. Da, wie uns die Weisen versichern, die gesamte Thora – die hebräische Bibel – komplett auf Moses, dem größten aller Propheten, zurückgeht, kann, wie der Text es eindeutig bezeugt, an die Existenz von vielen Gottheiten und Halbgöttern (minderen Ranges) nicht mehr gezweifelt werden.

Noah versprach diesem für ihn neuen und so mächtigen Gott, sofort zu gehorchen und, um die neu entdeckte Gottheit zu erfreuen, schlachtete er gleich an Ort und Stelle sieben Schafe und opferte sie auf einem Steinaltar. Das Blut der geschlachteten Schafe verspritzte er dann großzügig auf die noch glühenden Steine.

Gleich am nächsten Morgen versammelte Noah seine gesamte Familie, um ihr – wie von Gott befohlen – Anweisungen zum Bau der Arche und dem Einsammeln der Tiere zu geben.

Er befahl seinen drei Söhnen, in alle vier Himmelsrichtungen auszuschwärmen, um von jeder existierenden Tierart ein Männchen und Weibchen einzusammeln (*Anmerkung: Mit dieser Anordnung verstieß Noah gegen eine weitere Anordnung Gottes, derzufolge „von allen reinen Tieren gleich sieben Paare aufgegriffen werden müssen", doch offensichtlich ohne negativen Folgen für seine Person. Es kann angenommen werden, daß Gott hier ein Auge zudrückte, da der gerechte Heide Noah ja bis zu diesem Zeitpunkt von der Existenz von „reinen und unreinen Tieren" nichts wissen konnte, selbst wenn bekanntlich Unwissenheit nicht vor dem Gesetz schützt. Hier hatte Noah einfach nur großes Glück.)*

Daraufhin befahl Noah seiner Lieblingsgattin (*Anmerkung: Ihr Name ist leider nicht überliefert),* sich um den Proviant für Tier und Mensch zu kümmern.

Alsbald begann er – nachdem er mit seiner Steinaxt 700 Gofer-Bäume gefällt hatte – mit dem Bau der Arche.

Um Frau und Söhne effizient auf ihre Aufgabe vorzubereiten, erteilte Noah allen Familienangehörigen eine Schnellektion in Biologie. In seiner Ansprache erläuterte er ihnen folgendes:

„Die Welt ist voll mit Tieren aller Art, manche von ihnen leben im Wasser, diese müssen natürlich nicht eingesammelt werden. Doch alle anderen (Landtiere und Vögel) sollten rechtzeitig gefunden, registriert und eingetrieben werden."

Noah erzählte seiner Familie von Hunden, Katzen, Bären, Wölfen, Löwen, Tigern und Pumas, er berichtete von Elefanten, Känguruhs, Pandabären, Fledermäusen und Kolibris.

Besonders eingehend befaßte er sich mit den Insekten (*Anmerkung: von denen es bekanntlich eine Million Arten gibt, darunter auch Flöhe und Wanzen),* den Schlangen und verschiedenen Spinnen (*Anmerkung: davon existieren siebentausend Arten, einige von ihnen nur in den Tropen).*

Er beauftragte seine Söhne, selbst vom hohen Norden, aus Tibet und vom fernen Australien alle dort lebenden Tiere einzusammeln, so auch Eisbären, Elche, Robben, Kängurus, Yetis und Pinguine.

Selbst an die schrecklichen Dinosaurier dachte Noah. Um ja keine Dinosaurierart zu übersehen, zeigte er seinen Söhnen Steinskulpturen sämtlicher existierender Saurier, darunter Fleischfresser wie der Tyranosaurus rex, von Flugsauriern und selbst vom Supersaurus (*Anmerkung: ein gigantischer, fünfzig Tonnen wiegender, vierzig Meter langer Vegetarier).*

Danach folgte noch ein Schnellkursus zur Bestimmung von Geschlechtsmerkmalen aller Lebewesen (*Anmerkung: Diese Anweisungen galten auch für sämtliche Insekten, wie Skorpione, Ameisen und Flöhe. Ein kleines logistisches Problem gab es auch bei der Beschaffung der vielfältigen Speisevorräte für die lange Reise. Denn, wie allgemein bekannt, sind Tiere im Freßverhalten etwas eigenwillig. Manche bevorzugen Fleisch, andere sind strenge Vegetarier, einige – wie Kolibris – nehmen nur Nektar zu sich, andere – so zum Beispiel Pandabären – fressen lediglich Bambus).*

Doch wie aus dem Text klar hervorgeht, konnte Noah all diese unbedeutenden logistischen Probleme durch kluge und präzise Anweisungen rasch lösen.

Zuletzt umarmte und küßte er seine Söhne, versorgte sie unter anderem mit dem nötigen Proviant, Landkarten, Tropen- und Thermokleidung, Transportwagen, Seile, Kränen, Käfigen und je einem Mikroskop (*Anmerkung: um keine Kleinlebewesen zu übersehen)* und ermahnte sie „unterwegs ja keine Wirtshäuser aufzusuchen, mit sündigen Frauen zu schlafen (*Anmerkung: Er wußte: „Der Apfel fällt nicht weit vom Stamm“*) und täglich fünfmal allen bekannten und unbekannten Göttern Opfer darzubringen.

1. Anmerkung: An dieser Stelle endet zum Leidwesen der Wissenschafter Noahs Bericht.

Es darf vermutet werden, daß früher oder später weitere Steintafeln am Berg Ararat gefunden werden, aus denen noch unbekannte Details aus dem Leben Noahs entnommen werden können.

2. Anmerkung: Vom biblischen Text, der ja auf Moses zurückgeht, erfahren wir, daß Noahs Rettungsaktion problemlos funktioniert hat. Seine Söhne brachten je ein Paar von allen lebenden Tieren dieser Welt innerhalb der vorgesehenen Frist in die Arche. Sie alle wurden – mehr oder weniger komfortabel – in der 150 Meter langen und 25 Meter breiten Arche untergebracht, mit Speise und Trank versorgt und bestens betreut. Dann regnete es 40 Tage und Nächte lang und – wie von Gott angekündigt – kamen alle sündigen Menschen (mitsamt den meisten Tieren dieser Erde) in den Fluten ums Leben.

Schließlich gab es doch noch ein Happy End. Die Arche landete wohlbehalten auf dem Berg Ararat, und Noah, seine Familie und all die geretteten Tiere konnten gesund und munter in ihre ursprüngliche Heimat zurückkehren (ob die Tiere alleine den Weg dorthin fanden oder von Noahs Söhnen zurückgebracht wurden, bleibt bis heute unbekannt).

4.

Ein Tag im Leben von Klein-Popo

Nach irdischen Maßstäben war Klein-Popo weder klein noch ein Teenager, doch bilden wir uns nicht ein, daß der Menschheit geläufige Klischees im unendlichen All irgendeine Bedeutung besäßen.

Popo, der Stolz der bekannten Großfamilie Ruach, erreichte im zarten Alter von 8 Millionen (irdischen) Jahren gerade die Hälfte seiner vorbestimmten Ausdehnung (was ziemlich genau dem Durchmesser des Jupitermondes Sinope – nämlich zwanzig Kilometer – entspricht), und wie jeder andere Bar-Mizwa-Junge freute sich Klein-Popo an diesem Tag auf seine große Geburtstagsfeier und noch mehr auf sein Geburtstagsgeschenk.

Obwohl ich davon ausgehe, daß selbst ungebildete, in kosmischen Maßstäben geistig unterentwickelte Erdenmenschen die Bedeutung der Bar-Mizwa-Feier kennen, will ich dennoch einige Worte über dieses Fest verlieren.

Nun, nach altehrwürdiger jüdischer Sitte wird jeder Knabe mit seinem 13. Geburtstag gebotspflichtig (und somit religiös volljährig) und als gleichberechtigtes Mitglied der Gemeinde anerkannt. Höhepunkt des Festes in der Synagoge ist der Aufruf des Jungen zur Thora. Er spricht die Segenssprüche, liest einen Teil des Wochen- und Prophetenabschnittes und hält eine Drascha (eine Predigt) über den von ihm vorgelesenen Text.

Da im Leben Klein-Popos ein einziger (kosmischer) Tag 1700 irdischen Jahren entspricht, darf es uns nicht wundern, daß er erst mit dem Erreichen des achtmillionsten Lebensjahres zum Manne herangereift war.

So kam es, daß an diesem wunderschönen Herbsttag im Jahre 2700 (vor der irdischen Zeitrechnung) Popo im goldenen Festsaal des galaktischen Imperiums und vor versammelter Gemeinde, in Anwesenheit seiner sieben Eltern und 700 Geschwistern, unter Anleitung Ovadias – des hochgeachteten Gelehrten und spirituellen Oberhauptes sämtlicher intelligenten Bewohner der Galaxis – seine Bar Mizwa feiern durfte.

Es war ein beeindruckendes Fest, und nach Absingen der vorgeschriebenen 850 heiligen Lieder und einer kurzen (12-stündigen) Ansprache des hochgeehrten Ovadia durfte auch Klein-Popo einige Worte vor versammelter Gemeinde sprechen.

Popo dankte mit Tränen der Rührung in seinen dreizehn Augen all seinen sieben Eltern für ihre unendliche Geduld und Güte im Verlauf der vergangenen dreizehn Jahre und versprach hoch und heilig, ein wertvolles und treues Mitglied der galaktischen Gemeinde zu werden und alle kosmischen Gesetze streng einzuhalten. Dann referierte er (wenn auch mit recht einfachen Worten) zum Thema: „Die Erschaffung der Universen und der Wurmlöcher" (die bekanntlich über die 13. Dimension die verschiedenen Universen miteinander verbinden).

Danach folgte ein weiterer Höhepunkt der Feier, das Festmahl, bestehend aus sieben Tonnen gemischter, tiefgekühlter Edelgase, die mit einer delikaten Ammoniak-Methan-Haube garniert waren (die Leibspeise Klein-Popos, die er – erstmalig – mit dem goldenen Rohr seines Hauptvaters schlurfen durfte).

Nachdem sich alle Gäste am Büffet delektiert hatten und gestärkt und zufrieden im Saal herumschwebten, ergriff der Weise Ovadia das Wort, beglückwünschte Popo und all seine sieben Eltern zum großen Ereignis und bat Klein-Popo, ihn nun zum galaktischen Manipulator am Mount Ianis zu begleiten, um ihm dort seinen sehnlichsten Geburtstagswunsch (ein Spielchen am Gerät, unter Oberaufsicht des Direktors, Professor Dreistein) zu erfüllen.

Bald schwebte Popo stolz und erwartungsvoll neben seinem Meister zur heiligen Halle, die – um sie mit einfachen Worten zu beschreiben – am ehesten einem irdischen Observatorium ähnelte.

Unter einer gigantischen Plexiglaskuppel erblickte Popo den Hauptmanipulator – ein goldenes Rohr von gut 100 Kilometern Länge und einem Durchmesser von 1000 Metern –, an dem abertausende Lampen in allen Farben des Universums blinkten.

Im Inneren der Kuppel wurde Klein-Popo vom leitenden Direktor – Professor Dreistein – herzlich begrüßt und zu einem bequemen freischwebenden Sitz geleitet. Eine goldene Haube, aus der Dutzende Antennen hervorragten, senkte sich sachte auf sein Haupt, und sogleich erschien vor seinem geistigen Auge der Hauptbildschirm des Zufallsgenerators.

Popo mußte nun – unter Anleitung des Professors – eine Unmenge Knöpfe drücken, und ein einsetzendes summendes Geräusch zeigte an, daß der Generator jetzt in Betrieb war und bald, aus einer unermäßlich großen Zahl von im Zentralrechner eingespeicherten Sonnensystemen einen einzigen Planeten zum Spiel freigeben würde.

Schon nach wenigen Sekunden ertönte ein Trompetensignal, und Popo erblickte am Großbildschirm ein ihm bis zum jetzigen Zeitpunkt unbekanntes Sonnensystem, bestehend aus einer kleinen, gelblichen Sonne, umkreist von neun Planeten.

Natürlich war Popo enttäuscht, daß für ihn der Zufallsgenerator ein derart unbedeutendes Sonnensystem am Rand einer wenig spektakulären Galaxis ausgesucht hatte, doch – obwohl er am liebsten losheulen wollte –, ließ er sich tapfer nichts anmerken.

Noch größer war seine verständliche Enttäuschung, als der Generator für ihn ausgerechnet den dritten Planeten aussuchte (ein kleiner, blauer, zum Teil von weißlichen Wolkenfetzen bedeckter Himmelskörper) und nicht einen der viel größeren und prachtvolleren äußeren Planeten dieses Sonnensystems.

Doch Klein-Popo ließ sich seine Enttäuschung weiterhin nicht anmerken und übernahm – wie von ihm erwartet – die Steuerung des Großmanipulators.

Das Spiel konnte beginnen. Geschickt richtete er die Röhre des Manipulators auf die nördliche Polarregion des Planeten, und sogleich erschien am Bildschirm die Abbildung einer weißen, öden, unbewohnten Wüste. Trotz intensiver Suche konnte er in dieser lebensfeindlichen Gegend absolut nichts Interessantes finden. Dann durchforstete er die langweiligen, blau schimmernden Ozeane des Planeten, und auch hier war es ihm ebenfalls unmöglich, ein lohnendes Ziel zu sichten.

Erst beim dritten Versuch hatte er mehr Glück. Als er den Manipulator auf eine braungetönte, von hohen Bergen umsäumte Ebene am rechten Rand der nördlichen Hemisphäre der Planetenkugel richtete, entdeckte er endlich Anzeichen von Leben. Bei weiterer Bildvergrößerung erblickte er eine Unzahl von winzigen, zweibeinigen Lebewesen, die auf ihn – rein intuitiv – einen äußerst ungünstigen Eindruck machten.

Die stark behaarten, braunhäutigen Gestalten waren fast unbekleidet und unglaublich schmutzig.

Viele von ihnen wälzten sich mit einem Partnerwesen am Boden (einige von ihnen stöhnten dabei entsetzlich), andere liefen mit Holzkeulen herum und schlugen auf alles, was sich bewegte, ein. Außerdem sah er – und das entsetzte ihn ganz besonders – große Ansammlungen von diesen abstoßenden Kreaturen, die vor hohen, häßlichen Steinfiguren nackt tanzten und von Zeit zu Zeit kleine Artgenossen in lodernde Flammen warfen, um danach vor den Figuren andächtig niederzuknien.

Klein-Popo verfolgte das bunte Treiben mit Abscheu und steigender Ungeduld, und augenblicklich beschloß er, sofort einzugreifen und die abstoßende Brut in einer Sturmflut zu ertränken.

Ohne lange zu zögern formten seine Lippen das Wort „Sintflut“, doch zu seiner großen Enttäuschung geschah nichts, weil in diesem Augenblick Meister Ovadia eingriff, Popos Befehl außer Kraft setzte und ihm sanft und doch nachdrücklich erklärte, daß derartige Aktionen wohlüberlegt sein müßten und im übrigen zuerst mit dem galaktischen Wettbüro abgesprochen werden sollten, denn (und daran hatte Popo nicht gedacht) im zivilisierten Teil des Universums sei es üblich, auf jede in den Medien direkt übertragene Manipulation Wetten abzuschließen. Um aber solche Wetten abzuschließen, müsse die geplante Manipulation zuerst ordentlich inszeniert werden; erst dann könnten die Wettquoten festgelegt werden.

Jetzt übernahm Ovadia vorübergehend das Spiel und richtete den Manipulator auf eine von der wilden Horde abseits stehende Gestalt. Es war ein (für irdische Verhältnisse) groß gewachsener und relativ sauber erscheinender Greis, der dem bunten Treiben seiner Artgenossen deutlich mißbilligend zusah.

Diesen Mann kontaktierte nun Ovadia und erklärte ihm mit wenigen Worten und großer Überzeugungskraft den Ernst der Lage. Er forderte ihn auf, eine Arche zu bauen, sich und seine Verwandtschaft in Sicherheit zu bringen und außerdem von sämtlichen Tieren der Erde je ein Exemplar – ein Männchen und ein Weibchen – einzusammeln und in die Arche zu verfrachten.

An dieser Stelle wurden der Sichtkontakt mit dem Planeten für kurze Zeit unterbrochen und die Wettquoten festgelegt. Die Zuseher hatten nun die Möglichkeit, folgende Wetten abzuschließen:

1. Der Greis geht auf das Angebot ein (Wettquote 1:1000);
2. Es gelingt ihm, Ovadias Forderungen zu erfüllen und noch vor Einsetzen der Sintflut sämtliche Tiere an Bord zu bringen (Wettquote 1:10000);
3. Der Greis und seine Familie überleben und retten somit den Fortbestand ihrer Spezies (Wettquote 1:1000000).

Nach Ablauf von einigen Sekunden wurde der Sichtkontakt mit dem blauen Planeten wieder hergestellt, und auf Geheiß Ovadias mußte nun Klein-Popo den verbalen Befehl zur Auslösung der Sintflut erteilen.

Nach Auszahlung der Wettquoten durfte Klein-Popo noch einige Stunden am Manipulator alleine weiterspielen, und in dieser Zeit ließ Popo einen Vulkan im Mittelmeer ausbrechen (und gleichzeitig mehrere Inseln im Wasser verschwinden), ein Reich namens Atlantis vernichten, und schließlich ärgerte er noch einen arroganten Herrscher einer Weltmacht am längsten Strom des Planeten mit zehn von ihm erdachten Plagen.

5.

Willkommen im Paradies

„Der Tod ist der Reiseweg ins Jenseits."
Saadja Gaon

„Jede Seele ist eine Welt für sich."
Max Nordau

VORWORT

Liebe Leserin, lieber Leser,
das himmlische Tagebuch des im April 2000 verstorbenen Reformrabbiners K. O. (seinen vollen Namen will ich, zum jetzigen Zeitpunkt und mit Rücksicht auf dessen Familie, nicht bekannt geben) wird gewiß den meisten Menschen – bei oberflächlicher Betrachtungsweise – wie das Hirngespinst eines Phantasten oder Spinners vorkommen.

Mit der Veröffentlichung seiner Botschaft muß ich – wohl oder übel – das Risiko, ebenfalls als solcher angesehen zu werden, auf mich nehmen.

Doch ich sehe es als meine moralische Pflicht an, dieses wertvolle Dokument der Welt zu präsentieren, auch weil für mich feststeht, daß Rabbiner K. O.s – durch eine gütige Laune des Schicksals mir zugespielte – Nachricht aus dem Jenseits sehr bald das Denken und die Philosophie der gesamten Menschheit langfristig beeinflussen und prägen wird.

Es ist mir aber auch ein großes Anliegen, Ihnen allen zu versichern, daß das jetzt endlich veröffentlichte Werk des Rabbiners von mir in keiner Weise abgeändert oder verfälscht wurde. Zu solch einer schlimmen Schandtat wäre ich niemals fähig, und jeder, der mich persönlich kennt, könnte –

auf Rückfrage – meine absolute Ehrlichkeit und Seriosität bestätigen.

Ich selber sehe mich als einen ruhigen, besonnenen und absolut vertrauenswürdigen (wenn auch eher langweiligen) Zeitgenossen, dem nichts an Ruhm oder Reichtum liegt, als einen Menschen, der jeder Sensationsmeldung äußerst kritisch gegenübersteht und der all seine Handlungen vorsichtig abwägt. Auch die Tatsache, daß ich volle zwölf Monate zwischen dem Auffinden des Dokuments und der Textveröffentlichung verstreichen ließ, beweist meine Sorgfalt und Umsicht in der Behandlung dieser heiklen Materie.

In dieser Zeit mußte ich natürlich alle nur möglichen Konsequenzen einer eventuellen Bekanntmachung des Dokuments überdenken und analysieren.

Und es gab viel zu bedenken: Würde man mir glauben, meine redlichen Absichten anerkennen, oder mich – was wahrscheinlich ist – zum Betrüger, vielleicht auch Geistesgestörten abstempeln (ein Schicksal, das ich dann mit vielen bedeutenden Menschen teilen müßte)? Sollten aber – wider Erwarten – die spirituellen und politischen Mächtigen der Welt die sensationelle Botschaft ernstnehmen, was hätte das für allgemeine Konsequenzen für die Welt und meiner Person? Würde man mich dann – wie Kollegen Salman Rushdie – zum Paria erklären, vielleicht alles daransetzen, meinen Namen lächerlich zu machen, oder unsensibel und verantwortungslos eine weltweite Massenhysterie mit unabsehbaren Konsequenzen für den Weltfrieden auslösen?

All diese trüben Gedanken veranlaßten mich zunächst dazu, lange – allzu lange – wie ein Grab zu schweigen. Doch nach und nach kam ich zur Überzeugung, daß es feige und unredlich wäre (auch eine arge Verletzung meiner Bürgerpflichten), noch länger der gesamten nach Erkenntnis durstenden Menschheit meine Entdeckung vorzuenthalten, auch weil ich überzeugt bin, daß jeder Mensch – selbst der einfältigste aller Erdbewohner – ein Recht hat zu erfahren, wie es im Jenseits aussieht und was ihn oder sie eines Tages dort erwartet.

Manche diesbezügliche Antworten wurden der Menschheit durch weise Männer und Frauen in längst vergangenen Zeiten bereits gegeben, einige von ihnen kamen der Realität ziemlich nahe, doch es waren überwiegend Spekulationen, zum Teil Wunschträume. Nun haben aber alle Interessierten die einmalige Gelegenheit – und das zum ersten Mal in der Geschichte des Homo sapiens –, jenseitige Wahrheiten, an deren Authentizität nicht gezweifelt werden kann, aus erster Hand zu erfahren. Darum will ich meine Leserinnen und Leser nicht länger mit einer allzu ausführlichen Einleitung auf die Folter spannen und sogleich mit dem Bericht beginnen.

Es begann alles – und ich erinnere mich mit Schaudern daran – am 13. 2. 2001 gegen sechs Uhr morgens. An diesem prachtvollen, klirrend kalten Wintertag spazierten Tevje (unser winziger schneeweißer Toy-Pudel) und ich durch die tiefverschneite Winterlandschaft der niederösterreichischen Weinberge in Richtung Sooß, einem weltberühmten Heurigen-Ort (mit vielen hervorragenden Weinlokalen), nur wenige Kilometer von unserem Haus im Städtchen Baden südlich von Wien. Um aber ja keine Mißverständnisse aufkommen zu lassen, möchte ich all meinen Lesern hoch und heilig versichern, daß zu dieser frühen Tageszeit sämtliche Weinlokale des Ortes noch geschlossen sind, also keine Spirituosen gekauft werden können, und wir beide – nolens volens – vollkommen nüchtern waren.

So spazierten Tevje und ich frohen Herzens durch den im letzten Sternenlicht glitzernden Schnee, als mir plötzlich das seltsame Benehmen meines kleinen Gefährten auffiel. Der sonst so fröhliche und tapfere Hund zitterte, aus mir zunächst unerklärlichen Gründen, am ganzen Körper, zog seinen Schwanz ein und winselte leise.

Wenige Sekunden später vernahm ich einen seltsamen Pfeifton, der langsam an Intensität zunahm, und bald darauf bemerkte ich einen rötlichen, schnell größer werdenden Lichtschein am südwestlichen Himmel.

Dann überstürzten sich die Ereignisse: Es folgte ein dumpfer Knall, und Tevje sank, von einem unbekannten fliegenden Objekt unsanft am Kopf getroffen, wie leblos zu Boden.

Der Gegenstand ähnelte einem mir nicht ganz unbekannten Objekt – nämlich einer Weinflasche –, unterschied sich jedoch von dieser in einigen ganz wesentlichen Details. Die rund 60 Zentimeter hohe und 30 Zentimeter breite „Flasche" glänzte in allen Regenbogenfarben und bestand offensichtlich aus einem mir völlig fremden, samtweichen, durchsichtigen Material.

Geistesgegenwärtig richtete sich zunächst meine ungeteilte Aufmerksamkeit auf den Gefährten, der immer noch wie leblos und stumm im Schnee lag. Eine von mir sofort eingeleitete Mund-zu-Mund-Beatmung zeigte erfreulicherweise baldigen Erfolg. Der kleine Tevje kehrte in die Welt der Lebenden zurück, sprang auf, biß mich in die Nase und suchte jaulend das Weite.

Neugierig betrachtete ich nun das friedlich im Schnee liegende seltsame Objekt. In der aufkommenden Morgendämmerung konnte ich an dessen Oberfläche eine mit purpurfarbener Tinte – offensichtlich hastig und mit zitteriger Schrift – geschriebene Mitteilung erkennen. Es waren die Worte: „Flaschenpost aus dem Paradies: Bitte öffnen."

Ich ließ mich nicht zweimal bitten und kam augenblicklich dem dringenden Ersuchen des Absenders nach (und ich will gerne gestehen, daß ich – neugierig wie ich bin – auch ohne einer solchen Aufforderung das geheimnisvolle Objekt näher untersucht hätte).

Mit Hilfe eines Schweizermessers gelang es mir in wenigen Minuten, den Korken zu entfernen, und aus der nun offenen Flasche entströmte ein unbeschreiblich süßer, die Sinne betörender himmlischer Duft.

Die Flasche enthielt, wie ich sogleich feststellte, eine hauchdünne Pergamentrolle, die ich langsam und mit größter Vorsicht herauszog und an mich nahm.

Dann verstaute ich den mysteriösen Fund in meinem Rucksack und begab mich gemeinsam mit dem inzwischen reumütig zurückgekehrten und immer noch leicht benommenen Tevje schnurstracks zurück in unser Haus in Baden.

Dort angekommen – meine Frau schlief noch fest – schloß ich mich sogleich in meinem Arbeitszimmer ein, zog die Rolle aus dem Rucksack und öffnete vorsichtig das wundersame Dokument.

Es war eine Pergamentrolle nach Art der berühmten Rollen von Qumran am Toten Meer, doch im Gegensatz zu diesen in einem offensichtlich unbeschädigten Zustand und aus einem mir unbekannten grünlich schimmernden Material angefertigt.

Mit klopfendem Herzen fing ich an, den erfreulicherweise deutsch geschriebenen Text zu lesen, und damit begann die größte Herausforderung meines Lebens.

Die folgenden Tage verbrachte ich meine gesamte Freizeit lesend und schreibend in der Einsamkeit meines Arbeitszimmers. Bald wurde mir klar, welch unglaublichen Schatz ich in Händen hielt, und der zunächst aufkommende Gedanke, daß es sich hier möglicherweise um einen bösen Ulk irdischen Ursprungs handeln könnte, verflog schon nach Durchsicht der ersten Abschnitte.

Mir wurde aber auch bewußt, daß ich – um nicht die Einweisung in eine psychiatrische Klinik zu riskieren – mit niemandem, selbst nicht mit meiner geliebten Frau über diesen Fund sprechen konnte. Mein einziger Vertrauter in diesen schweren Tagen war der kleine Pudel Tevje, der mich mit großen, wissenden Augen bei meiner Tätigkeit beobachtete, doch glücklicherweise nicht in der Lage war, unser Erlebnis jemandem mitteilen zu können.

Schon nach wenigen gelesenen Rollenmetern geriet mein bisheriges wissenschaftlich orientiertes Weltbild ins Wanken, denn Heilige, Engel, Himmel und Hölle waren für mich stets reine Wunschvorstellungen kindlicher Gemüter gewesen.

Was mich aber nach Ablauf einiger weniger Tage noch sehr viel mehr verunsicherte, ja in Panik versetzte, war die Beobachtung, daß sowohl die Flasche als auch die vor mir liegende Pergamentrolle langsam zu schrumpfen begannen und die Schrift des Verfassers mit jedem Tag weniger lesbar wurde. Zuletzt arbeitete ich Tag und Nacht und bemühte mich, die himmlische Botschaft – die sich aus mir unerklärlichen Gründen photographisch nicht dokumentieren ließ – durch rasches Abschreiben zu retten, was mir auch fast vollständig gelang (in der Abschrift fehlen lediglich die letzten fünfzig Zeilen des Dokuments).

So nahm das Schicksal seinen verhängnisvollen Lauf, und als ich eines Morgens, nach nur wenigen Stunden unruhigen Schlafes, aus meiner Betäubung erwachte, war die Rolle verschwunden, zu himmlischen Staub zerfallen.

Diesen schweren Schicksalsschlag werde ich mit Sicherheit nie gänzlich überwinden können, zumal mir sogleich schmerzlich bewußt wurde, daß mit dem Verschwinden des Beweismaterials auch meine Glaubwürdigkeit leiden würde.

Es bleibt mir daher nur die schwache Hoffnung, daß Sie, liebe Leserin, liebe Leser, meinen Worten Glauben schenken und sich von böswilligen Kritikern meiner Person in keiner Weise beeinflussen lassen werden.

Für Fachbegriffe und Namen siehe Glossar.

Baden, Winter 2005/6 *Theodor Much*

Das Tagebuch des Rabbiners K. O.
(ungekürzte Fassung)

VORWORT ZUM TAGEBUCH,

geschrieben am 24. 5. 2000 (im Jahr 5760 seit Erschaffung der Welt):

Es ist Mittagspause im Paradies, und ich erhole mich auf der mir zugewiesenen Wohnwolke Nummer 18007 von der morgendlichen Büroarbeit und einer anstrengenden Chorprobe. Vier Stunden lang probten wir ohne Unterlaß, unter der Leitung von Maestro Bernstein, Josef Haydns Oratorium „Die Schöpfung", eine wahrlich erschöpfende Tätigkeit, zumal der himmlische Alltag stets um fünf Uhr morgens mit der Verrichtung der vorgeschriebenen Morgengebete beginnt.

Der straffe morgendliche Zeitplan läßt naturgemäß ein gemütliches Frühstück nicht zu, wobei noch erschwerend hinzukommt, daß die tägliche Manna-Ration zuerst in Himmelstau aufgeweicht werden muß (über diese mühsame Prozedur beschweren sich selbst die allerheiligsten Paradiesbewohner).

Da mir jetzt nach Verzehr meiner Manna-Portion (heute mit Krabbengeschmack, was genaugenommen gegen die mosaischen Speisevorschriften verstößt) noch zwei Stunden Mittagspause bis zur nächsten Chorprobe – die dann bis zum Abschalten der Himmelsbeleuchtung fortgesetzt wird – verbleiben, schließe ich meine Augen und versuche, mich an die Ereignisse der vergangenen Wochen und Monate zurückzuerinnern.

Nun befinde ich mich seit 20 Tagen im Paradies. In diesen wenigen Wochen habe ich schon manches gesehen und erlebt. Auch wenn mir noch vieles fremd und unbegreiflich erscheint, ist es an der Zeit, meine auf der „Überfahrt" von der Erde hastig in ein Notizbuch gekritzelten Aufzeichnungen durchzugehen und in Form eines geordneten Tagebuches zu dokumentieren. Vielleicht gelingt es mir, all meine bisherigen und zukünftigen Erlebnisse und Beobachtungen im Jenseits auch in Worte zu fassen.

Obwohl ich mich nicht mehr an jede einzelne Minute, die seit meinem Tod vergangen ist, im Detail erinnern kann, will ich diesen Bericht mit den ersten Eindrücken im Erdorbit beginnen, dann die wundersame Reise ins Paradies beschreiben und über die bisher wichtigsten Stationen meines neuen und zukünftigen Daseins Rechenschaft ablegen.

Vielleicht entschließe ich mich auch eines Tages, dieses Tagebuch zu veröffentlichen, zum jetzigen Zeitpunkt bin ich mir noch nicht sicher, ob ich das wirklich will, zumal die Kontaktaufnahme mit der Erde – nach Auskunft der hiesigen Behörden – streng untersagt ist. Sollte ich mich aber dennoch eines Tages entschließen, dieses Werk der Menschheit zukommen zu lassen, dann müßte ich einen geeigneten Weg finden, die himmlische Zensur zu umgehen, was bisher – meines Wissens – noch keinem menschlichen Himmelsbewohner je geglückt ist.

Da an diesem paradiesischen Ort Papier unbekannt ist, habe ich mir eine himmlische Papyrusrolle am hiesigen Schwarzmarkt besorgt, ein Schreibmaterial, daß im allgemeinen nur für Privilegierte der Exquisit-Kategorie – vorwiegend Propheten, Gotteskrieger, Erzväter und andere Heilige – zur Verfügung gestellt wird.

So kann ich jetzt mein Vorhaben in die Tat umsetzen und beginne sogleich meinen (retrospektiven) Bericht mit dem 1. 4. 2000, dem Tag meines „Abganges".

Erste Eintragung: 2. 4. 2000, „Der Tag danach"

Den gestrigen Abend werde ich „mein Leben lang" nicht vergessen.

Die Tatsache, daß ich nicht mehr unter den Lebenden weile, dennoch weiter existiere, ist mir voll bewußt, wenn auch kaum begreiflich.

Heute, 24 Stunden später, habe ich begonnen, die Ereignisse der vergangenen Stunden – zunächst im erdnahen Orbit, später auf einer kurzen Reise zur „Seelen-Sammelstelle" beim Jupiter-Mond Io – sowie alle zukünftigen Abenteuer in einer mir unbekannten Zukunft zu Papier zu bringen, wobei ich zunächst einmal den Versuch unternehmen will, meine allerersten Eindrücke und Gefühle im All, so gut es nur geht, zu beschreiben.

Ich kreise jetzt schon seit vielen Stunden, örtlich und zeitlich voll orientiert, um den Jupitermond Io und genieße – so unglaublich das auch klingen mag – ein Gefühl der unendlichen Erleichterung, Dankbarkeit und Verwunderung über die Erkenntnis, daß mit dem Dahinscheiden des Menschen nicht „alles vorbei ist" und das „Leben" – oder genauer gesagt die bewußte Existenz – nie erlischt. Am liebsten würde ich auf der Stelle meine Familie und Freunde (genaugenommen die gesamte Menschheit) kontaktieren und ihnen diese „gute Nachricht" mitteilen, obgleich mir klar ist, daß dies – zum jetzigen Zeitpunkt – ein Ding der Unmöglichkeit ist.

Doch kehren wir zurück zu den allerersten Momenten im Erdorbit, als ich erstmalig den weit unter mir liegenden, in sämtlichen Blauschattierungen schimmernden, von weißen Wolkenteppichen großteils bedeckten Heimatplaneten umrundete.

Sobald ich nach oben blickte (oder das, was mir subjektiv als „oben" erschien), sah ich tausende und abertausende juwelengleich funkelnde Sterne sowie die das Sonnenlicht hell reflektierenden Planeten Jupiter, Saturn und Mars, das

Band der Milchstraße und eine große Zahl von unendlich weit entfernten Galaxien in einer Farbenpracht und Klarheit, wie sie Menschen von der Erde aus – infolge des störenden Einflusses der Erdatmosphäre – niemals beobachten können.

Nach und nach kehrte die Erinnerung an die vergangenen Tage und Stunden bis zu meinem ziemlich unerwarteten und plötzlichen Tod zurück (unerwartet, weil selbst unser Hausarzt, ein Internist von Weltruhm, mir erst vorgestern exzellente Fitneß und Gesundheit bestätigt hatte. Er meinte sogar, daß ich trotz 25 Kilogramm Übergewicht mindestens 120 Jahre alt werden würde; aber irren ist menschlich, und ich will ihm großzügig vergeben).

Ich entsann mich sogleich (soll ich mich dafür schämen?) des letzten opulenten Abendmahls im „Goldenen Kalb“ – einem Drei-Hauben-Lokal der allerersten Kategorie, das in allen bedeutenden Gourmet-Zeitschriften mit höchstem Lob bedacht wird –, und sogleich lief mir das Wasser im Mund zusammen (natürlich nur bildlich gemeint), als ich an die Menüfolge der vergangenen Nacht zurückdachte. Es bestand aus einem Blue-Nose-Brassenfilet, einem japanischen Pot au feu, einer Ente mit Krebsen und Muschel-Teigtaschen, Hummer mit Stubenkücken und Möhren in Jesay-Sauce mit Thai-Reis und abschließendem Mangosouffle mit Marsala-Pfirsich und Mascarponecreme, all dies begleitet von einem eleganten feinen Chardonnay mit kräftiger Säure und charakteristischem „Feuersteingeschmack.“

Dann erinnerte ich mich auch an einen plötzlich auftretenden Schmerz im Brustbereich, an Kurzatmigkeit, Übelkeit und daran, daß mir gleichzeitig schwarz vor den Augen wurde.

Augenblicklich stürzte ich zu Boden – oder genauer gesagt, ich sah mich auf dem Marmorboden des Lokals liegen, erstaunt über ein aufgedunsenes, mir fast fremdes, blau angelaufenes Gesicht mit heraushängender Zunge.

Ich beobachtete – jetzt knapp unterhalb der vergoldeten Decke des Lokals schwebend – verwundert, ja leicht amüsiert, wie ein entsetzter Kellner sowie der herbeigerufene aalglatte Direktor des Restaurants und meine kurvenreiche Begleiterin sich über meinen leblosen Körper beugten und einen zwecklosen Versuch der Wiederbelebung unternahmen.

Scharfsinnig realisierte ich sogleich, daß ein Herzinfarkt meinem Leben ein abruptes Ende gesetzt hatte, doch so seltsam es klingen mag, empfand ich weder Bedauern noch Entsetzen über diese Erkenntnis.

Eigenartigerweise fiel mir just zu diesem Zeitpunkt die letzte Freitagabendpredigt ein, die ich in meiner Eigenschaft als Reformrabbiner vor versammelter Gemeinde gehalten und in der ich die Anwesenden, wortreich und äußerst überzeugend, vor den schrecklichen Sünden der modernen Welt – übertriebenem Materialismus, sexuellen Ausschweifungen, Völlerei und Mißachtung der Kaschrutgesetze (der ehrwürdigen jüdischen Speisevorschriften) – gewarnt hatte.

Doch für Reue war es nun anscheinend zu spät, denn ich entschwebte bereits langsam durch die Entlüftungsanlage des Restaurants in Richtung Firmament, während ich weit unter mir die jetzt schwächer werdenden Lichter meiner Heimatstadt erblickte. Aus großer Ferne hörte ich deutlich den heulenden Ton einer Sirene, offensichtlich eines Rettungswagens, der vermutlich meinetwegen – und viel zu spät – mit überhöhter Geschwindigkeit unterwegs war.

Bald darauf durchstieß ich die silbrige Wolkendecke und erblickte über mir einen hell erleuchteten, scharf konturierten, von Kratern und grau-bräunlichen Ebenen übersäten metallisch glänzenden Vollmond.

Noch bevor es mir möglich war, einen klaren Gedanken zu fassen, vernahm ich eine leise, doch deutlich vernehmbare sanfte Harfenmusik, die den Raum um mich zu erfüllen schien, und von überall und nirgendwoher ertönte die mir nicht unbekannte „Hawa Nagila"- („Laßt uns freudig sein") Melodie.

Gleichzeitig hörte ich eine wohltönende, wenn auch nicht ganz akzentfreie Stimme – ich vermutete sogleich einen leichten aramäischen Einschlag –, die mir leise und beruhigend zuflüsterte: „Sei klug, mein Sohn, und mach keine unnötigen Zores, ändern kannst du sowieso nichts an deiner Lage. Alles, was du jetzt sagst, kann zum gegebenen Zeitpunkt gegen dich verwendet werden; Reden ist Silber, doch Schweigen ist Gold. Setze nun deine Reise fort, sobald du im Orbit angelangt sein wirst, erhältst du weitere Instruktionen. Wir wünschen einen angenehmen Flug."

Nach Vernehmen dieser ungemein tröstenden und beruhigenden Worte beschleunigte ich, in freudiger Erwartung kommender Ereignisse, meinen Aufstieg und schwenkte – wie vorgeschrieben – in eine kreisförmige Erdumlaufbahn ein.

Die ersten Stunden im Orbit verbrachte ich mit wissenschaftlichen Beobachtungen der Erde und des erdnahen Weltalls, doch langsam verflog die Faszination des Unbekannten, und das Gefühl der Langeweile stieg in mir auf. In großer Distanz bemerkte ich bisweilen einige mir freundlich zuwinkende menschenähnliche Gestalten, die scheinbar genauso wie ich aus einer annähernd durchsichtigen gallertartigen Masse bestanden, deren Kontur infolge einer leicht grünlichen Fluoreszenz (besonders in ihrem Randbereich) überraschend klar zu erkennen war. Nach und nach erblickte ich auch größere Gruppen unterschiedlichster Tiere, darunter Elche, Krokodile, Schlangen und Ratten, die alle friedlich ihre Bahn um die Erde zogen.

Fasziniert untersuchte ich nun den eigenen Leib und bemerkte zu meinem großen Erstaunen, daß es mir – bei einiger Willensanstrengung – leicht möglich war, die Leibesstruktur, oder was davon übrig geblieben war, nach Belieben (vielleicht nach Art der Amöben) zu verändern und punktuell zu verdichten.

Im Verlauf der siebzigsten Erdumrundung erlebte ich eine Begegnung der besonderen Art: Die russische Weltraum-Station „Mir“ kreuzte in einer unkontrolliert-torkelnden Bewegung meine Flugbahn. Eine Besatzung schien sich nicht an Bord zu befinden, was mich in Anbetracht des desolaten Zustandes der Raumstation nicht überraschte. Aus mehreren Rissen im Rumpf verlor sie die unterschiedlichsten Ausrüstungsgegenstände, wie Bordcomputer, Sitze, Tische und noch diverse Kleinigkeiten. Ohne große Mühe gelang es mir, etliche dieser Gegenstände an mich zu nehmen, darunter mehrere russische Taschenuhren, einige Flaschen Wodka, ein (leeres) Notizbuch, mehrere bunte Farbstifte und Kugelschreiber, Lockenwickler, zwei Kondompackung und eine lederne Damen-Handtasche (zu diesem Zeitpunkt konnte ich noch nicht ahnen, wie wertvoll einige dieser Gegenstände für mich in Zukunft sein sollten).

Kurz danach meldete sich wieder die mir schon vertraute sonore Stimme, und ich vernahm die folgenden Worte: „Im Namen von El-All-Touristik entschuldigen wir uns für den verspäteten Beginn deiner Reise. Grund ist eine Luftraumüberlastung im Bereich des Planeten Jupiter als Folge eines Erdbebens in Japan. Doch nun kann es losgehen. Du wirst höflichst ersucht, dich ohne Verzug zur nächsten Sammelstelle, den Jupiter-Mond Io zu begeben; dort erwartet dich und all deine Mitreisenden der ‚Gute Hirte‘, euer Reisebegleiter. Die Entfernung zum Mond Io beträgt heute 631 Millionen Kilometer, eine Distanz, die du als Einzelreisender und bei halber Lichtgeschwindigkeit in knapp 70 Minuten zurücklegen wirst. Wir bitten dich – aus Sicherheitsgründen –, diese geringe Geschwindigkeit unter keinen Umständen zu überschreiten, da ansonsten ein rechtzeitiges Bremsmanöver nicht mehr eingeleitet werden kann. Wir ersuchen um Verständnis, daß wir bei Kurzflügen keine Erfrischungen servieren können. Details über den weiteren Verlauf der Reise erfährst du am Zielort. Wir wünschen einen angenehmen Flug."

Unmittelbar nach dieser Verlautbarung verspürte ich einen leichten Ruck, und eine sanfte Vibration erfaßte – als Ausdruck der nun einsetzenden Beschleunigung – meine Gallertmasse.

Ein Blick zurück auf die jetzt rasch kleiner werdende Erdkugel zeigte mir endgültig, daß ich im Begriff stand, eine Reise ohne Wiederkehr in ein der Menschheit unbekanntes Land anzutreten.

Die Route führte mich (oder sollte ich sagen „uns", denn in größerer Entfernung folgten mir unzählige Mitreisende), zunächst knapp am Mond vorbei, und schon nach wenigen Minuten erblickte ich die rasch größer werdende Scheibe des roten Planeten Mars, dessen weiße Polarkappen in scharfem Kontrast zu seinen von Kratern aller Größe übersäten rostfarbenen Ebenen standen. Gerne hätte ich auch den gewaltigsten, längst erloschenen Vulkan des Sonnensystems – Olympos Mons – und die beiden Marstrabanten – Phobos und Deimos – gesehen, doch die hohe Eigengeschwindigkeit erlaubte mir keine weiteren präzisen astronomischen Beobachtungen.

So passierte ich den Mars, um bald darauf eines der großartigsten Naturwunder unseres Sonnensystems zu erblicken: den Riesenplaneten Jupiter. Schon aus großer Entfernung bemerkte ich die rot-braun-gelben-Schattierungen seiner parallel zueinander verlaufenden, von einem großen roten Flecken (einem Wirbelsturm unvorstellbaren Ausmaßes) dominierten Wolkenstreifen und vier seiner (27) Trabanten, die bekannten Galileischen Monde: Ganymed, Europa, Callisto und Io.

Um nicht am vorgegebenen Ziel – dem Mond Io – vorbeizuschießen, mußte ich nun die Eigengeschwindigkeit reduzieren, ein Manöver, das mir leicht gelang, und schon bald beherrschte die gewaltige Scheibe des Jupiter mein gesamtes Gesichtsfeld.

Exakt 69 Minuten und 10 Sekunden nach Verlassen des Erdorbits schwenkte ich in eine kreisförmige Bahn um den Mond Io, einem Himmelskörper von der Größe unseres irdischen Mondes, der seit einigen Jahren wegen seiner unglaublichen vulkanischen Aktivität unter Astronomen berühmt ist.

Io's Anblick ist wirklich furchterregend, denn seine gelborange gefärbte Oberfläche ist zum Großteil von flüssigem Schwefel bedeckt, der periodisch in gewaltigen Eruptionen aus dem Inneren des Mondes bis in die höchsten Schichten seiner Atmosphäre emporgeschleudert wird.

Während ich nun seit vielen Stunden – in Erwartung kommender Entwicklungen – den Mond Io umrunde, schweifen meine Gedanken zur Erde zurück, und ich fragte mich immer wieder, wie meine Frau und die (schon erwachsenen) fünf Kinder sowie Freunde und Gemeindemitglieder den plötzlichen Abgang ihres Oberhauptes verkraften würden.

Ich versuche, mir auch die Reaktion und die Gedanken meiner Freunde und Gemeindemitglieder vorzustellen: Wird auch nur einer von ihnen die Möglichkeit in Betracht ziehen, daß ich gerade jetzt – in einer neuen Daseinsform – an sie denke und im Begriff stehe, geheimnisvolle Dimensionen der Schöpfung kennenzulernen?

Wie gerne hätte ich ihnen von allen Beobachtungen und Entdeckungen berichtet und auch von meinen großen Erwartungen in Hinblick auf das zukünftige jenseitige „Leben" (einer Existenz, die ich als Rabbiner in unzähligen Predigten – manchmal auch gegen meine eigene Überzeugung – wortgewaltig und völlig unzulänglich schilderte) erzählt.

Doch jetzt will ich die erste Notizbucheintragung beenden und gelassen abwarten, wie sich die Dinge weiter entwickeln werden.

3. 4. 2000

Die vergangenen Stunden brachten allerlei Überraschungen mit sich und viele neue interessante Erkenntnisse, die ich der Menschheit (und vor allem den Theologen und Wissenschaftern der Erde) nicht vorenthalten will.

Zunächst möchte ich über den Sinn und Zweck der Zwischenstation Io berichten, dem Ort der ersten Begegnung mit dem „Guten Hirten“ – seinen irdischen Namen wollte er nicht verraten –, der mich und alle übrigen Jenseitstouristen aufs Herzlichste begrüßte.

Er ist ein kleingewachsener, jugendlich wirkender Mann mit einem schmalen Gesicht und tiefschwarzen lockigen Haaren, dessen Muttersprache – wie er uns stolz erklärte – aramäisch ist (er beherrscht aber auch einige der wichtigsten lebenden Erdsprachen wie chinesisch, englisch, hebräisch und finnisch). Was uns alle am meisten in Staunen versetzt, sind seine riesengroßen blendend weißen Flügel, die er aber nur beim Zurücklegen großer Entfernungen gebraucht.

Wir alle – Männer, Frauen und Kinder – drängten uns um den „Guten Hirten“ und versuchten natürlich, möglichst fromm, freundlich und bescheiden zu wirken, um auf ihn einen günstigen Ersteindruck zu machen.

Der Hirte – wir gaben ihm (in Erinnerung an Erzvater Abraham, der ja auch ein Hirte war) später den Spitznamen Abi – erzählte, daß er seit bald 2000 Jahren Karawanen ins Jenseits begleitet und gab uns – wie es sich für einen seriösen Reiseleiter gehört – einige wichtige Erläuterungen, die ich nun kurz wiedergeben will.

Falls ich alles richtig verstanden habe (er vermischte nämlich während seiner Ansprachen Wörter aus diversen bekannten und unbekannten Sprachen und stottert ein wenig), ist Io die Sammelstelle für alle „Standard-Paradies“-Kandidaten. Nebenbei erwähnte er auch, daß – erfahrungsgemäß – nur wenige seiner „Schützlinge“ die Paradies-Eintrittsprüfung erfolgreich bestehen und wir, seinem ersten Eindruck nach zu schließen, noch sehr viel schlechter abschneiden würden als die meisten unserer Vorgänger.

Dann gab er den Zuhörern noch den wohlgemeinten Rat, vor Reiseantritt die einmalige Gelegenheit, Schwefelbäder auf Io, keinesfalls zu verpassen, da ein Sitzbad in den heißen Quellen dieses Mondes uns allen einen kleinen Vorgeschmack auf die weniger erfreulichen Jenseits-Perspektiven vermitteln würde.

Ich persönlich machte von seinem großzügigen Angebot keinen Gebrauch, vor allem deswegen, weil ich davon überzeugt war, schon aus beruflichen Gründen für das Paradies bestens qualifiziert zu sein, und außerdem bei mir Schwefelbäder seit frühester Kindheit allergische Reaktionen auslösen.

Noch knapp vor unserer Abreise gab Abi der wartenden, zunehmend ungeduldig werdenden Menge einige letzte Reiseinformationen: So erklärte er, daß jedem Reisenden ein eigenes „Weltall-Kamel“ zur Verfügung gestellt wird (gemeint ist ein bemerkenswert konstruiertes, kamelartig aussehendes, aus komprimierten Neutrinos bestehendes kosmisches Fahrzeug), mit dem die Gruppe – nach Karawanenart – durch das All ziehen soll.

Sehr aufschlußreich war auch seine lapidare Mitteilung, daß wir uns im Weltall rund einen Monat lang – vorerst bis zum Sternbild des Orion – mit 35.000facher und danach mit 300.000facher Lichtgeschwindigkeit in Richtung Zentrum unserer Galaxis fortbewegen werden.

Auf meine naive Frage, wie es denn möglich sei, die Lichtgeschwindigkeit zu überschreiten (was nach dem heutigen Stand der Wissenschaft ein Ding der Unmöglichkeit ist), erwiderte Abi nur achselzuckend, daß himmlische Fahrzeuge nicht auf kosmisch-physikalische Gesetzmäßigkeiten Rücksicht nehmen müßten und sich der werte Professor Einstein hier gründlich geirrt habe (diese sensationelle Erkenntnis müssen – so schwer es ihnen auch fallen mag – unsere irdischen Wissenschafter zur Kenntnis nehmen).

Wir werden – und das will ich allen wissenschaftlich Interessierten berichten – mit einer Geschwindigkeit von bis zu 90 Milliarden Kilometern in der Sekunde die Distanz von rund 30.000 Lichtjahren bis zum Zentrum der Galaxis in nur wenigen Wochen zurücklegen (wirklich erstaunlich!). Was uns dort alles bevorsteht, kann ich bestenfalls vermuten, doch warten wir einfach auf eine diesbezügliche Erklärung unseres Reiseleiters.

Einige Stunden später und nachdem ein Großteil der Mitreisenden ihr erfrischendes Schwefelbad auf Io beendet hatte, formierte sich – endlich zum Aufbruch bereit – die gut 100 Kilometer lange Karawane. Auch ich bestieg ein offensichtlich ungeduldig wartendes „Kamel".

Abi, der das Jammern vieler Reiseteilnehmer und die Proteste einiger Damen gegen diese „unfeine Art" des Transports heldenhaft ignorierte, bestand auf die Bildung von Zweierformationen, befahl uns, diese Marschordnung während der gesamten Reise strikt einzuhalten und – „aus sozialen Gründen" – alle 24 Stunden einen Partnertausch vorzunehmen. Dann schwang sich der „Gute Hirte" elegant auf sein weißes „Leitkamel" und blies zum Abmarsch in ein mitgeführtes Widderhorn.

Nach und nach verstummten die vielen zwecklosen Proteste der Reisenden, und die Karawane setzte sich langsam in Bewegung.

Die Route führte uns – bei zunehmender Geschwindigkeit – zunächst am majestätisch wirkenden Ringplaneten Saturn vorbei (dessen aus Eis und Steinbrocken aller Größen bestehenden Ringe und unzähligen Monde den „Touristen" ein grandioses Bild boten), und schon wenig später erblickten wir die bläulich schimmernden peripheren Planeten unseres Sonnensystems, Uranus und Neptun (beide ebenfalls von dünnen Ringen umgeben).

Den neunten Planeten des Sonnensystems – Pluto – konnten wir leider nicht beobachten, dafür entdeckte ich den von den Wissenschaftern stets postulierten, doch nie gesichteten „Transpluto", einen Riesenplaneten von dreifacher Jupitergröße, der aber auf Grund seiner dunklen Materie so gut wie kein Licht reflektiert und somit von der Erde aus nicht beobachtet werden kann (hiermit erhebe ich Anspruch, sein Erstbeschreiber zu sein!).

Jetzt befinden wir uns am äußersten Rand des Sonnensystems, auf einer Reise ohne Wiederkehr in ein unbekanntes, unvorstellbar fernes (und sicherlich wunderbares) Land.

5. 4. 2000

Der gestrige Tag verlief – sieht man vom ersten Weltraum-Dinner an Bord des „Kamels" ab – völlig ereignislos.

Jeder der Reisenden erhielt ein Paket Tiefkühl-Manna mit dem Geschmack von überreifen Bananen. Abi bat alle Reisenden um Verständnis für die mäßige Qualität der Verpflegung und erklärte, daß frisches Himmels-Manna um vieles besser schmecke, doch auf derart langen Reisen es unmöglich sei, bessere Ware zu liefern (ich vermute, er meinte auch, daß körperlose Gallerten problemlos ganz ohne Nahrung auskommen könnten).

Heute Morgen passierte uns mit hoher Geschwindigkeit ein gigantisches, elliptisch geformtes, grünes UFO (auf Erden als „fliegende Untertasse“ bekannt), auf dessen Deck wild aussehende, bärtige, meist Turban tragende Männer standen und den „Kamelen“, die sie offensichtlich an ihre eigene Heimat erinnerten, fröhlich zuwinkten.

Der Spuk dauerte nur wenige Sekunden, dann war das UFO verschwunden. Abi lieferte mir sofort eine passende Erklärung für dieses Phänomen: Es handele sich – sagte er – um einen jener Luxustransporte ins Paradies, die einigen wenigen, besonders verdienstvollen Erdbewohnern zustehen, in speziellen Fall lauter Selbstmordattentäter, die zu höheren Ehren Gottes mehrere Ungläubige in die Luft gesprengt hätten und sich nun auf der Überfahrt ins „Exquisit-Paradies“ befänden.

Jedenfalls ist jetzt endlich das Geheimnis der unbekannten fliegenden Objekte („UFOs“) gelüftet, um die es auf Erden seit langem viele abenteuerliche Spekulationen gibt.

6. 4. 2000

Wir reisen – wie von Abi angeordnet – in Zweierformationen durch das All. Bald lernte ich einige der Mitreisenden kennen, im allgemeinen nette, freundliche und harmlos daherplaudernde Zeitgenossen, von denen ich jedes Detail ihrer diversen Beschwerden und Erkrankungen auf Erden erfahren durfte. Die meisten von ihnen klagten über Verstopfung, Sodbrennen, Fettleibigkeit (trotz zahlreicher Diäten), hohen Blutdruck und Zahnfleischbluten. Einige erklärten stolz, niemals krank gewesen zu sein, und das trotz hohen Alkohol- und Zigarettenkonsums. Manche, besonders jüngere Männer, berichteten verzückt von ihren zahlreichen sexuellen Abenteuern auf Erden und erwarteten, im Paradies die höchste sexuelle Erfüllung (natürlich bei freier Partnerwahl) zu erlangen.

Andere wiederum sind über die Tatsache höchst erstaunt, ja schockiert, daß Angehörige „falscher" Religionen sich inmitten der Karawane befinden, und einige wenige drükken ihre Hoffnung aus, im Paradies keine Schwarzen, Zigeuner und Juden anzutreffen. Auf meine Bemerkung, daß ich als jüdischer Reform-Rabbiner hier wohl ebenfalls „fehl am Platz sei", versicherten sie mir umgehend, „daß sie eigentlich nichts gegen Juden hätten und viele ihrer besten Freunde sowieso Juden gewesen seien."

Nur einer der Reisegefährten weigerte sich hartnäckig, mit mir zu sprechen; einmal versuchte er, mich sogar anzuspucken, verfehlte sein Ziel aber um mehrere Meter. Später erfuhr ich, daß sein Verhalten auf die Tatsache zurückzuführen ist, daß ihm meine Funktion als Reformrabbiner bekannt war und er, als Anhänger des heiligen Rabbiners Pinchas Horowitz (ein Politiker der orthodoxen Agudat-Israel-Partei in Israel), – wie sein Meister – den Reformjuden die „Schuld am Holocaust" und der „Verwässerung des Judentums" anlastet.

Heute erfuhren wir von Abi einige weitere Details über unsere Reiseroute. Zum jetzigen Zeitpunkt sind wir bloß mit 35.000facher Lichtgeschwindigkeit zum Stern Alpha-Beteigeuze unterwegs, einem roten Riesenstern im Sternbild des Orion, der sich in einer Erdentfernung von 627 Lichtjahren befindet. Diejenigen meiner Leser, die sich in Astronomie ein wenig zurechtfinden, kennen sicherlich diese wunderbare Sternkonstellation am nördlichen Winterhimmel. Alpha-Beteigeuze ist der linke obere, auffallend rote Stern in diesem Sternbild, von dem die irdischen Wissenschafter vermuten, daß er – wie alle Riesensterne – in absehbarer Zeit als Supernova (in einer mächtigen, alles vernichtenden Explosion) enden wird. Da diese Sternkatastrophe von der Himmelsbürokratie für den 10. 4. 2000 vorprogrammiert ist und somit sämtliches Leben auf allen siebzehn Planeten dieses Sonnensystems schlagartig vernichtet wird, erhielt unser „Guter Hirte“ den himmlischen Auftrag, die Karawane dort vorbeizusteuern, um die Paradies-Kandidaten des Beteigeuze-Sonnensystems (auf deren Aussehen ich äußerst gespannt bin) gleich einzusammeln.

Viele Mitreisende – so auch mehrere jüdische, islamische und christliche Theologen – waren über diese Mitteilung sichtlich erstaunt, ja erschüttert und meinten, daß Abi sie nur auf die Probe stellen wolle, um ihre Treue zur einzig wahren Lehre, nämlich dem Dogma von der Einmaligkeit des Lebens auf Erden, zu überprüfen.

Mein heutiger Nachbar, ein großgewachsener, hagerer und streng aussehender katholischer Pfarrer, beschwor mich, auf Abis Worte nicht zu hören, um ja nicht auf falsche, ja blasphemische Ideen zu kommen.

Als ich ihm freundlich klarmachte, daß ich als Reformrabbiner mit der Vorstellung vom Leben auf fremden Planeten keinerlei Probleme hätte, war der gute Mann zunächst völlig sprachlos, nach einer kurzen Denkpause erneuerte er die Unterhaltung und flehte mich händeringend an, von meinem gefährlichen Irrglauben zu lassen. Er schlug mir auch vor, mich an Ort und Stelle zu taufen, und begründete sein freundliches Angebot damit, daß für alle Ungläubigen (Juden, Moslems, Protestanten und andere) das Tor zum Paradies versperrt bleiben würde. Ich dankte ihm für seine gut gemeinte Offerte und bat ihn um einige Tage Bedenkzeit.

7. 4. 2000

Heute verteilte Abi Tiefkühl-Manna mit dem Geschmack von Mazzes. Der Brauch zum Pessachfest, Mazzot (ungesäuertes Brot) zu essen, geht auf Exodus Kapitel 12 zurück, wo berichtet wird, wie die Israeliten beim überstürzten Auszug aus Ägypten ungesäuertes Brot (in Form flacher Brotfladen) mitnahmen. Zum Gedenken an diesen Auszug aus Ägypten essen Juden zum Sedermahl und während der ganzen Pessachwoche Mazzot und kein gesäuertes Brot.

Abi berichtete auch, daß im jüdischen Paradies Jahr für Jahr ein wunderbarer Seder, unter Beteiligung von Augenzeugen des Auszugs aus Ägypten, gefeiert werde.

8. 4. 2000

Wir rasen nun mit 35.000facher Lichtgeschwindigkeit in Richtung Alpha-Beteigeuze. Der Stern ist als tiefrote blendende Scheibe gut sichtbar und scheint periodisch zu pulsieren.

In wenigen Stunden werden wir unsere Geschwindigkeit vorsichtig reduzieren müssen, um nicht am Planetensystem der Riesensonne vorbeizurasen.

Obwohl Abi alle Hände voll zu tun hat, unter anderem auch mit der Besänftigung der vielen unzufriedenen Reisenden (die ihm ständig drohen, sich nach der Ankunft im Paradies beim Chef persönlich über Langeweile, schlechte Kost und Unbequemlichkeit der Sitze während der langen Reise zu beschweren), fand er ein wenig Zeit, über das Leben im Paradies zu plaudern, um seine Schützlinge behutsam auf kommende Ereignisse geistig vorzubereiten.

In schlichten ergreifenden Worten beschrieb er mit sanfter Stimme unser Ziel, das „Standard-Paradies" und erwähnte – ohne die himmlischen Einteilungskriterien näher zu erläutern – drei unterschiedliche Paradies-Kategorien: „Standard", „Deluxe" und „Exquisit".

Er schwärmte von lieblichen, blühenden Wiesen, von golden schimmernden Seen und Flüssen und beschrieb, wie geflügelte Gallerten auf sanft dahintreibenden rosafarbenen Wohnwolken, begleitet vom herrlichen Gesang der Engel, himmlische Melodien auf ihren goldenen Harfen anstimmen. Ich erfuhr auch, daß im jüdischen „Standard-

Paradies" zwei Amtssprachen zugelassen seien: Aramäisch (die Umgangssprache im alten Israel), und Jiddisch (die Sprache der osteuropäischen Juden. Sie entstand im Mittelalter aufgrund mittelhochdeutscher Dialekte durch Aufnahme von hebräischen und slawischen Wörtern), und jeder Neuankömmling eine dieser beiden Sprachen erlernen müsse. Da mir das Lernen von Fremdsprachen nicht leicht fällt, bin ich über diese Neuigkeit wenig erfreut, doch alles andere klingt außerordentlich vielversprechend.

Zwischendurch gab es auch große Aufregung unter den eher konservativ orientierten Reisenden, als nämlich Abi erwähnte, daß neben den schon genannten Paradieskategorien auch eine eigene himmlische Abteilung für Tiere existiert. Sie alle protestierten energisch gegen die Vorstellung von einer „tierischen Seele" und planen – gleich bei ihrer Ankunft – Protestaktionen gegen derartige paradiesische Mißstände einzuleiten.

10. 4. 2000

Vor wenigen Stunden wurden wir Zeugen eines großartigen und beängstigenden Naturschauspiels.

Alpha-Beteigeuze verwandelte sich – wie von Abi vorhergesagt – in eine Supernova. Innerhalb von nur wenigen Sekunden blähte sich der Stern auf und explodierte in einem gewaltigen gelb-orangen Feuerball.

Obwohl unsere Kolonne noch rund zwei Lichtmonate vom Ziel entfernt ist, wurden wir (und das gegen alle bekannten Naturgesetze) von einer starken Druckwelle gehörig durcheinandergewirbelt und von einem grellen Lichtblitz heftig geblendet.

Manche der Reisenden begannen laut zu beten, andere erstarrten zur Salzsäule, ein kleiner Teil der Mitreisenden hingegen schien über das Ende der Weltraumlangeweile höchst erfreut und applaudierte begeistert.

Ich weiß nicht, wie vielen von ihnen zu diesem Zeitpunkt bewußt war, daß in diesem Augenblick und mit einem Schlag ein ganzes Planetensystem zerstört wurde, daß – höchstwahrscheinlich – Milliarden Lebewesen in diesem kaum vorstellbaren Inferno den Tod fanden.

Auf Befehl unseres „Guten Hirten“, der vom Ereignis völlig unbeeindruckt schien, verlangsamte die Kolonne ihre Geschwindigkeit, und auf sein Handzeichen schwärmten hunderte, bis zu diesem Zeitpunkt unsichtbare Helfer – hundeartige zwei- und dreiköpfige, geflügelte Wesen – aus, um die Opfer der Explosionskatastrophe an Bord zu holen.

11. 4. 2000

Jetzt sind wir komplett, und die Reise ins Jenseits kann mit Höchstgeschwindigkeit fortgesetzt werden. Von den insgesamt siebzehn verdampften Planeten des Alpha-Beteigeuze befinden sich rund einhundertsiebzig Kreaturen in unserer Mitte (genauer gesagt am Ende der Karawane), der Rest der Bevölkerung – an die 100 Milliarden Seelen – ist laut Abi, aus moralischen Gründen, nicht paradieswürdig.

Die meisten der neuen Mitreisenden sind rund dreißig Zentimeter lange wurmartige, gelblich schimmernde, großköpfige schleimige Wesen, andere wiederum dreibeinige Kolosse, die am ehesten an eine Kreuzung aus Giraffen und Känguruhs erinnern. Der Rest hat eine gewisse Ähnlichkeit mit übergroßen, fünf Meter langen, rosa gefärbten Fledermäusen.

Wegen ihrer „unerträglichen Häßlichkeit“ haben einige (selbsternannte) Fürsprecher der Menschheit beschlossen, gleich bei ihrer Ankunft im Paradies einen Antrag zur Verbannung dieser abstoßend aussehenden Kreaturen einzubringen.

Die Karawane reist jetzt mit 300.000facher Lichtgeschwindigkeit auf direktem Weg zum Zentrum unserer Galaxis, wo wir in rund drei Wochen auf ein so genanntes „Schwarzes Loch" treffen könnten (das ist zumindest meine persönliche Vermutung; ich bin sicher, daß Abi uns noch rechtzeitig über alle Details informieren wird).

Infolge der großen Geschwindigkeit, von der wir subjektiv aber nichts spüren, sind astronomische Entdeckungen nicht mehr möglich, doch gelegentlich beobachten wir vorbeiflitzende UFOs, in denen offensichtlich bestens gelaunte, fröhlich winkende Passagiere auf direktem Weg zum „Exquisit-Paradies" und seinen Jungfrauen befördert werden.

Inzwischen weiß ich, daß man von der Farbe der fliegenden Untertassen auf deren Insassen schließen kann, denn in den schwarzen Flugobjekten sitzen hohe christliche Würdenträger, in den grünen verdiente Moslems, in den blau-weiß lackierten fromme jüdische Kollegen und in den gelb gefärbten Flugobjekten befinden sich hervorragende Persönlichkeiten aller anderen Konfessionen.

17. 4. 2000

Die vergangenen Tage verliefen etwas eintönig. Die meisten Reisenden verhalten sich still, einige vertreiben sich die Zeit mit Kartenspielen (Abi erweist sich als sehr großzügig, nur Pokern ist strengstens untersagt) und Meditation.

Heute begannen mehrere Einführungs- und Informationskurse zum Thema „Jenseits".

Pflichtfächer sind: „Allgemeine Informationen" und „Grundbegriffe der aramäischen oder jiddischen Sprache", als Freifach stehen „diverse Volkstänze" im Angebot.

Während Abi für die „Allgemeinen Informationen" zuständig ist, sind ihm untergeordnete Engel für alle anderen Themen als Kursleiter vorgesehen.

Unsere erste Lektion in „Allgemeine Informationen" erhielten wir „auf leerem Magen", also noch vor dem morgendlichen Manna-Frühstück, worüber sich viele der Mitreisenden schrecklich aufregten.

Ich kann zwar die Empörung der Massen verstehen, doch akzeptiere und teile ich Abis Meinung, daß ein allzu nahrhaftes Frühstück der Konzentration- und Lernfähigkeit nicht förderlich sei, zumal uns zur Erweiterung unserer Jenseitskenntnisse ja nur noch knappe zwei Wochen bis zur Ankunft im Jenseits zur Verfügung stehen.

An dieser Stelle will ich – ohne auf allzuviele Details einzugehen – über die wesentlichsten, für mich teilweise sehr überraschenden, neuen Einsichten berichten.

Mein derzeitiger Wissensstand kann in wenigen Sätzen zusammengefaßt werden:

1. Paradies und Hölle sind keine Hirngespinste unserer irdischen Theologen, sondern kristallklare Realität;
2. Paradies ist nicht gleich Paradies. Aus Gründen der Logik, der Moral und der Vernunft haben die himmlischen Behörden drei, voneinander durch Polarlichterzäune getrennte Paradies-Kategorien eingerichtet: „Paradies Standard", „Paradies Deluxe" und „Paradies Exquisit". Dieser Polarlichterzaun trennt nicht nur die drei Paradiese voneinander, sondern umgibt auch das gesamte Paradiesgelände, dessen äußere Begrenzung – wie schon in der Bibel (Genesis 2,10–14) berichtet – vom reißenden Fluß Pischon markiert wird. Da es in den vergangenen Jahrhunderten zu mehreren unerlaubten Grenzüberschreitungen gekommen ist, wurden die Zäune, mit Hilfe ostdeutscher Experten, aufgestockt und abgedichtet. Um den himmlischen Frieden für alle Zeiten abzusichern, haben die Verantwortlichen in ihrer großen Weisheit auch beschlossen, diese drei Paradies-Kategorien in (durch höllische Lavaströme) voneinander separierte Unterbezirke einzuteilen: einen Garten Eden für Erdmenschen, Areale für die Bewohner fremder Planeten und ein Reservat für Tiere.

Eine weitere – mir unverständliche, von den meisten Reisenden aber durchaus begrüßte – Unterteilung der Paradiese erfolgt nach religiöser Zuordnung der Gallerten: So existieren – durch tiefe, mit Schwefelsäure gefüllte Gräben – voneinander separierte jüdische, christliche, moslemische und „andere“ Gebiete. Über die Qualitätsunterschiede zwischen den einzelnen Paradies-Kategorien wurden wir bisher nicht im Detail aufgeklärt, auf eine diesbezügliche Anfrage erhielt ich keine klare Antwort.

3. Es steht fest, daß wir – die Paradieskandidaten – im Jenseits einer strengen Eignungsprüfung unterzogen werden. Als Chefprüferin fungiert im jüdischen Himmel die berühmt-strenge biblische Richterin Debie (für Christen ist, wie allgemein bekannt, Petrus verantwortlich), wobei während des Examens der Wahrheitsgehalt aller Antworten durch einen aus Washington neu eingeführten Lügendetektor überprüft wird. Dieses nützliche Gerät (Modell „Watergate“) wird von einem höchst kompetenten Engel namens Tricky Dicky (bürgerlicher Name: Dick Nixon) virtuos bedient. Kandidaten, die diese Prüfung erfolgreich bestehen, müssen sich zunächst eine Zeitlang im Vorhof zum Paradies aufhalten, um dort durch Intensivkurse auf ihr zukünftiges „Leben“ im „Standard-Paradies“ vorbereitet zu werden. Die vielen Unglücklichen, die das Examen aber nicht bestehen, sind zum Abtransport in die Hölle verdammt.

Der aramäische Sprachkurs, an dem ich mit wenig Begeisterung teilnehme, wird von einem stets übelgelaunten Engel namens Elieser geleitet, der vor 2000 Jahren ein Jahrhundert lang auf dem Boden Judäas Dienst tat und dort die damalige Umgangssprache – aramäisch – erlernte. Das Studium von Sprachen fiel mir leider nie leicht, und trotz all meiner Bemühungen, einige Grundbegriffe dieser Sprache zu erlernen, ist der Lernerfolg noch sehr gering.

Heute habe ich auch den ersten, gutbesuchten Tanzkurs absolviert. Unser Tanzlehrer Pinchas – ein im Jahre 1850 verstorbener, übergewichtiger polnischer Chassid aus der Gegend von Lemberg – demonstrierte den ausschließlich männlichen Teilnehmern die wichtigsten Grundschritte der chassidischen Tänze. Die zahlreichen Zuseher schienen sich über das geringe Tanztalent der meisten Kursteilnehmer köstlich zu amüsieren, wobei meine zahllosen unfreiwilligen Kopfstände (natürlich nur infolge der Schwerelosigkeit im Weltraum) immer wieder tosende Beifallsstürme auslösten.

20. 4. 2000

Wir rasen weiterhin durch das All, und die Tage vergehen, sicherlich auch wegen des vielseitigen Kursangebotes, tatsächlich „wie im Fluge."

„Tage" ist das falsche Wort, da im Weltall natürlich stets tiefste Nacht herrscht, doch dank Abi, der uns – mit Rücksicht auf die unterschiedlichen Gebetsgewohnheiten der Reisenden – fünfmal täglich die Uhrzeit durchgibt, und auch infolge der streng geregelten Ruhe- und Lernstunden, unterliegen wir alle der Illusion von „Tageszeiten".

Heute Mittag – wir aßen gerade köstliche Manna mit Thunfisch-Geschmack – hatte ich kurz Gelegenheit, unter vier Augen mit dem mir scheinbar gutgesinnten Abi zu sprechen, und dabei von ihm einige wertvolle weitere Informationen erhalten.

Der wichtigste Tip, den er mir unter dem Siegel der Verschwiegenheit gab, war eine Art „Verhaltenskodex" während der Prüfung, und bei dieser Gelegenheit beschwor er mich, die himmlischen Realitäten anzuerkennen und auf bestimmte Prüfungsfragen „politisch korrekte Antworten" zu geben. Die äußerst konservativen Prüfer erwarteten nämlich von jedem Paradieskandidaten ganz klare (linientreue) Bekenntnisse zu allen von ihnen verkündeten traditionellen „Wahrheiten". Das hartnäckige Leugnen dieser Dogmen und das unsinnige Beharren auf moderne wissenschaftliche Erkenntnisse in bezug auf Mensch und Universum – meinte er – wären in dieser Situation dumm, kontraproduktiv und auch gefährlich. Das alles geschieht – erklärte mir Abi – aus tiefem Respekt vor den Ansichten unserer Vorfahren, Propheten und Heiligen, aber auch aus sehr pragmatischen Gründen: Denn wer will schon unnötige Aufregung und Unruhe im Paradies?

Schließlich gab er mir noch einen letzten guten Rat, nämlich nicht zu übersehen, daß Engel Tricky Dicky (der Alleinverantwortliche für den Lügendetektor) gelegentlich – und vor allem nach Empfang „kleinerer Aufmerksamkeiten" – gerne bereit sei, ein (oder mehrere) Augen zuzudrücken.

Nebenbei verriet mir Abi unter dem Siegel der Verschwiegenheit, daß bisher noch kein einziger Reformrabbiner es geschafft habe, als Paradieskandidat eingestuft zu werden. Diese große Ehre sei mir nur deswegen zuteil geworden, weil im Himmel zufällig bekannt worden sei, daß ich seit fünf Jahren auf den Genuß von Schweinefleisch freiwillig verzichtet und im Gegensatz zu manch anderen rabbinischen Kollegen auch mehrere Gebete fehlerlos beherrscht hätte (glücklicherweise kennt keiner in der Himmelsbürokratie den wahren Grund für diese Abstinenz: meine Schweinefleischallergie).

Jedenfalls solle ich seine gutgemeinten Ratschläge – so schwer es mir auch fallen möge – berücksichtigen, um während des Examens keine unnötigen Fehler zu begehen.

25. 4. 2000

Vorgestern ereignete sich ein tragischer Zwischenfall: Drei „Weltraumkamele" samt Insassen waren plötzlich verschwunden und trotz intensiver Nachforschungen nicht mehr auffindbar.

Laut Abi kommen derartige Unglücksfälle statistisch gesehen alle 150 Jahre einmal vor (er betonte – und das beruhigte uns ungemein –, daß die Wahrscheinlichkeit, mit einem „Kamel" zu verunglücken, um den Faktor 100.000 geringer sei, als mit einem Flugzeug abzustürzen). Später erklärte er mir allerdings im Vertrauen, daß derartige Pannen doch wesentlich häufiger als offiziell zugegeben aufträten, und die himmlischen Flugingenieure seit über eintausend Jahren einem Defekt der Neutriopumpen im Bereich der Schubumkehr auf der Spur seien.

In den vergangenen Tagen machten wir gewaltige Tanzfortschritte und erlernten neben den schon einstudierten chassidischen Tänzen viel Neues, wie „Hora" (ein feuriger israelischer Volkstanz) zur Melodie von „Hawa Nagila", einen „marokkanischen Bauchtanz" und den „Bisontanz" der Apachen. (Die Kursteilnehmer tragen dabei Bisonmasken, Waffen und Schilde. Dabei wirbeln, springen, stampfen und kriechen alle furchterregend umher.)

Gestern lernten die jüdischen Reisenden zwei wichtige Gebete in aramäischer Sprache: das „Kol Nidre"-Gebet (ein Gebet, das Juden am Abend des Versöhnungstages – Jom Kippur – sprechen, wobei die Betenden Gott um Befreiung von Gelübden bitten, die entweder unter Zwang abgelegt wurden, oder von solchen Schwüren, die man sich selbst – voreilig und unüberlegt – gelobt hat und später nicht einhalten konnte), sowie das „Kaddisch"-Gebet der Trauernden (es besteht aus Lobpreisungen des Herrn, wobei die Worte Tod oder Trauer darin nicht vorkommen), das – nach orthodoxer Tradition – nur Männer in der Öffentlichkeit rezitieren dürfen.

Heute hatte ich Gelegenheit, zwei Kollegen – einen österreichischen Kardinal und einen sudanesischen Gelehrten –

kennenzulernen. Wir führten ein langes, intensives und vertrauliches Gespräch, und dabei stellte sich heraus, daß unsere Ansichten in vielen Punkten weitgehend übereinstimmen.

Meine Gesprächspartner denken in vielen Belangen wie ich: Sie bedauern die konfessionellen Separierungen im Paradies, schätzen die Bedeutung des interkonfessionellen Dialogs (der – und darin gab es auch eine Übereinstimmung – nie vom Gedanken der Mission überlagert werden sollte), verurteilen religiöse, rassistische und sexistische Diskriminierungen aller Art und jede Form des Fundamentalismus.

Wir sind uns auch darüber einig, daß der auf Erden so weitverbreitete Fundamentalismus keine religiöse, sondern eine antidemokratisch-autoritäre Bewegung darstellt und – gemeinsam – bekämpft werden sollte.

Sowohl Kardinal K. als auch der sudanesische Geistliche A.-N. meinten, daß ohne Bereitschaft der Religionen zu Reformen und Aufklärungsarbeit die Menschenrechte in unserer Gesellschaft weiterhin mit Füßen getreten würden.

Wir gingen auseinander in der Hoffnung, unsere Gespräche – vielleicht auch in größerem Rahmen – im Paradies fortsetzen zu können.

28. 4. 2000

Nach und nach enthüllt der „Gute Hirte" neue Einzelheiten über die Organisationsstrukturen und Aufnahmekriterien im Jenseits: Auch wenn er uns bisher noch lange nicht alle Unterschiede zwischen den drei Paradieskategorien verraten hat, sehen wir jetzt diesbezüglich um einiges klarer als noch vor wenigen Tagen.

Für die höchste Paradieskategorie – „Exquisit" – kommt leider keiner von uns in Frage; einerseits wegen der Diskrepanz zwischen Angebot und Nachfrage für die erste Paradieskategorie und andererseits als traurige Konsequenz unseres sündigen Lebenswandels auf Erden.

Eine automatische Qualifikation für die „Exquisit"-Kategorie gibt es nur für Heilige, Propheten, religiöse Märtyrer, Gotteskrieger, linientreue theologische Würdenträger, gekrönte Häupter und für einige wenige Schauspieler und konservative Politiker.

An dieser Stelle will ich nun die wichtigsten Qualitätsunterschiede zwischen den einzelnen Paradieskategorien erwähnen, über die wir endlich aufgeklärt wurden: Während den Bewohnern im „Standard" nur einfach ausgestattete, kleine Wohnwolken zur Verfügung gestellt werden, erhalten die Glücklichen im „Deluxe" größere und bequemere Kumuluswolken, die aber im Vergleich zu den purpurfarbenen Doppelwolken im „Exquisit" armselig ausgestattet sind. Wesentliche Unterschiede sind auch im Bereich der Verpflegung ersichtlich: Den acht Manna-Geschmacksrichtungen im „Standard" stehen sechzehn beziehungsweise zweiunddreißig Geschmacksnuancen in den höheren Paradieskategorien gegenüber. Außerdem delektieren sich die „Exquisit"-Bewohner auch an Wachteln, Kaviar, Wein, Nektar und anderen Köstlichkeiten, natürlich in unbegrenzter Menge.

Angeblich soll es auch große Unterschiede in bezug auf die Arbeits- und Ruhezeiten und das paradiesische Sexualleben geben, doch vielleicht sind das alles nur falsche Gerüchte.

Es gibt aber auch noch viele ungeklärte Fragen, die mich ständig beschäftigen, wie zum Beispiel: Sind im Jenseits Familienzusammenführungen geplant? Falls ja, was geschieht, wenn ein oder mehrere Familienmitglieder in der Hölle schmoren? Und wie verkraftet ein (älterer) Neuankömmling das Wiedersehen mit den eigenen Eltern, die – weil jung verstorben – im jenseitigen „Leben" jünger als ihr im hohen Alter verblichener Sprößling sind?

Was für eine Existenz führen Neugeborene und Kleinkinder, die ja nicht das geringste Erinnerungsvermögen an ihr kurzes Erdendasein haben? Ein ähnliches Problem – wenn auch unter umgekehrten Vorzeichen – betrifft senile oder von Geburt an debile Personen!

Erhalten diese unglücklichen Seelen im Jenseits die Chance auf ein bewußtes Dasein, indem die Himmelsbehörden ihnen eine Weiterentwicklung oder Regeneration ermöglichen?

Falls aber solche Entwicklungsprozesse im Jenseits unbekannt sind, verbleiben dann Kleinkinder ewig Kleinkinder und geistig Defekte ihr „Leben" lang Behinderte?

Auf all diese Fragen kenne ich keine Antworten, und für mich sind keinerlei vernünftige oder ethisch vertretbare Lösungen für all diese Probleme vorstellbar (doch warten wir es einfach ab).

3. 5. 2000

Morgen werden wir unser Ziel – das im galaktischen Zentrum lauernde Schwarze Loch – endlich erreichen.

Der Begriff „Schwarzes Loch" ist wissenschaftlich Interessierten längst bekannt. Diese rätselhaften kosmischen Gebilde entstehen dann, wenn Riesensterne (von mindestens zwanzig Sonnenmassen) ausbrennen, als Supernovae explodieren und schließlich in sich zusammenstürzen. Die so entstehende Materiekonzentration besitzt bald eine so gewaltige Dichte, daß ihre Anziehungskraft alles in ihrer Umgebung Befindliche – auch Gasansammlungen und ganze Sternsysteme – anzieht und verschluckt. Selbst das Licht kann dieser Gravitationsfalle nicht mehr entkommen, weswegen irdische Astronomen Schwarze Löcher optisch nicht wahrnehmen können und auf indirekte Nachweismethoden angewiesen sind. Die größten Schwarzen Löcher haben vermutlich eine Masse von Millionen und Milliarden Sonnen.

Obwohl Abi uns immer wieder versichert, daß der Ausflug in das Zentrum eines Schwarzen Loches für Kamelreisende völlig ungefährlich sei, verursacht mir der Gedanke an die Annäherung und den geplanten Eintritt in dieses kosmische Monstrum Angst.

Anders als erwartet, können wir das noch Lichtjahre entfernte Ziel bereits erkennen – oder besser gesagt, erahnen –, denn in weiter Ferne erblicken wir das absolute Nichts – ein an Größe stündlich wachsendes, tiefdunkles, stern- und strukturloses, scheibenförmiges Areal –, dessen Randbegrenzung von rötlichen und gelblichen Blitzen und wild flackernden Protuberanzen markiert wird, während das gesamte sichtbare Weltall von Millionen glitzernden Einzelsternen, an Diamanten-Colliers erinnernde Kugelsternhaufen, milchig-nebeligen Strukturen und unzähligen ovalen und spiralförmigen Galaxien erfüllt ist.

4. 5. 2000

Es ist vollbracht. Heute Morgen erteilte Abi den Befehl zur Einleitung des komplizierten Bremsmanövers, und bald darauf näherten wir uns den – durch blinkende Warnschilder gekennzeichneten – „Ereignishorizont/Point of no Return" (denn wer diese Grenze überschreitet, wird unwiderruflich in den Schlund des lauernden Riesen eingesogen).

Sobald wir mit immer noch rasender Geschwindigkeit diese Grenzlinie passierten, verschwanden alle noch kurz vorher prachtvoll leuchtenden Sterne schlagartig aus unserem Gesichtsfeld, und tiefste Nacht senkte sich über die langgezogene, nun heftig schwankende, schwach grünlich fluoreszierende Kamelkarawane.

In dieser ägyptischen Finsternis verlor ich, inmitten der Entsetzensschreie vieler abgeworfener Reisender, bald jedes Zeitgefühl, und ein eigenartiges Kribbeln erfaßte meine, durch die mächtige Gravitation spagettiartig deformierte Gallertmasse. In diesem Augenblick – das will ich gerne gestehen – verspürte auch ich panische Angst, und in der

Gewißheit des nahen Endes begann ich, das „Höre Israel“ – das Gebet der Märtyrer – laut zu rezitieren.

Ich weiß nicht, wie lange die seltsame Reise in das Herz des Schwarzen Loches dauerte, doch nach und nach – und quälend langsam – begann sich das Dunkel rund um uns zu lichten, und in der Ferne zeichneten sich schemenhafte, rötlich-orange schimmernde, von Blitzen erleuchtete, unregelmäßig pulsierende Nebelformationen ab.

Mit jetzt deutlich reduzierter Geschwindigkeit näherten wir uns der bedrohlich wirkenden Nebelwand, und bald darauf tauchte die Karawane in eine scheinbar undurchdringliche graue Ursuppe ein.

Es folgte ein endlos scheinender Blindflug durch eine totenstille, manchmal von gewaltigen Blitzen durchzuckte, düstere Welt. Auch die Stimmung der verängstigten Reisenden paßte sich dieser unheimlichen Umgebung an, nur gelegentlich vernahm ich leises Geflüster, angsterfülltes Stöhnen und unterdrücktes Schluchzen.

Doch dann – und ohne jede Vorwarnung – war der Spuk vorbei. Die „Kamele“ durchstießen die letzten Nebelformationen, und die Karawane schwebte nun lautlos über einem unendlich scheinenden, dampfenden Lava-Ozean, aus dem brüllende Feuer-Fontänen in große Höhen emporschossen. Von Zeit zu Zeit glaubte ich, riesige geflügelte, von Schuppen bedeckte vorbeiflitzende Lebewesen zu erkennen, und es schien mir, als vernahm ich aus großer Tiefe unterdrückte Schmerzensschreie gepeinigter Seelen und das Hohngelächter ihrer Peiniger.

Bald darauf überflogen wir eine mehrere Kilometer breite, scheinbar bodenlose Schlucht, aus der bizarr konfigurierte, wolkenverhangene violette Berggipfel emporragten.

Vom Rand der überquerten Schlucht bis zum weiten Horizont erstreckte sich eine blumenübersäte, von grün- und türkisblau schimmernden Seen und gewundenen Flußläufen durchzogene, grenzenlos scheinende Ebene, auf der die unterschiedlichsten Tiere friedlich Seite an Seite weideten. Ich erblickte mir bekannte Arten – vor allem Giraffen, Elefanten, Wölfe, Löwen, Kühe und Lämmer – neben mir großteils völlig fremden Lebewesen, einige davon längst ausgestorbene Saurier (ich glaube, es waren mehrere Brontosaurier und ein gigantischer Tyrannosaurus rex), und sie alle schienen in völliger Harmonie und in tiefstem Frieden miteinander zu leben.

Auf Pfiff unseres „Guten Hirten" drosselten die „Kamele" erneut ihre Reisegeschwindigkeit, und bald schwebten wir gemütlich in geringer Höhe über fremdartig geformte Büsche und Bäume auf ein hellerleuchtetes, kugelförmiges, metallisch schimmerndes „Gebäude" von gigantischen Ausmaßen zu, dessen Außenwände kilometerweit mit parallel zueinander verlaufenden, ovalen und matt leuchteten Öffnungen übersät waren.

Über dem Zielflughafen – offenbar die Sammelstelle aller Jenseitstransporte aus sämtlichen Galaxien – kreisten, in unterschiedlichen Höhen, Tausende weitere Karawanen. „Kamele" waren unter ihnen keine zu erkennen, dafür aber drachen- und schlangenförmige Fluggeräte jeder nur denkbaren Größe, und sie alle warteten auf Landeerlaubnis.

Abi steuerte – jetzt im Rückwärtsgang – die „Kamele" zielstrebig auf eine orange blinkende Pforte zu, um kurz darauf an dieser behutsam anzudocken. Die lange Reise durch Raum und Zeit war nun beendet.

Schon Sekunden später bat eine unpersönliche, metallisch klingende Stimme die Passagiere, ihre Raumtransporter diszipliniert zu verlassen und ihrem „Guten Hirten" zu folgen.

Auf Abis Geheiß verließen nun die menschlichen Passagiere (die außerirdischen Mitreisenden, die auf ihren Anschlußflug in ihr eigenes Paradies warten mußten, blieben zurück) ihre, auf der langen Reise liebgewonnenen „Kamele" und passierten – von den Erlebnissen der vergangenen Stunden noch benommen und verwirrt – die weit geöffneten Schleusen, aus denen ein unbeschreiblich süßer Paradiesduft den Neuankömmlingen entgegenschlug.

Rasch durchquerten wir, wenige Zentimeter über dem Boden schwebend, ein breites steinernes Tor, an dem ein Schild mit der Inschrift: „Eintritt nur für Erdmenschen. Außerirdischen und Tieren ist der Eintritt streng untersagt" angebracht war, und folgten unserem „Guten Hirten" in einen hell erleuchteten Saal von ungeheuren Dimensionen. Der Boden des Raumes schien aus purem Gold zu bestehen, und an den Wänden glitzerten in allen Regenbogenfarben prächtig schillernde faustgroße Edelsteine. In der Mitte des Saales befand sich eine gewaltige, hochaufragende Marmortribüne.

Am Eingang des Saales erwartete uns eine Ehrengarde weiß gekleideter, mindestens drei Meter großer, hellblond gelockter Engel, die sogleich auf ihren goldenen Harfen eine Willkommensmelodie – es war das weltberühmte „Hewenu Schalom aleijchem" (was so viel bedeutet wie: „Wir bringen euch Frieden") – anstimmten, während aus großer Höhe ein Konfettiregen auf uns herniederflakte.

Ein in Livree gekleideter, ungemein vornehm aussehender älterer Engel bat die Ankömmlinge sodann, in der Mitte des Saales auf niedlichen und blendend weißen, chanelparfümierten Wolken Platz zu nehmen.

Es folgte nun ein sieben Stunden währender und herzerfrischender Kunstgenuß erhabener sakraler Musik, der nur ab und zu von kurzen Balletteinlagen süßer, nackter Engelbabies unterbrochen wurde.

Mit Beendigung der musikalischen Darbietungen wurden wir in einen noch viel gewaltigeren Festsaal geleitet, um dort den Begrüßungsansprachen der Festredner zu lauschen.

Als Erster betrat ein mindestens sieben Meter großer, würdig aussehender, schwarzbärtiger Engel die Tribüne und stellte sich als Vertreter des „heute leider verhinderten" Erzengels Gabriel vor. Er begrüßte mit dröhnender Baßstimme die Neuankömmlinge aufs Herzlichste, wünschte allen im Namen der himmlischen Verwaltung einen schönen Aufenthalt im Vorhof zum Paradies und bat die „werten Gäste", sich wie zu Hause zu fühlen und den Anweisungen des Personals brav Folge zu leisten.

Als Nächster betrat Engel Abi die Rednertribüne und erklärte mit vor Rührung bebender Stimme und Tränen in seinen Augen, wie stolz er auf seine Schützlinge sei und daß wir mit Abstand die beste Gruppe waren, die er je in das Jenseits führen durfte. Abi wünschte uns alles Gute und viel Glück bei den bevorstehenden Aufnahmeprüfungen, spreizte dann seine Flügel und segnete beim Verlassen des Raumes die versammelte Gemeinde.

Jetzt erfüllte der Klang unzähliger Posaunen den Saal, und wie aus dem Nichts betraten zwei menschenähnliche, kleingewachsene, von einem dichten Pelz bedeckte (im Grunde nackte) Gestalten – ein Mann und eine Frau (diese war durch ihr langes, rot gefärbtes Haar und den dick aufgetragenen Lippenstift als solche zu erkennen) – das Podest. Ihr ganzes Erscheinungsbild – niedrige Stirn, langgestreckter flacher Hirnschädel, prominente Überaugenwülste, negatives Kinn und Delle am Hinterkopf – erinnerte mich an das mir vertraute Bild der Neandertaler, ihre gebeugte Körperhaltung war aber ein deutlicher Hinweis dafür, daß diese Wesen aus einer noch weit früheren Erdepoche stammen mußten.

Die Frau, die offensichtlich das Sagen hatte, hielt eine kurze Rede in einer mir unbekannten Sprache, die vor allem aus Grunzlauten bestand, während ihr Partner (der sich ständig kratzen mußte) von Zeit zu Zeit wilde Grimassen schnitt.

Da ihre Worte vom himmlischen Chefdolmetsch simultan übersetzt wurden, bin ich in der Lage, den Inhalt der Rede wiederzugeben: Einleitend erfuhren wir, daß die beiden Promis zu einem Arbeitsessen mit dem Chef höchstpersönlich verabredet waren, doch wegen einer Terminverwechselung ihn nicht mehr angetroffen hätten und deswegen – kurz entschlossen – Erzengel Gabriel um Erlaubnis baten, die heutige Ladung Neuankömmlinge persönlich begrüßen zu dürfen. Diese Bitte habe er ihnen nicht abschlagen können.

Das weibliche Wesen stellte sich und ihren Begleiter als Chawa (Eva) und Adam vor und bat die Zuhörer um Verständnis dafür, daß ihr Ehemann noch aus folgenden Gründen nicht in der Lage sei, offizielle Ansprachen zu halten: erstens wegen einer jüngst übergangenen schlimmen Verkühlung und zweitens, weil der von ihm belegte „Sprachkurs für Anfänger" in den vergangenen 2500 Jahren immer wieder aus bürokratischen Gründen ausgefallen sei.

Sie betonte, wie außerordentlich glücklich sie beide seien, so viele ihrer Nachkommen im Himmel begrüßen zu können, wünschte allen Gallerten viel Glück für die bevorstehende Eintrittsprüfung und erinnerte abschließend die Zuhörer, ja keine Paradiesäpfel anzurühren, auch nicht die Schwarzmarktware. Bei diesen Worten begann Adam herzzerreißend zu schluchzen, und als auch all die anwesenden Engel nicht in der Lage waren, ihn zu beruhigen, mußte das arme Wesen mit einer Tragbahre abtransportiert werden.

Nach Abschluß dieser eindrucksvollen Begrüßungsfeier ersuchte Engel Schwarzbart die Anwesenden, die Zeremonienhalle zu verlassen und im feierlich erleuchteten Hof Aufstellung zu nehmen.

Begleitet von einer musizierenden Engeleskorte betraten die Reisenden einen geräumigen, von Palmen und unzähligen Kakteen umsäumten, freien Hof, wo wir uns in

Reih und Glied aufstellen mußten. Schlagartig verstummte die Musik, und der Schwarzbärtige begann, mit seiner dröhnenden Baßstimme aus zwei riesigen Steintafeln Namen aufzurufen. Die so Aufgerufenen mußten vortreten und sich in Gruppen – zu je 120 Gallerten – versammeln, wobei Kleinkinder und Greise von kräftigen Hilfsengeln dabei unterstützt wurden.

Wie mir von Abi (unter dem Siegel der Verschwiegenheit) mitgeteilt wurde, verhält es sich so, daß die Einteilung der Neuankömmlinge nach ganz besonderen Richtlinien erfolgt.

Das allererste und wichtigste Kriterium ist die Religionszugehörigkeit. Hier werden vier Hauptgruppen – Juden, Christen, Moslems und „andere" – gebildet. Innerhalb jeder dieser vier Gruppierungen wird weiter unterteilt, und zwar nach folgenden Richtlinien:

1. „Erwachsene" (im Jenseits gilt man erst mit 35 Jahren als vollkommen erwachsen);
2. „Jugendliche" (alle 13- bis 35-jährigen);
3. „Kinder" unter dem 13. Lebensjahr, wobei zwischen Kindern mit eigenem Erinnerungsvermögen und solchen ohne eine Erinnerung an ihr kurzes Dasein auf Erden unterschieden wird, und letztlich muß noch festgestellt werden, ob die Kinder sich ganz alleine im Jenseits befinden oder hier im Jenseits entscheidungsfähige Eltern „leben."

Auf den ersten Blick erscheint diese Einteilung eigenartig, sinnlos und verwirrend, doch dahinter steckt ein durchaus verständliches (wenn auch nicht ganz unproblematisches) System, das ich nun versuchen will zu erklären: „Erwachsene" sind im „Standard-Paradies" – natürlich nur unter der Voraussetzung, daß sie die schwierige Aufnahmeprüfung bestehen – willkommen.

„Jugendliche" (zwischen dreizehn und fünfunddreißig Jahren) sind in allen Paradieskategorien, wegen ihres ungestümen Temperaments und häufiger politischen Linkslastigkeit, nicht erwünscht. Beabsichtigen „Jugendliche", in das Paradies zu gelangen, dann müssen sie, nach Bekanntgabe eines Wunschalters (das über 35 Jahre liegen muß), einer komplizierten Inkubatorbehandlung unterzogen werden. Erst mit Beendigung dieser Transformation (bei der auch körperliche und geistige Defekte automatisch ausgebessert werden), dürfen auch sie zur Paradies-Eignungsprüfung antreten.

Bei Kleinkindern ist die Situation noch um einiges komplizierter. Denn lärmende, rotznasige Kinder sind im gesamten Paradies fehl am Platz! Sind im Jenseits verantwortungsbewußte Eltern anzutreffen, dann dürfen diese eine Entscheidung über das zukünftige Schicksal ihres Kindes fällen. Hier bestehen grundsätzlich drei Optionen: 1. Inkubatorbehandlung, zur Anhebung des Lebensalter der Kinder 2. Wiedergeburt auf Erden oder 3. Aufnahme in die berühmte himmlische Engelsakademie (zugelassen werden allerdings nur besonders hübsche, blondgelockte und brave Kinder).

Sind keine verantwortlichen Eltern hier vorhanden, dann hat eine Kommission (unter Leitung von Frau Dr. Anna Freud) über jeden einzelnen Fall zu entscheiden.

Nach Beendigung dieser mühsamen und langwierigen Prozedur führte Engel Schwarzbart höchstpersönlich jene Gruppe, der auch ich zugewiesen worden war, – bestehend aus rund eintausend „Erwachsenen" jüdischen Glaubens – nach Neu-Brooklyn, der Zwischenstation auf dem Weg ins „Standard-Paradies."

Der weite Weg dorthin führte zuerst durch eine windstille, grasbedeckte, von Bächen und Flüssen durchzogene englische Parklandschaft, und obwohl ich keinerlei Gestirne erblicken konnte, erstrahlte das gesamte „Himmelsfirmament" in einem pastellfarbenen goldenen Licht, das von den Wiesen, Sträuchern und Gewässern der Ebene hundertfach und in vielfältigen Farbnuancen reflektiert wurde.

Bald durchquerte unsere Gruppe einen „Zauberwald", dessen fremdartig geformten Bäume annähernd rund-ovale, durchsichtige, blaßrosa gefärbte, bei jeder milden Brise tausend Melodien flüsternde Blätter trugen, um dann gemächlich über einen ausgedehnten, dampfenden und scheinbar leblosen Sumpf dahinzuschweben.

Schließlich erreichten wir eine ausgedehnte, blumenbedeckte Ebene, auf der unzählige, dicht aneinander gedrängte Laubhütten errichtet waren. In einiger Entfernung von den Behausungen ragte eine gewaltige, scheinbar kilometerlange, aus groben Steinblöcken erbaute Mauer zum „Himmel" empor, in der ein massives Zedernholztor – vor dem zwei hünenhafte, mit Holzknüppeln bewaffnete, schwarzgekleidete, einen Kaftan tragende Engel Wache stehen – eingelassen war.

Beim Anblick der Mauer – sie war ein detailgetreuer Nachbau, vielleicht sogar das Original der Westflanke des von den Römern zerstörten Tempels zu Jerusalem (fälschlicherweise als „Klagemauer" bezeichnet) – gerieten einige der Reisenden in wahre Verzückung. Sie hüpften und tanzten um die Wette, lachten und weinten abwechselnd, und manche versuchten sogar, die Mauer zu küssen, ein Ansinnen, das ihnen von den Torwächtern – unter Einsatz ihrer Knüppel – energisch verwehrt wurde.

Nachdem sich die Gemüter etwas beruhigt hatten, wurden wir von Engel Schwarzbart zu unseren Quartieren geleitet. Mir wurde eine am Rand der Siedlung gelegene Laubhütte zugeteilt, die ich mit einem traurig und uralt aussehenden kleinen Mann namens Methu teilen mußte.

Der arme Teufel (ein ehemaliger Bewohner der Stadt Kineret am See Genezareth) berichtete unter Tränen, daß er –

wie so viele seiner Leidensgenossen – in dieser armseligen Behausung schon seit 3500 Jahren auf seinen Paradieseignungstest warte und längst jede Hoffnung aufgegeben habe, jemals in das „Standard-Paradies“ Einlaß zu finden.

Der Grund für seine Nichtberücksichtigung – erklärte er mir – sei in seiner traurigen Familiengeschichte zu suchen. Schuld am ganzen Schlamassel sei seine sündige Mutter, die als Geschiedene – und gegen den Widerstand der Rabbiner – es gewagt hatte, einen Mann namens Kohen zu ehelichen. Der Überlieferung nach ist aber jeder Kohen ein Nachfahre eines Tempelpriesters, der laut religiösem Gesetz bestimmte Frauen nicht ehelichen darf. Es sind dies: Proselytinnen, Geschiedene und Prostituierte. Ich versuchte, den armen alten Mann mit der „Gewißheit auf die himmlische Gerechtigkeit“ (die manchmal viel Zeit benötigt) zu trösten, doch leider ohne den geringsten Erfolg, denn er weinte und zitterte noch viele Stunden, bis er erschöpft einschlief.

7. 5. 2000

Die Tage hier in Neu-Brooklyn vergehen nur quälend langsam. Die wichtigsten Fixpunkte des Tages sind: Erschallen von Posaunen um fünf Uhr morgens, drei Manna-Mahlzeiten täglich, Rezitation von vorgeschriebenen Gebeten – früh, mittags und abends – und ein kurzes allabendliches Harfenkonzert der Engelskapelle, knapp vor Einbruch der ägyptischen Finsternis um Punkt neunzehn Uhr.

So bleibt recht viel Zeit für informative Gespräche und interessante Diskussionen mit Schicksalsgenossen. Man hört die unglaublichsten Meinungen und Spekulationen über „das Leben“ in Hölle und Paradies, wobei praktisch jeder der Anwesenden von seiner Sicht der Dinge völlig überzeugt ist und natürlich auch fest daran glaubt, Aufnahme im Paradies zu finden.

Gestern vor dem Schlafengehen befragte ich Engel Schwarzbart nach meinen Chancen, in den nächsten Tagen zur Aufnahmeprüfung zugelassen zu werden, und erhielt eine sehr bemerkenswerte Antwort, nämlich, daß ich unter „regulären" Bedingungen mit einer Wartezeit von mindestens 120 Jahren rechnen müsse. Doch dann fügte er im Flüsterton hinzu, daß es auch hier Mittel und Wege gäbe, diese Frist beträchtlich zu verkürzen.

Auf meinen fragenden Blick schielte Schwarzbart mit seinen listigen kleinen Äuglein auf meine, aus der auseinanderbrechenden russischen Raumstation Mir stammenden Souvenirs und zwinkerte mir zu.

Nun mußte ich eine Entscheidung treffen. Sollte ich nach eigenen eisernen ethischen Prinzipien (die ich ja meiner Gemeinde täglich predigte) handeln und deswegen an diesem Ort ewig festsitzen, oder doch mit den himmlischen Wölfen heulen, eine kleine Sünde begehen und dem Schicksal ein wenig nachhelfen? Ich entschied mich – und ich schäme mich ein wenig dafür – für den einfacheren Weg.

Engel Schwarzbart erhielt von mir zwei russische Taschenuhren für die zwei Torwächter, Lockenwickler für Richterin Debie (derzeitige Vorsitzende der Prüfungskommission), eine Flasche Wodka für Engel Tricky Dicky und eine Packung Farbstifte und eine Kondompackung zum Eigengebrauch. Er drückte mir dankbar die Hand und verschwand sogleich in Richtung Haupttor, um eine Stunde später mir strahlend zu berichten, daß mein Prüfungstermin für morgen zehn Uhr angesetzt worden sei. Ich werde mir sofort eine kluge Prüfungsstrategie zulegen müssen, denn auch Reformrabbiner hegen nicht den Wunsch, in der Hölle zu schmoren.

8. 5. 2000

Pünktlich um neun Uhr morgens wurden zehn Namen – auch mein Name war darunter – von einem buntgekleideten, langhaarigen Botenengel bekanntgegeben. Wir zehn Glücklichen versammelten uns nahe der Vorhofspforte und wurden vom bereits ungeduldig wartenden Engel Schwarzbart – der zuerst eine wütende Menschenmenge, die für die Abschaffung der himmlischen Aufnahmeprüfung lauthals demonstrierte, mit einem Schlagstock abwehren mußte – sicher durch das Tor geleitet.

Er führte uns, von einem hundertköpfigen Engelschor begleitet, zu einem gewaltigen Amphitheater von mindestens doppelter Größe des Kolosseums in Rom.

In der Umkleidekabine wurden wir von einer Schar glatzköpfiger Eunuchen zunächst in Milch und Honig gebadet, dann in weite weiße togaartige Gewänder eingekleidet, frisch parfümiert und geschminkt.

Bald darauf betraten zehn fein herausgeputzte „Gladiatoren", nach allen Seiten fröhlich winkend, das Hauptfeld der Arena und schritten, unter dem lauten Gejohle von einhunderttausend Zuschauern (viele von ihnen Tagestouristen aus den höheren Paradieskategorien), auf eine in der Mitte des riesigen Ovals errichtete Bühne zu. Unter Führung von Engel Schwarzbart passierten wir ein Spalier düster aussehender, Lanzetten tragender Gardeengel und erklommen hoffnungsvoll die auf die höchste Ebene der Bühne führende breite und steile, mit erlesenen persischen Jagdteppichen ausgelegte Stiege.

Ein goldener Thron war in der Mitte der Bühne plaziert, auf dem eine uralt wirkende, winzige Person saß. Ihr langes, wirres, schwarz gefärbtes Haar reichte bis hinab zum Boden und bedeckte den größten Teil ihres schmalen, eingefallenen Gesichtes. In ihrer rechten krallenartig geformten Hand hielt sie einen langen Stock, mit dem sie von Zeit zu Zeit – und scheinbar völlig unmotiviert – auf den Marmorboden schlug.

Zu ihrer Rechten stand ein annähernd drei Meter großer, schlanker, schwarzgekleideter, furchterregender Teufel mit angelegten gewaltigen Flügeln, der sich lässig auf einem rotglühenden Dreizack stützte.

Vor ihr kauerte eine weitere Figur. Es war ein mittelgroßer Mann mit deutlich fliehender Stirn, einer langen (sprungschanzenartigen) Nase und auffallend kleinen, listigen Augen.

Der Mann hantierte ungeduldig an einem Elektrometer der Marke „Hubbard“, einer metallischen Box mit angeschlossenen Drähten, Kabeln, Handgriffen, einigen Kontrollinstrumenten und vielen farbigblinkenden Lampen.

Auf ein Handzeichen der Richterin verstummten alle Gespräche, und Totenstille erfüllte die Arena.

Mit krächzender Altweiberstimme begrüßte Richterin Debie feierlich die Anwesenden, wünschte den Prüfungskandidaten „Mazel tov“, erklärte die Sitzung für eröffnet und ermahnte schließlich die Zuschauer, den Kandidaten ja nicht einzusagen.

Dann meldete sich die schreckliche Höllengestalt zu Wort. Mit leiser, überraschend freundlicher Stimme begrüßte auch er die Menge, ermahnte die Zuschauer, ihre ausgefüllten Wettscheine noch rasch abzugeben, wünschte den Paradiesanwärtern „höllisches Glück“ und fügte freundlich lächelnd hinzu, daß er sich sehr freuen würde, in möglichst großer Gesellschaft zur Hölle zurückkehren zu können, einem Ort, der im Grunde viel besser sei als sein Ruf.

Nun wurden wir in alphabetischer Reihenfolge zur Prüfung aufgerufen und von einem zierlichen, blonden, einen Minirock tragenden Engel zum Thron der Richterin geleitet.

Der Prüfungsablauf war denkbar einfach: Jeder Kandidat mußte vor die Richterin treten, die Handgriffe des Elektrometers fest umklammern und zehn Fragen – die sie von einer Steintafel vorlas – beantworten, während Engel Tricky Dicky an seinem „Hubbard-Lügendetektor“ die gegebenen Antworten streng überprüfte.

Wer mindestens neun der zehn Fragen aufrichtig-richtig beantworten konnte, war für Camp Ellis (dem Vorbereitungscamp zum zukünftigen Dasein im „Standard-Paradies“) qualifiziert. Diejenigen, die es nicht schafften – es waren acht unglückliche Gallerten –, gehörten augenblicklich dem Teufel, der sie wild brüllend mit seinem Dreizack aufspießte und in einen bereitliegenden zeltförmigen Rucksack einsammelte.

Ich mußte als Kandidat Nummer Sieben vor Richterin Debie treten und folgende Fragen beantworten:

1. Glaubst du, daß die ganze Thora (die fünf Bücher Mose und die gesamte im Talmud niedergeschriebene mündliche Überlieferung) dem größten aller Propheten – Moses – am Berg Sinai vom Chef höchstpersönlich übergeben wurde?
2. Wie alt sind Himmel und Erde?
3. Stammt die Menschheit von Adam und Eva oder von den Affen ab?
4. Betest du täglich für das Erscheinen des Messias?
5. Soll deiner Überzeugung nach der dritte Tempel am Tempelberg zu Jerusalem sobald als möglich wieder errichtet werden?
6. Bewunderst du den heiligen Märtyrer von Hebron, Dr. Baruch Goldberg?
7. Ist die Reformbewegung gut oder schlecht für die Juden?
8. Bereust du, Reformrabbiner gewesen zu sein?
9. Wirst du sämtliche religiösen Gebote ab nun streng befolgen?
10. Sollen Ehebruch und Homosexualität streng geahndet werden, und welche Strafe erwartet diese Sünder?

Bevor ich die Fragen beantwortete, warf ich einen Blick auf Engel Dicky und bemerkte zu meiner großen Erleichterung, daß er mir kurz zuzwinkerte.

Die zehn Gewissensfragen wurden von mir wie folgt beantwortet:

1. Ich glaube fest daran, daß Moses – der größte aller Propheten – die gesamte Thora am Berg Sinai vom Chef persönlich empfangen hat.
2. Himmel und Erde wurden vor genau 5760 Jahren erschaffen.
3. Wir alle stammen direkt von Adam und Eva ab. Darwin war ein Betrüger.
4. Ich bete drei mal täglich für das Kommen des Messias und erwarte sein Erscheinen auf Erden in Bälde.
5. Der Wiederaufbau des Tempels samt Wiedereinführung der Tieropfer und Priesterprivilegien ist mein sehnlichster Wunsch.
6. Der heilige Baruch ist ein großer Sohn unseres Volkes, ich bewundere ihn und seine glorreichen Taten maßlos.
7. Die Reformer sind unser aller Unglück, denn sie verführen zur Sünde und sind die Hauptschuldigen an der Assimilation der Diaspora-Juden.
8. Ich bereue meine Vergangenheit als Reformrabbiner zutiefst.
9. Ich will im Paradies alle religiösen Gebote peinlichst genau befolgen.
10. Wer Ehebruch begeht und Unzucht betreibt, muß öffentlich gesteinigt werden.

Die Richterin und Engel Dick schienen über diese Antworten hocherfreut zu sein und Debie verkündete sogleich, daß ich das Examen mit Vorzug bestanden hätte. Dem Publikum hingegen – urteilt man nach der Lautstärke der Buhrufe – schien mein Abschneiden weniger zu gefallen (weil – wie ich später erfuhr – die Wettquoten 1:100 gegen mich gestanden waren).

Als nun alle Kandidaten geprüft, beurteilt zum Abtransport in Hölle und „Standard-Paradies“ bereit waren, erhob sich das Publikum zum Absingen der „Hatikwa“ (der himmlischen Hymne „von der Hoffnung"), um dann an den Eingangskassen die Wettgewinne zu kassieren und die Rückreise in den startklaren UFOs zu ihren Heimatparadiesen anzutreten.

Der Teufel packte seinen Rucksack samt bitterlich weinenden Opfern, stieß ein Triumpfgeheul aus und erhob sich feuerspeiend in Richtung Hölle.

Ich und auch der zwete Paradiesqualifikant (ein reuiger Bordellbesitzer aus Bneij Brak, nahe Tel Aviv) wurden von Engel Schwarzbart in einer Art Känguruhbeutel, zwischen seinen mächtigen Flügeln verstaut und sogleich in Richtung Camp Ellis abtransportiert.

Wir reisten in großer Höhe über dem Niemandsland zwischen den unterschiedlichen Paradiesen, überflogen weite, unbewohnte Ebenen, tief eingeschnittene Täler, rauchende Vulkane und bewunderten aus luftiger Höhe die in mattem Gold glitzernden spiegelglatten Seen und gewundenen Flußläufe der Region.

Nach gut einer Stunde Flugzeit reduzierte Schwarzbart die Geschwindigkeit, leitete einen steilen Sinkflug ein, schwenkte in Richtung Backbord ab und reihte sich in eine Warteschleife um den Zielflughafen ein.

Nun waren wir nicht mehr allein. Über und unter uns schwebten auf parallelem Kurs gut fünfzig riesenhafte Engel, die – wie Schwarzbart – in ihren Beuteln Passagiere trugen und auf Landeerlaubnis warteten.

Schwarzbart schien über diese unerwartete Verzögerung äußerst ungehalten zu sein und murmelte irgend etwas, was nach „Streik der Fluglotsen" und „Dienst nach Vorschrift" klang, in seinen langen Bart.

Von unserem Beutel aus konnten ich die äußere Begrenzung des eigentlichen Paradiesgeländes erkennen: den in vielen Grüntönen schillernden, für „Normalsterbliche" undurchdringlichen Polarlichtervorhang.

Schließlich erhielt Schwarzbart vom Tower die lang ersehnte Landeerlaubnis und bald setzte er elegant nahe dem Tor zum „Standard-Paradies“ auf.

Obwohl vor der Pforte schon einige Tausend Gallerten ungeduldig auf Einlaß warteten, wurden wir vom diensthabenden Engel sofort durchgewunken, was – wie mir Schwarzbart verriet – darauf zurückzuführen war, daß Richterin Debie (die von meiner großartigen Leistung bei der Aufnahmeprüfung sehr begeistert war) bei den hiesigen Einwanderungsbehörden für uns interveniert hatte.

Hinter dem Paradiestor wurden wir von Direktor Noah – einem würdig aussehenden weißbärtigen Engel – schon erwartet. Er umarmte uns herzlich und beglückwünschte mich zu meinem großartigen Abschneiden bei der Aufnahmsprüfung.

Zu meinem großen Entzücken lernte ich hier völlig unerwartet den legendären biblischen Noah kennen, eine Figur, die mich schon zu Lebzeiten fasziniert hatte.

Noah war – soviel wußte ich aus meinen Bibelstudien – der erste Mensch, mit dem Gott einen Bund geschlossen hatte. Es war der berühmte „Regenbogenbund“, den Gott mit dem gerechten Heiden Noah – als Symbol für die ganze Menschheit – eingegangen war. Ein Bund, der das Überleben der Menschheit nach der Sintflut garantieren sollte.

Diese biblische Erzählung vom „Regenbogenbund“ zeigt sehr schön, daß das Judentum (was vielen Menschen unbekannt ist) eine Religion mit einer ausgeprägten universalistischen (auf die ganze Menschheit hin bezogenen) Orientierung ist.

Die Rabbiner betonten daher auch immer wieder, daß das „Heil in der kommenden Welt“ nicht von der Zugehörigkeit zum Judentum abhängt, sondern allein von der Einhaltung bestimmter ethischer Gesetze (gemeint sind die sieben „noachidischen Gesetze“: Verbot von Mord, Raub,

Unzucht, Götzendienst, Tierquälerei, Gotteslästerung und die Verpflichtung zur Errichtung von Gerichtshöfen).

Weil eben dieses Heil nicht von der Zugehörigkeit zum Judentum abhängig ist, verzichtete das Judentum für alle Zeiten – im Gegensatz zu vielen anderen Konfessionen – auf aktive Mission.

Nun war der Zeitpunkt gekommen, sich vom inzwischen liebgewonnenen Engel Schwarzbart zu verabschieden. Dann schwebten wir, von Noah begleitet, zum himmlischen Zeughaus, um die im Paradies vorgeschriebenen Himmelsutensilien in Empfang zu nehmen.

Ein übelgelaunter, schlecht rasierter, zahnloser und obendrein betrunkener Engel starrte uns feindselig an, und ich bin überzeugt, daß wir nur dank der Anwesenheit von Noah überhaupt bedient wurden.

Im Zeughaus erhielt ich ein Paar deutlich beschädigter, blau-weiß gestreifter Flügel, einen leicht ramponierten, goldenen Heiligenschein, eine gestrickte dunkelblaue Kippa (die Kopfbedeckung national-orthodoxer Juden), eine versilberte (schlecht gestimmte) Harfe und eine weiße Wohnwolke, die soeben vom Ein-Million-Kilometer-Service aus der Wolkenwerkstätte eingetroffen war.

Nun kam der Zeitpunkt des Abschieds von Noah, bei dem ich mich für all seine Freundlichkeiten herzlich bedankte. Neugierig wie ich bin, ließ ich mir die Chance nicht entgehen, ihn noch zu fragen, wie er und seine drei Söhne es geschafft hatten, ein Paar von sämtlichen zu Luft und Erde lebenden Tieren einzufangen und in der Arche unterzubringen?

Obwohl der gute Mann sichtlich unter Zeitdruck stand, ließ er sich die Gelegenheit nicht nehmen, mir ausführlich zu beschreiben, wie ihnen diese fast unmögliche Mission gelungen war, und er berichtete folgendes:

Zuerst sammelte er mit Hilfe der ganzen Mischpoche die leicht einzufangenden Tiere, wie beispielsweise Löwen, Tiger, Elefanten, Grizzlybären, Kolibris etc. ein; danach konzentrierten sie sich auf die wirklich schwierigen Brokken, wie Termiten, Krokodile, Schlangen und Saurier, die sie mit Hilfe von Kränen an Board hievten. Besonders die gewaltigen, fleischfressenden Dinosaurier machten ihnen große Sorgen, bedenkt man, daß einzelne Exemplare enorme Ausmaße besaßen. Sie hielten daher Ausschau nach Sauriereiern und beauftragten dann ein Vogelstrauß-Ehepaar an Bord der Arche, die Eier der allergrößten Saurier zu bebrüten.

Mit dem Ende der Flut wurden alle Tiere am Berg Ararat ausgesetzt, von wo aus sie sich wieder über die ganze Welt verbreiten konnten.

Als Noah die Geschichte fertigerzählt hatte, umarmte er mich ein letztes Mal, und bald schwebte ich etwas unbeholfen mit all meinen neuen Gebrauchsgegenständen zum nahegelegenen Camp Ellis, einer rund vier Quadratkilometer großen Insel inmitten eines schilfbedeckten kleinen Sees, ein Ort, an dem alle „Standard-Paradies"-Greenhorns auf ihr neues Leben im Jenseits mit Hilfe hervorragender Lehrer vorbereitet werden.

Auf der Insel glücklich angelangt, verankerte ich sogleich meine, in einer milden Abendbrise sanft hin und her schaukelnde Wolke sorgfältig an einem dicken Stamm eines blühenden Apfelbaumes und begab mich sofort zur wohlverdienten Nachtruhe.

14. 5. 2000

Nach einer Woche der „Funkstille" melde ich mich wieder zurück, und heute will ich von den vergangenen Tagen in Camp Ellis berichten.

Gleich am ersten Morgen mußten alle Neuankömmlinge die örtliche Klinik – einen am Seeufer fest verankerten und zu einem Lazarett umgebauten Mississippi-Schaufelraddampfer mit dem schönen Namen „Mount Sinai" – aufsuchen.

Dort wurden wir von drei lieblichen Krankenschwestern mit winzigen, funktionslosen Flügeln in den Operationssaal geführt, wo mir – wie auch allen anderen Mitreisenden – ein Überwachungschip am rechten Flügelansatz eingepflanzt wurde.

In der neben dem Operationstrakt liegenden andrologischen Ambulanz verabreichten die drei Schwestern uns allen die im „Standard-Paradies" obligate (3-monatliche) Antisexspritze mit Doppelfunktion: einerseits zur Unterbindung jeglicher Sexualgelüste und andererseits, um das Heranreifen von sekundären Geschlechtsmerkmalen zu unterbinden. Die dort diensthabende liebliche Oberschwester informierte uns sogleich mit gewinnendem Lächeln, daß im „Standard-Paradies" – anders als in den gehobenen Paradies-Kategorien – Sex auf Anordnung der Erzengel-Konferenz seit 3000 Jahren strengstens verboten sei.

Ein weiterer Höhepunkt des ersten Tages war der Besuch der plastisch-chirurgischen Ambulanz, wo für jeden einzelnen Paradiesinsassen hervorragende Spezialisten originalgetreue Gesichts-Moulagen (Moulagen sind farbige Wachsmodelle von Organen) herstellen, die nach Belieben aufgesetzt oder abgenommen werden können.

Bedenkt man, daß normale Gallertstrukturen nur sehr undeutliche, ja verwaschene Persönlichkeitsmerkmale aufweisen, erscheint die Anfertigung solcher Gesichts-Moulagen für das gegenseitige Erkennen im Jenseits von größter Bedeutung.

Zuletzt folgte eine höchst wichtige Amtshandlung: ein dreistündiges eindrucksvolles Exorzismusritual.

Als Zeremonienmeister fungierte – wie konnte es anders sein – ein chassidischer Wunderrabbi, ein gewisser Dow von Mesiritsch, der mit allerlei Gebeten und Zaubersprüchen jeden nur erdenklichen Dibbuk (bösen Geist) aus den Körpern der Neueinwanderer vertrieb, um so das Paradies vor der möglichen Einschleppung unerwünschter Besucher zu bewahren.

Mit Beendigung der dreistündigen Zeremonie war für mich der Besuch des Hospitals beendet und der Weg in das „Standard-Paradies“ endgültig frei.

Schon am zweiten Tag des Aufenthaltes in Camp Ellis begann das „Überlebenstraining“.

Ich belegte – wie vorgeschrieben – die Kurse „Freies Fliegen“, „Grundkenntnisse der Harfenmusik mit Stimmübungen“, „Aramäisch“ und „Religiöse Umerziehung.“

Am meisten Spaß macht das Fliegen, vor allem, weil wir zwei herausragende Fluglehrer haben: Ikaros ben Daidalos (den berühmten Pionier des freien Fliegens) und Wilbur Wright (er erbaute gemeinsam mit seinem in der Hölle schmorenden Bruder Orville das erste mit Motor angetriebene Flugzeug).

Besonders das Fliegen mit Ikaros bereitet großes Vergnügen, wobei selbst die spektakulärsten Abstürze aus großer Höhe Paradies-Gallerten nichts ausmachen können.

Anders als das automatisch erlernte langsame und freie Dahinschweben in nur geringer Höhe, ermöglicht der Einsatz der Flügel eine rasche Überbrückung von großen himmlischen Entfernungen. Weit unpraktischer ist das Steuern der Wohnwolke, die infolge der schlampigen Arbeit mancher Mechanikerengel, auf telepathische Kurskorrekturen nur sehr träge, oft unberechenbar reagiert.

Weit weniger erfreulich verläuft der Harfenunterricht, der von einem bösen alten Mann, einem gewissen Elieser aus Meggido (einst der Lehrer König Davids), geleitet wird. Der

Mann ist völlig unmusikalisch und verabscheut außerdem jede Form von moderner Musik.

Ähnliche ungute Erfahrungen muß ich vom Sprachunterricht berichten. Die Schwierigkeiten sind darauf zurückzuführen, daß die Mehrzahl der Studenten in ihrem ganzen Leben weder hebräisch noch aramäisch lernte, und Rabinner Jehuda (Begründer der berühmten Akademie in Pumbedita, Babylon) für derartige Schwächen wenig übrig hat.

Besonders großen Wert legt die himmlische Bürokratie auf das Erlernen aller vorgeschriebenen Gebete und die Befolgung der religiösen Vorschriften. Deswegen müssen wir täglich fünf Stunden lang in all diesen (den meisten Juden heute nicht mehr geläufigen) Sitten und Traditionen unterwiesen werden.

Unser strenger Lehrer, Josef Karo – Verfasser des halachischen Kompendiums „Schulchan Aruch", die für orthodoxe Juden verbindliche Gesetzessammlung aus dem 16. Jahrhundert –, lehrt die Studierenden, dreimal täglich zu beten, Zizit (Quasten) und Tallit (Gebetsmantel) zu tragen und Tefillin (lederne Gebetsriemen mit Kapseln, die spezielle auf Pergament geschriebene Schriftverse enthalten) richtig anzulegen, wobei weibliche Gallerten von diesem Gebot – wie auf Erden – „befreit" sind. Außerdem erklärt und kommentiert der heilige Mann auch alle religiösen Gebote und jüdischen Festtage.

Er verlangt aber auch von uns allen – vor versammelter Gemeinde –, unsere Sünden zu bereuen und das Versprechen abzulegen, im Himmel Buße zu tun. Seine besondere Aufmerksamkeit gilt ehemaligen Reformjuden (die, durch sündige Reformrabbiner irregeleitet, schreckliche Dinge behaupten. Lauter schlimme Irrmeinungen wie beispielsweise, „daß nicht die gesamte Thora alleine auf den größten aller Propheten – Moses – zurückgehe; daß im menschlichen Dasein Ethik und Nächstenliebe wichtiger seien als festgelegte Rituale; daß gewisse Gebete – wie zum Beispiel die morgendliche Danksagung des Mannes ‚für die große Gunst, nicht als Frau erschaffen worden zu sein' – überholt seien; oder daß man Frauen gleiche religiöse und soziale Rechte und Pflichten wie den Männern einräumen müsse").

Zu meiner großen Schande muß ich bekennen, daß auch ich gute Miene zum bösen Spiel machte und fleißig und treuherzig meine eigene Vergangenheit „bereute", um ja im Paradies verbleiben zu dürfen.

Morgen ist der große Tag: Ich werde Camp Ellis verlassen und endgültig im „Standard-Paradies" Einzug halten, ich bin schon gespannt, was mich dort alles erwartet.

15. 5. 2000

Es ist Abend, und in Kürze erlischt die Paradiesbeleuchtung. Das Himmelsgewölbe wird dann schlagartig in ägyptische Dunkelheit versinken, und wir, die Wolkenbewohner, werden uns – wohl oder übel – zur Nachtruhe begeben müssen.

Doch solange es noch geht, will ich die Ereignisse des heutigen Tages in mein Tagebuch eintragen.

Heute Punkt sieben Uhr morgens erschien der von vielen heiß ersehnte Schaliach (Bote) der Himmelsverwaltung in Camp Ellis, um uns in das eigentliche Paradiesgelände zu geleiten. Er stellte sich als Schammuna ben Sakkurs vor, ein Name, der mir bekannt vorkam, und ich erinnerte mich bald daran, daß diese Person in der biblischen Geschichte vom Auszug aus Ägypten Erwähnung fand (4. Moses 13). Damals zogen zwölf Kundschafter auf Befehl des Moses in das Land Kanaan, um ihre Feinde auszuspionieren.

Zehn von ihnen berichteten bei der Rückkehr von ihrer Mission schreckliche Geschichten über die „unbezwingbaren Riesen" (die Nachkommen Anaks), was zur allgemeinen Verunsicherung und Entmutigung der Israeliten führte. Nur zwei der Kundschafter, Kaleb und Josua (jetzt glückliche Insassen des „Exquisit-Paradieses"), versuchten das Volk zu ermuntern, was ihnen aber nicht gelang und weswegen Moses auf Befehl des Chefs die Hebräer zu einer 40jährigen Wanderung durch die Wüste verdonnern mußte.

Schammuna befahl uns sogleich, mit all unseren Habseligkeiten die Wohnwolken zu besteigen und ihn nach Neubabel – den Sitz der Himmelsbürokratie – zu begleiten, die Männer vorne, die Frauen am Ende der Wohnwolkenkarawane.

So flogen wir langsam und etwas unsicher in geringer Höhe über eine scheinbar unendliche Ebene mit geringem Pflanzenwuchs und ohne Anzeichen irgendwelcher menschlichen Behausungen dahin. Nur dann und wann kreuzten einzelne Wohnwolken – einige von ihnen auf Kollisionskurs – unsere Route, doch dank einer niedrigen Reisegeschwindigkeit und der Geschicklichkeit unseres Chefpiloten konnten Zusammenstöße knapp verhindert werden.

Während des Fluges erfuhr ich von Schammuna, der sich – wie es sich für einen guten Spion gehört – äußerst wortkarg verhielt, einige wenige Details aus seinem Leben und auch, daß der Bibelbericht von den zwölf Spionen fehlerhaft niedergeschrieben wurde. Denn in Wirklichkeit sei er es gewesen – und nicht wie in der Bibel berichtet – die Kollegen Kaleb und Josua, der die Israeliten ermuntert hatte, gegen die kanaanitischen Riesen mutig zu kämpfen.

Nach einem dreistündigen ereignislosen Flug sichtete ich schon aus großer Entfernung unser Ziel, die Silhouette von Neubabel. Der riesige zwölfstöckige Gebäudekomplex besteht aus fünf einzelstehenden, runden, kreisförmig angeordneten Türmen. Die kristallenen Ungetüme tragen ein quadratisches, metallisch schimmerndes Flachdach, über dessen geometrischem Mittelpunkt eine goldene, rund einhundert Meter große Kugel frei zu schweben scheint. Schammuna erläuterte, daß vier der Türme die autonomen Verwaltungsbüros aller (nach Konfessionen unterteilten) Paradiese beherbergen und daß von Turm fünf das Paradies der Tiere geleitet werde. In der über dem Dach frei schwebenden Kugel ist das (leider meist verwaiste) Büro des Chefs und seiner Stellvertreter untergebracht.

Ich erfuhr auch, daß das ganze Verwaltungsareal, zum Schutz vor Dämonen und Paradiesfeinden jeder Art, von tiefen Wassergräben und Stacheldraht umgebenen sei.

Bald landeten die meisten der Reisenden mit ihren Wohnwolken wohlbehalten auf dem Dach von Neubabel, einigen wenigen mißlang das Manöver kläglich, sie mußten von Suchteams aus den weit verzweigten Wassergräben gerettet werden.

Fluchend und schimpfend führte Schammuna die Neuankömmlinge in den Versammlungssaal des Stammes Ruben im ersten Stock von Turm eins, in dem ein köstliches Manna-Büffet (in zwölf Geschmacksrichtungen) auf die hungrige Truppe wartete.

Nachdem wir unseren Heißhunger gestillt hatten, erschien Direktor Ruben, der Erstgeborene Sohn von Lea und Jacob (der einst seinen jüngsten Bruder Josef vor der blutigen Rache der haßerfüllten älteren Geschwister rettete), um die Neueinwanderer auf ihr zukünftiges „Leben", und vor allem auf ihre Pflichten, vorzubereiten.

Sein langatmiges, schwer verständliches, von einem Engeldolmetsch übersetztes Referat in altaramäischer Sprache will ich inhaltlich stark gekürzt wiedergeben:

I. „Allgemeine Pflichten"

1. Die Himmelsverwaltung verlangt von allen „Standard-Paradies"-Insassen eine bedingungslose Befolgung der geheiligten himmlischen Gesetze und Traditionen.

2. Wer gegen die guten Sitten verstößt, Unzufriedenheit zeigt oder schürt, gar Reformpläne schmiedet, verwirkt seinen Platz im Paradies.
3. Die Behörden erwarten von allen Paradiesbewohnern, daß sie sich stets glücklich fühlen und das auch dementsprechend kundtun.
   Jeder Paradiesbürger wird – zwecks Entlastung der Himmelsbürokratie – an mindestens drei Wochentagen zum freiwilligen Hilfsdienst verpflichtet.
4. Um Punkt drei zu ermöglichen, wird das freie Niederlassungsrecht im Paradies geringfügig eingeschränkt. Der selbstgewählte Wolkenanlegeplatz darf daher nicht weiter als eine Wolkenflugstunde von Neubabel entfernt liegen.
5. Es ist strengsten untersagt, mit Erde und Hölle Kontakt aufzunehmen.
6. Ein auffälliges Benehmen von Mitbewohnern – besonders ein Verhalten, daß auf den Einfluß von Dämonen und Reformrabbinern hindeuten könnte – ist den Behörden oder den zehn Kundschaftern augenblicklich zu melden.
7. „Standard-Paradies“-Bewohner sind verpflichtet, sich dreimonatlich im Gesundheitsamt von Neubabel einzufinden. Im Rahmen dieser Durchuntersuchung wird die eingepflanzte Chipkarte kontrolliert und die obligate Antisexspritze verabreicht.
8. Am Schabbes ist es strengstens verboten, mit der Wohnwolke auf Reisen zu gehen.
9. Die paradiesischen Bekleidungsvorschriften sind strikt einzuhalten. Das Tragen des Heiligenscheins sowie von Perücken (nur für Frauen) und einer Kopfbedeckung – Kippa oder Streiml – für Männer ist Pflicht.
10. Es ist strengstens verboten, im Paradies Äpfel zu essen und sich mit sprechenden Schlangen zu unterhalten.

II. Zum Tagesablauf (an Werktagen)

5 Uhr: Weckruf mit Schofarblasen (Widderhorn; Tonart: „Terua“ = schmetternder Ton); morgendliche Waschung; Anlegen der Tefillin um Kopf und linken Arm; Morgengottesdienst, bestehend aus: Hymne („Adon Olam“ = „Der Herr der Welt“), Segens- und Danksprüchen, Psalmen, Lobliedern, Rezitation des „Schema Israel“ („Höre-Israel-Gebet“) und der „Amida“ (dem „18er-Gebet“); Bitt- und Bußgebete; Psalmen; „Kaddisch“ („Gebet der Trauernden“); Schlußgebet.

6 Uhr: Manna-Frühstück und Segenssprüche.

7 Uhr bis 12 Uhr und 14 Uhr bis 18 Uhr: Sonntag, Dienstag und Donnerstag Chorgesang (Harfe mitbringen);

Montag, Mittwoch, Freitag Büroarbeiten im Dienste der Himmelsverwaltung (bei Bedarf auch Küchendienst).

12 Uhr bis 14 Uhr: Mincha (Mittagsgebet), Mittagessen und Mittagspause zur freien Gestaltung.

18 Uhr: Maariv (Abendgebet).

19 Uhr: Abschaltung der Himmelsbeleuchtung und Nachtruhe.

III. Schabbes und andere Festtage

Diese Tage sind Ruhetage. Wegen der Ausführlichkeit der Festtagsbestimmungen werden weitere Details gesondert bekannt gegeben.

IV. Belohnung und Bestrafung

Wohlverhalten wird grundsätzlich belohnt (Belohnungsliste auf Anfrage erhältlich); Nichtbefolgung der Vorschriften wird gerecht geahndet (Strafausmaß: Manna-Entzug oder auch zeitweilige, im Einzelfall dauerhafte Versetzung in die Hölle).

V. Verwaltungsstrukturen (allgemeine Informationen)

Neubabel ist seit 5760 Jahren die zentrale Verwaltungsstelle für Himmel, Hölle und Erde.

Die Leitung der Gesamtorganisation obliegt seither den vier Erzengeln Michael, Raphael, Gabriel und Uriel, sie fungieren auch als Chefvertreter. Stellvertreter der Erzengeln sind: Moses – der größte aller Propheten – sowie die Erzväter Abraham, Isaak und Jacob.

Verbindungsoffiziere zu den Erzengeln (und somit den Erzvätern direkt unterstellt) sind die Propheten Samuel, Elija und Jesaja sowie der Lubavitscher Rebbe Menachem M. Schneerson (der zwar erst 1994 verstarb, aber schon geraume Zeit davor zwischen Paradies und Erde hin und her pendelt und auf seine Aufgabe als kommender Messias intensiv vorbereitet worden war). Ihre Stellvertreter wiederum sind die Rabbiner Akiba, Hillel der Ältere, Schammai und Ovadia Jossef (diese Stelle ist derzeit noch vakant).

Zur himmlischen Elite gehören auch die zahlreichen Engel mit niedrigerem Dienstgrad (Cherubim, Serafim, Erelim und Ofanim). Ihre Zuständigkeit erstreckt sich vorwiegend auf Repräsentation, Transport, Begleitung und Empfang der Gallerten, Chorleitung und Blumenstreudienst.

Die himmlische Security obliegt den zehn Kundschaftern unter der Leitung von Schammuna ben Sakkurs. Ihnen sind alle verdächtigen Beobachtungen augenblicklich zu melden. Anregungen und berechtigte Beschwerden können an Hiob von Uz im 8. Stockwerk von Neubabel gerichtet werden. Er wird sie geduldig und widerspruchslos einsammeln und alle 120 Jahre an die zuständigen Behörden weiterleiten.

VI. Freizeit und Urlaub

Außerhalb der offiziellen Arbeits- und Gebetszeiten ist es den Paradiesbewohnern gestattet, ihre Freizeit selbst – in Übereinstimmung mit den oben genannten Vorschriften – zu gestalten.

Freizeitangebote des Monats

a) Sportliche Wettbewerbe (mit Preisverleihung): dreidimensionales Schach; Heiligenscheinweitwurf-Turnier, Talmud-Thora-Quiz.
b) Audienzen: Voranmeldungen für Kurzaudienzen bei Moses, dem größten Propheten aller Zeiten, und dem Patriarchen Abraham ben Terach werden für das Jahr 7801 ab sofort entgegengenommen.
c) Exkursionen: Eintagestouren zur Hölle mit musikalischem Höhepunkt (Jacques Offenbach dirigiert „Orpheus in der Unterwelt").
d) Kochkurs „Koschere Manna-Spezialitäten". Leitung: Gioachino Rossini; Supervision: Rebbe Josef Blau (ehemals Mea Schearim).
e) Zusammentreffen mit Familienangehörigen.
   Wegen der großen Nachfrage bitte um rechtzeitige Anmeldung (Amt für Freizeitaktivitäten Ebene 4; Amt für Familienzusammenführungen: Ebene 6).

Nachdem Ruben seinen Begrüßungsvortrag beendet hatte, und die meisten der Anwesenden von den Saalordnern erfolgreich wachgerüttelt worden waren, erhielt jeder von uns seinen individuell gestalteten Wochendienstplan ausgehändigt. Dann folgten wir Schammuna zur Trachtenausgabe, zum Schalter, wo seit Jahrtausenden die Neuankömmlinge entsprechend den Traditionen ihrer Zeit eingekleidet werden.

Ich bekam ein leicht abgetragenes graues Sakko und eine dazu passende gelbe Krawatte mit lustigen Känguruhfiguren; Hose, Hemd, Socken und Unterwäsche sind heute von der himmlischen Putzerei nicht geliefert worden (angeblich wegen „Dienst nach Vorschrift"), sie sollen aber in den nächsten Monaten nachgeliefert werden.

Ausgeschlafen und neu eingekleidet begaben sich alle Gallerten in Begleitung von Schammuna wieder auf das Dach von Neubabel, zurück zu ihren in einer sanften Nachmittagsbrise träge dahintreibenden Wohnwolken; auch ich machte es mir auf der Wohnwolke bequem, lockerte die Ankerleine, winkte Schammuna zu und ließ mein Wolkenheim sachte hinauf zu den goldfarben schillernden himmlischen Kumuluswolken steigen.

Jetzt endlich sind wir alle stolze Bürger des „Standard-Paradieses“, glückliche und unsterbliche Gallerten, mit dem festen Vorsatz, unser künftiges „Leben“ maximal zu genießen.

Da ich am morgigen Tag schon in aller Früh den vorgeschriebenen Bürodienst in Neubabel antreten muß, beschloß ich, die langsam dahintreibende Wohnwolke möglichst nahe vom Arbeitsplatz niedergehen zu lassen.

Auf der Suche nach einem geeigneten Ankerplatz verspürte ich das dringende Bedürfnis, mit meiner Harfe zu musizieren. Sogleich entlockte ich dem wunderbaren Instrument einige herrliche Töne und fing auch an, laut zu singen. Da mir als unmusikalischem Menschen nur wenige Melodien geläufig sind, stimmte ich das beliebte und bekannte „Hewenu Schalom“- („Wir bringen euch Frieden“-) Lied an, doch schon Sekunden später vernahm ich vom Boden her die ersten lauten Proteststimmen. Die mir zugedachten unparadiesischen Schimpfwörter und Flüche will ich hier nicht wiedergeben.

Ich blickte hinab und sah, daß die weite Ebene unter mir von eng nebeneinander verankerten Wohnwolken bedeckt war, auf denen sich unzählige (wahrscheinlich hunderttausende) bunt gekleidete Gestalten tummelten. Soweit ich es von meiner etwas entfernten Position beurteilen konnte, handelt es sich um Gallerten aus den unterschiedlichsten Zeitperioden seit der Erschaffung von Himmel und Erde.

Neben kleinen, affenartigen, pelzigen Kreaturen erblickte ich viele dunkelhäutige, schlanke Nomaden; massige, Keulen und Schwerter schwenkende Soldaten; bärtige togatragende „Propheten“; Gestalten mit gelben spitzen Hüten;

schwarzgekleidete, streimltragende Fromme und wenige „modern“ gekleidete Zeitgenossen, manche von ihnen in schicker Sportbekleidung.

Auffallend, wenn auch nicht überraschend, waren die Gruppenbildungen, also das instinktive Verlangen der Menschen nach Zusammenleben mit „Gleichgesinnten“ in freiwillig errichteten Ghettos.

Leicht beleidigt über die massiven Proteste gegen meine Gesangskünste gab ich Gas (natürlich nur bildlich gesehen) und beeilte mich, ein weniger dicht bevölkertes Landeareal zu finden.

Doch so weit ich auch steuerte, überall bot sich mir der gleiche Anblick: ein trostloses Bild der Überbevölkerung.

Müde und verwirrt steuerte ich daher einen kleinen Wald an, deren rund zweihundert Meter hohe Bäume mir als Ruheplatz geeignet schienen.

Obwohl auch andere Paradiesbewohner die gleiche Idee wie ich hatten, gelang es mir, nach einem kurzen Handgemenge mit einigen wenig freundlichen Baumbewohnern, sicher auf einer der Baumkronen zu landen.

Kurz danach – mir blieb gerade noch so viel Zeit, einige Notizen niederzuschreiben – erlosch die Himmelsbeleuchtung, während aus allen Richtungen das Gemurmel der Betenden zu vernehmen war.

In dieser stockfinsteren Nacht sprach auch ich mein Abendgebet und begab mich augenblicklich zur Ruhe.

23. 5. 2000

Heute will ich die Ereignisse der vergangenen sieben Tage zusammenfassen:

Vor genau einer Woche begab ich mich, nach Verrichtung (fast) aller morgendlichen Rituale, erstmals zum nahe gelegenen himmlischen Verwaltungsgebäude.

Um dorthin zu gelangen, benützte ich probeweise die neuen Flügel, was zur Folge hatte, daß ich auf dem Weg dorthin mehrmals notlanden mußte (da mir sehr rasch beim Fliegen die Puste ausging) und ich obendrein meinen Heiligenschein leicht beschädigte.

Beim Gebäudeeingang angelangt, begab ich mich zunächst zum Informationsschalter, wo so zeitig am Morgen nur wenig los war. Nach kurzer, einstündiger Wartezeit wurde ich von der Schalterdame – einer dürren, strengen Person unbestimmten Alters – kühl empfangen. Ich nannte meinen Namen und bat sie, den mir zugeteilten Arbeitsplatz bekanntzugeben.

Sie durchsuchte demonstrativ langsam ihre Steintafelarchive, bis sie nach rund zwanzig Minuten Suche mir gütigerweise mitteilte, daß ich mich sofort in den 12. Stock, das „Büro für irdische Angelegenheiten" begeben sollte. Dort glücklich angekommen, wurde ich vom Abteilungsleiter, einem überfordert wirkenden Beamten namens Huschim ben Dan – ein Streiml und Kaftan tragender Chassid der ersten Stunde –, in Empfang genommen und über den Tätigkeitsbereich dieses wichtigen Büros informiert.

Das Büro – es wird seit jeher vom Stamm Dan verwaltet – ist eine der wichtigsten Schaltstellen von Neubabel. Von diesem Büro aus wird (in enger Kooperation mit den Partnerbüros im 12. Stockwerk der übrigen Türme) das Schicksal der Erde und ihrer Bewohner verwaltet; hier werden auch alle von der Erde kommenden Mitteilungen und Anforderungen gesammelt, sortiert und bearbeitet.

Wie jeder bewohnte Planet des Universums, wird auch die Erde von auf ihr weilenden, gut getarnten Engeln und Dämonen unauffällig bevölkert. Alle himmlischen Anweisungen werden von diesen, für Menschen unsichtbaren Wesen, innerhalb von wenigen Stunden in die Tat umgesetzt, wobei die Kommunikation mit dem Himmel über einen genial erdachten Tachyonenbeschleuniger erfolgt.

Huschim erklärte mir, „daß Tachyonen Elementarteilchen seien, die sich schneller als Licht bewegen (genau genommen entspricht ihre unterste Geschwindigkeit der Lichtgeschwindigkeit); sie seien schon um 500 v. Chr. vom griechischen Gelehrten Tachynos postuliert worden. Auch einzelne hervorragende moderne Wissenschafter (wie Gerald Feindberg und Christian Mondschein) hätten die Existenz der Tachyonen längst bewiesen und gezeigt, daß sie aus Chaos Ordnung schaften."

Laut Huschim wird diese wunderbare Energie auf Erden von Produkten einer Schweizer Firma „zur Harmonisierung der feinstofflichen Ebenen" genutzt, um bestimmte gesundheitliche Probleme – wie energetisch bedingte Allergien – zu lösen.

Sobald Huschim von meinem Beruf – „Rabbiner" – Kenntnis erlangte (der arme, überarbeitete Mann hatte zum Glück keine Ahnung, was ein Reformrabbiner ist), schüttete er mir sein Bürokratenherz aus.

Ich erfuhr, daß seine direkten Vorgesetzten (der Chef selbst, aber auch die Erzengel und ihre Stellvertreter) sich ständig auf Reisen und diversen Veranstaltungen befänden, sich oft jahrhundertelang nicht blicken lassen, und er daher die meiste Zeit ganz alleine die Gesamtverantwortung zu tragen habe, ein Umstand, der seine Psyche schwer in Mitleidenschaft ziehe.

Ich drückte ihm mitfühlend mein volles Verständnis für seine schwierige Lage aus und versprach, meine Arbeit gewissenhaft zu erledigen, um ihn ein wenig zu entlasten. Gerührt über diese Worte drückte mir Huschim einen dicken Kuß auf meine Lippen und geleitete mich in ein kleines armseliges Zimmer (direkt neben dem Büro seiner Chefsekretärin), den Raum, wo auch der Tachyonenbeschleuniger untergebracht ist.

Im spartanisch eingerichteten Zimmer befinden sich zwei altersschwache Zedernholztische und ein Förderband. Auf dem kleineren der beiden Tische steht eine altertümliche Schreibmaschine, die über dicke gelbe Kabel mit einem am Fensterbrett stehenden rostigen teleskopartigen Tachyonenbeschleuniger verbunden ist. Auf dem größeren der beiden Tische stapeln sich mehrer hundert Steintafeln mit eingeritzten, für die Erde bestimmten himmlischen Anweisungen. Meine Hauptaufgabe ist es nun, diese für die irdischen Adressaten gedachten Befehle zuerst auf ein Papyrusblatt zu tippen und dann, durch Aufsagen eines Lobspruches („über die Wunder") den Tachyonenbeschleuniger zu aktivieren.

Es ist aber auch meine Pflicht, alle über das Förderband stündlich einlangenden Steintafeln mit aramäisch und jiddisch geschriebenen Anforderungen und Rückmeldungen von der Erde nach deren Größe und Farbe zu ordnen und zu analysieren. Alle wichtigen Botschaften sind dann sofort an Huschims persönliche Sekretärin im benachbarten Büro weiterzuleiten.

Sogleich fing ich mit meiner Arbeit an und verzichtete an diesem Tag, wegen der großen Menge unerledigter Arbeiten, freiwillig auf die mir zustehende Mittagspause.

Im allgemeinen handelt es sich beim Großteil der himmlischen Anweisungen an die Erde um ganz banale Dinge wie: Steuerung des Wetters, Regulierung des Golfstromes, Bewegungen der tektonischen Erdplatten, zeitgemäßes Einsetzen der Schneeschmelze, Ausstellen von Bewilligungen für Neuzugänge und Abgänge auf Erden, Vorschläge zur Stärkung der heiligen Schass-Partei in Israel und vieles mehr. Mitunter sind aber auch einige der Anordnungen von noch größerer Tragweite. Ich meine u. a. die Organisation von Jenseitstransporten, Holz- und Kohlelieferungen für die Höllenöfen, das Festlegen der wöchentlichen Lottozahlen und Manipulation von Fußballspielen in aller Welt.

Was mir aber sehr zu schaffen macht, ist die Tatsache, daß im Himmel auch sämtliche Katastrophen, die sich auf Erden abspielen, beschlossen und abgesegnet werden. So mußte ich himmlische Befehle für die Ausbreitung der Ebola-, Tuberkulose- und Aids-Epidemien in Afrika, sieben Flugzeugabstürze (ohne Überlebende), vier Vulkanausbrüche mit insgesamt 12.301 Toten, 27 Terroranschläge und andere Scheußlichkeiten an unsere Mitarbeiter durchgeben. Als ich meinen Unmut über all das offensichtlich Böse bei Huschim deponieren wollte, ließ er mir von seiner Sekretärin nur ausrichten, daß es für die Sünden der Menschen – ganz besonders ihre sexuellen Ausschweifungen, unsinnigen wissenschaftlichen Erkenntnisse, Zweifel an der himmlischen Gerechtigkeit und Bemühungen um religiöse Reformen – leider Strafe geben müsse.

Recht bescheiden erscheinen mir die Fürbitten aus der Welt der Lebendigen: Im allgemeinen ersuchen die auf der Erde stationierten himmlischen Gehilfen um mehr Personal (eine derartige Mitteilung war auch mit einer Streikdrohung verbunden) und um einen raschen Ausbau der Kommunikation mit dem Jenseits. Denn es scheint, daß viele der himmlischen Anweisungen entweder verstümmelt auf Erden ankommen oder unlogisch, verworren, zum Teil sogar widersprüchlich sind und daher für große Verwirrung sorgen, was sicherlich auch mit dem Routinegebrauch der aramäischen Sprache etwas zu tun hat.

Die Fürbitten der Menschen kreisen stets um gleiche Themen wie: Gebete um Gesundheit, Reichtum, Potenzsteigerung, Machtvermehrung, Krankheit und Todeswünsche (für echte und vermeintliche Konkurrenten, Feinde und Schwiegermütter). Besonders beliebt sind auch Bitten um himmlische Vergebung von Sünden.

In Huschims Büro wird am ehesten der letztgenannten Bitte entsprochen, einfach deswegen, weil „Vergebung von

Sünden" mit wenig Aufwand verbunden ist; die meisten anderen Wünsche landen sofort im Papierkorb.

Um mir die tägliche mühsame Anreise zu sparen, bat ich Huschim, in meinem Büro übernachten zu dürfen und von den Chorproben befreit zu werden, ein Wunsch, den er mir bereitwillig – nach Entgegennahme einer Flasche Wodka – gewährte. So arbeitete ich die folgenden drei Tage im „Büro für irdische Angelegenheiten", erfüllte auch dort die vorgeschriebenen rituellen Gebote und erholte mich zwischendurch auf meiner auf dem Dach von Neubabel verankerten Wohnwolke. Während der Mittagspause bemühte ich mich immer wieder, das Gebot der absoluten Glückseligkeit zu befolgen, was mir aber nur selten gelang; die übrige Zeit lauschte ich dem Gesang der Engel und versuchte, auf meiner Harfe zu spielen, ein Unterfangen, das sofort durch Buhrufe von allen Seiten und derben Flüchen unterbunden wurde.

Ab der zweiten Wochenhälfte mußte ich plötzlich im „Ministerium für innere jüdische Paradiesangelegenheiten" aushelfen.

In den folgenden drei Tagen erblickte ich zwar keinen der großen Direktoren, doch ich bekam die Gelegenheit, einen Teil des weitverzweigten Ministeriums näher kennenzulernen.

Das sehr beeindruckende Ministerium besteht aus folgenden neun Unterabteilungen:

1. „Verwaltungsbüro für Paradies und Hölle" im 11. Stockwerk (Leitung: Juda ben Jacob und seine fünf Söhne);
2. „Security" im 10. Stockwerk (Leitung: Gad ben Jacob und seine sieben Söhne. Hauptberater: Edgar Hoover, ein berühmt-berüchtigter amerikanischer Antisemit, der im Angesicht des Todes – von Reue ergriffen – insgeheim bei einem ultraorthodoxen Rabbiner zum Judentum

konvertierte; ihm wird übrigens ein besonderes Naheverhältnis zu Erzengel Uriel nachgesagt);

3. „Belohnung und Bestrafung“ im 9. Stockwerk (Leitung: Simeon ben Jacob und seine sechs Söhne);
4. „Religion und Exorzismus“ im 8. Stockwerk (Leitung: Levi ben Jacob und seine drei Söhne);
5. „Beschwerden und Anregungen“ im 7. Stockwerk (Leitung: Naftali ben Jacob und seine vier Söhne. Hauptberater: Hiob von Uz);
6. „Familienzusammenführungen“ im 6. Stockwerk (Leitung: Josef ben Jacob und seine Söhne Menasse und Efraim);
7. „Gesundheitsamt“ im 5. Stockwerk (Leitung: Benjamin ben Jacob und seine drei Söhne);
8. „Freizeitgestaltung“ im 4. Stockwerk (Leitung: Issachar ben Jacob und seine vier Söhne);
9. „Informationsbüro“ im 3. Stockwerk (Leitung und Chefredaktion der himmlischen Regenbogenzeitung „Keschet“: Sebulon ben Jacob und seine drei Söhne).

Der Vollständigkeit halber will ich noch ergänzen, daß im 2. Stockwerk des Turmes sich die koschere Himmelsgroßküche unter der Leitung von Ascher ben Jacob und seinen drei Söhnen befindet. Auf der untersten Ebene liegt der uns schon bekannte Versammlungssaal (Verwalter: Ruben ben Jacob und seine vier Söhne).

Im „Innenministerium“ arbeitete ich im 11. Stockwerk, zuerst in der Unterabteilung „Paradies und Hölle“. Auch dort mußte ich beim (altersschwachen) Tachyonenbeschleuniger sitzen und Bestellungen von den höheren Paradieskategorien und auch aus der Hölle entgegennehmen.

Vom jüdischen „Exquisit-Paradies“ erhielten wir zwei Steintafeln mit einer langen Liste von Sonderwünschen.

Auf Tafel eins waren folgende Anforderungen eingeritzt: eine Tonne Wachteln, drei Tonnen Kaviar, eine Tonne Gänseleber und etwas kleinere Mengen an Humus (Erbsenpaste), Techina (Sesampaste), Falafel (frittierte Gemüsebällchen), Lattkes (Kartoffelpuffer), Loschkenkugel (Nudelpudding), Tscholent (auf kleinster Flamme geschmorte Fleisch- oder Gemüsegerichte), Safran-Basilikum-Nage für Lachsgerichte, frische Trüffel, Apfelstrudel, original Sachertorte, Nektar und diverse Weine (koscherer süßer Karmelwein, weniger koschere erlesene Burgunder- und Bordeauxweine), kubanische Zigarren, Gläser für Likör, Cognac und Champagner.

Tafel Nummer zwei enthielt die dringende Bitte um Verdoppelung der Einwanderungsquote für hübsche, junge weibliche Gallerten (vorzugsweise Jungfrauen), fünfhundert Kilogramm Kokain und dreitausend Packungen Viagra®-Tabletten.

Wenig später trafen auch mehrere Nachrichten (auf leicht angesengten Steintafeln) von der Hölle ein: zunächst einige Routineanforderungen wie die Bitte um Nachlieferung von 2000 Lederpeitschen, Feuerzangen, 20 Zentimeter langen rostigen Nägeln, einhundert Holzkäfigen (um die schlimmsten Sünder zur Schau stellen zu können), eine Million Tonnen Kohle und zweihunderttausend Liter Benzin. Dann folgte eine Steintafel, die von Satan höchstpersönlich verfaßt worden war. In dieser Botschaft machte er Direktor Juda ben Jacob auf den traurigen Umstand aufmerksam, daß die althergebrachten höllischen Folterwerkzeuge langsam aber sicher in ihrer Wirkung nachließen und deswegen es hoch an der Zeit wäre, neue Foltermethoden in seinem Reich einzuführen. Ein Team qualifizierter Hilfsteufel erarbeite deswegen, in enger Zusammenarbeit mit ehemaligen KGB-Größen, folgende Vorschläge aus:

1. Anwendung von Elektroschocks;
2. Psychofolter durch wöchentliche Aufführungen von Dolly-Buster-Pornofilmen (um die Lust der alten Sünder auf Unmögliches zu wecken);

3. Zwangsmästungen über tief in die Speiseröhre eingeführte Trichter (verschärfte Variante: wöchentliche Zwangsverfütterung mit der eigenen, in Madeira eingelegten Fettleber).

Es wäre auch wünschenswert, meinte Satan, wenn – viertens – die freien Kapazitäten der Hölle rasch aufgefüllt werden könnten (um dadurch die Qualen der Sünder in einer hoffentlich bald überfüllten Hölle zu vergrößern); ein Plan, der unter Berufung auf Genesis (Kapitel 1,28) und mit Unterstützung vieler konservativer irdischer Politiker und Theologen, durch Verbot jeder Geburtenkontrolle auf Erden sich leicht in die Praxis umsetzen ließe. Abschließend bat Satan, all seine Freunde und Verbündeten in Neubabel herzlich zu grüßen und drückte seine Hoffnung auf weiterhin gute Zusammenarbeit aus.

Während sämtliche Wünsche aus dem „Exquisit-Paradies" prompt bewilligt wurden, mußte – aufgrund eines Vetos von Juda ben Jacob – der gutgemeinte höllische Vorschlag der Eigenlebermästung (aus Mangel an Madeira-Weinen im Paradies) einstweilen abgewiesen werden.

Da die Unterabteilung „Paradies- und Höllenverwaltung" eng mit Naftalis „Büro für Beschwerden und Anregungen" zusammenarbeitet, mußte ich auch dort einen Teil meiner Arbeitszeit verbringen.

Einige der dort eingelangten Beschwerden und Anregungen von Paradiesbewohnern will ich an dieser Stelle auflisten:

Die meisten Beschwerden (vorwiegend von männlichen Gallerten) betrafen die „miese Verpflegung" (wie sich so mancher ausdrückte). Nur Manna – in einigen wenigen Geschmacksrichtungen – über Monate, Jahre, Jahrhunderte, Jahrtausende und in alle Ewigkeit zu essen, scheint einigen nicht zu gefallen, zumal die mühsame Prozedur der

Auflösung der Manna in Himmelstau recht zeitraubend ist.

Mehrere ehemalige Bewohner von Mea Schearim in Jerusalem drückten auch ihre Zweifel über die rituelle Reinheit (Kaschrut) der Manna aus; ihr Argument klingt recht logisch: Die Manna, die bekanntlich vom Boden aufgelesen wird, könnte doch von allerlei Gewürm und sonstigen Parasiten befallen werden (alles „unreine" Lebewesen), und außerdem hegen die Beschwerdeführer (berechtigte) Zweifel darüber, ob die Manna einsammelnden Gastarbeiter – wie es das Gesetz fordert – auch alle Juden seien.

Einige Querulanten beklagten sich (für mich unverständlich) über die „Gesangskünste" eines Neuankömmlings und ersuchten, „diese rabbinische Plage" – zwecks Strafverschärfung für die Hölleninsassen – dorthin zu befördern.

Auch andere interessante Anregungen von Paradiesbewohnern will ich wahrheitsgetreu auflisten, so zum Beispiel unter anderem: die Idee zu einem Fußballspiel einer Paradiesmannschaft gegen die Auswahl der Hölle (wo bekanntlich viele der verstorbenen Fußballstars hausen); die Errichtung einer himmlischen Bibliothek, in der auch nichtreligiöse Literatur angeboten wird (der unglückliche Bittsteller wird, wenn ich mich nicht sehr täusche, sehr bald einen Besuch von Agenten des „Security-Büros" erhalten); eine weitere Anregung, die vielen Heiligen im Paradies gefallen wird, lautet: Separierung der weiblichen Gallerten durch Errichtung einer eigenen „Standard-Paradies"-Abteilung für Frauen. Begründet wird dieser Wunsch mit dem Argument, „daß sich betende Männer in Gegenwart von Frauen kaum auf ihre Andacht konzentrieren könnten."

Ein anderer Vorschlag lautet: das Aufnahmealter in das Paradies, „mit Rücksicht auf das natürliche Recht der Paradiesbewohner auf Ruhe und Erholung", um zehn Jahre zu erhöhen (dieser Antrag erscheint mir chancenlos).

Die Arbeitstage in Neubabel vergehen quälend langsam, den siebenten Tag der Woche (den Schabbat) verbrachte ich – wie vorgeschrieben – betend, singend und ruhend auf meiner am Dach des Gebäudes verankerten Wohnwolke.

Am Nachmittag erhielt ich überraschenden Besuch. Es waren zwei mir bekannt vorkommende Gestalten, beide weit jünger aussehend als ich und seltsam altmodisch gekleidet. Sie stark geschminkt, mit langen schwarzen Haaren, er groß, blond und Träger eines Vollbartes. Beide schwebten auf mich zu, umarmten und küßten mich und fingen an, heftig zu schluchzen. Überrascht und leicht verwirrt versuchte ich zunächst, die mir Unbekannten abzuwehren, bis mir plötzlich klar wurde, wer vor mir stand: nämlich meine, bei einem Flugzeugabsturz in jungen Jahren umgekommenen Eltern (ich war damals gerade drei Jahre jung und wuchs dann in einem Waisenheim auf), die ich deswegen nie bewußt kennenlernen konnte.

Nachdem wir uns alle etwas beruhigt hatten, erzählte mir Mutter von der jenseitigen Mischpoche: von meinen Großmüttern (Großmutter Jentl, die Mutter meines Vaters, „lebt" sogar im „Deluxe-Paradies") und Großvätern (die unglücklicherweise noch rund 900 Jahre in der Hölle absitzen müssen), außerdem von diversen Tanten und Onkeln, die sich alle freuen, bald meine Bekanntschaft zu machen.

Sie versicherte mir auch, daß ich trotz meines greisenhaften Aussehens immer noch ihr geliebtes Kind sei und sie all ihre Beziehungen einsetzen wolle, um mein schockierendes Gesamtbild verbessern zu lassen. Sodann erzählte mir Vater in einem vorwurfsvollen Ton, wie sehr er sich für meinen beruflichen Werdegang auf Erden schämen müsse und daß ihnen sämtliche Verwandten und Nachbarn seit Jahren Vorbehalte wegen meines Abfalls von der einzig wahren Lehre machten. Es sei daher hoch an der Zeit, meinten beide, öffentlich die „reformistische Irrlehre" zu widerrufen und Buße zu tun.

Nach einer Stunde voller Zärtlichkeiten, Erzählungen und Ermahnungen ging uns langsam der Gesprächsstoff aus, und auf meinen Versuch, ihnen ein Lied unter Harfenbegleitung vorzusingen, behaupteten beide plötzlich, eine wichtige Verabredung zu haben und verabschiedeten sich hastig mit dem Versprechen, mich bald wieder aufzusuchen.

24. 5. 2000

Auszug aus der (frisch abonnierten) himmlischen KESCHET ZEITUNG, Rubrik: „Neuzugänge im Paradies/Gesellschaftsnachrichten"

Willkommen Rabbiner A. Karlitz (Jerusalem). Aufnahme im „Exquisit-Paradies" aufgrund seines hervorragenden Artikels in der ultraorthodoxen Zeitschrift „Diglenu", in dem er den Zionismus als die Hauptursache aller Leiden der Juden (selbst der Schoah) bloßstellt.

Willkommen im „Exquisit-Paradies" Märtyrer Isaak Schmulinsky (Mea Schearim/Jerusalem), Mitorganisator der großen Steinwurfdemonstration gegen Offenhalten des „Beteawon"-Restaurants in der Haneviim Straße in Jerusalem am Schabbes. Verstorben an den Folgen eines Treffers durch einen verirrten Stein.

25. 5. 2000

Gestern erhielt ich eine Botschaft von Bruria, der Sekretärin von Juda ben Jacob, in der sie mir die erfreuliche Mitteilung machte, daß ihr Chef beschlossen habe, mir – zur Belohnung für meine hervorragende Arbeit in seinem Ministerium – einen besonderen Urlaubstag zu gewähren. Sie wurde daher von ihm beauftragt, für mich einen Tagesausflug in die Hölle zu buchen. Trotz all der bekannten Hindernisse (diese Tagesausflüge mit dem Höllenexpreß sind außerordentlich begehrt und bekanntlich auf Jahrhunderte ausgebucht), konnte sie mir einen Fensterplatz für die nächste Exkursion im Höllenbus reservieren.

So begab ich mich heute Morgen zum Busterminal auf das Dach des Verwaltungsgebäudes, wo schon einige Dutzend mir unbekannten gutgelaunter Gallerten erwartungsvoll versammelt waren.

Punkt sieben Uhr schwebte ein roter Doppeldeckerbus vom Himmelsgewölbe herab, in den wir sofort einsteigen durften. Auf Anweisung unseres Fahrers und Reiseleiters – es war, wie ich freudig feststellen konnte, mein alter Bekannter Abi – nahm ich in Reihe zwei hinter dem Fahrer den mir reservierten Fensterplatz ein und schnallte mich an. Abi setzte sich auf den (rechtsseitig angeordneten) Fahrersitz, drückte mehrere grün blinkende Knöpfe, und los ging die Reise.

Ruckfrei hob der Bus ab, und schon nach wenigen Sekunden waren die Türme von Neubabel verschwunden. Bald erlosch die mir längst vertraute goldene Paradiesbeleuchtung, und tiefe Weltallfinsternis umfing den lautlos dahinschwebenden Bus.

Abi teilte uns über den Bordlautsprecher mit, daß die Reise in die höllischen Gefilde, bei dreifacher Lichtgeschwindigkeit, nur 59 Minuten dauern würde, und informierte seine Gäste über das richtige Verhalten im Umgang mit den Sündern der Hölle. Die Vorschriften lauten wie folgt:

1. Aus Sicherheitsgründen ist es unbedingt erforderlich, in der Gruppe zu verbleiben, denn Überfälle auf Touristen seien in letzter Zeit immer wieder vorgekommen. Täter seien verzweifelte Hölleninsassen, die es auf mitgebrachte Speisen abgesehen hätten, einige versuchten sogar, Touristen zu entführen, um dann an ihrer Stelle in das Paradies illegal einzudringen.

2. Es ist strengstens untersagt, Gespräche mit den höllischen Eingeborenen zu führen.
3. Verboten ist auch der Erwerb subversiver Höllenliteratur (wie beispielsweise sämtliche Bücher eines gewissen Theodor Much).
4. Die Besucher der Hölle werden gebeten, bei jeder sich bietenden Gelegenheit die höllischen Sünder zu demütigen und zu verhöhnen, um so ihren Beitrag zu deren Strafverschärfung zu leisten (Anweisungen folgen zur gegebenen Zeit).

Dann erwähnte Abi den „höllischen Strafkatalog“, ein notwendiges Instrumentarium zur Klassifizierung und Behandlung der Delinquenten:

In Abhängigkeit vom Schweregrad ihrer irdischen Untaten werden die Sünder in drei Kategorien eingeteilt: Zur Gruppe I zählen die höllischen Behörden einfache Kriminelle (Diebe, Räuber und Ehebrecher) und viele zum Teil weltbekannte, ja angesehene Übeltäter aus verschiedenen Zeitperioden, die trotz unbestreitbarer irdischer Verdienste wegen scheinbar geringfügiger Delikte in die Hölle gesteckt wurden (hier nannte Abi zwei Beispiele: den Patriarchen Jacob, der wegen seines Betrugs an Vater Isaak und Bruder Esau auf begrenzte Zeit in die Hölle versetzt wurde, und König David, der ja bekanntlich Batseba zum Ehebruch zwang und ihren Mann – Urija – in den sicheren Tod schickte). Übeltäter der Gruppe I werden nach klassischen Verfahren in der Hölle „bearbeitet“, um dann – nach Ablauf von genau einhundert Jahren – amnestiert und in das Paradies überstellt zu werden.

Angehörige der Gruppe II (zu ihnen gehören falsche Messiasanwärter, korrupte Politiker, führende Mitglieder von Reformgemeinden und Gotteslästerer) erhalten die gleiche Behandlung wie die Insassen der Gruppe I, sie müssen allerdings mindestens eintausend Jahre in der Hölle schmoren, worauf sie im Einzelfall ebenfalls in das Standard-Paradies entlassen werden.

Zur Gruppe III (der unverbesserlichen Schwerverbrecher, ohne jede Hoffnung auf Läuterung und Entlassung) gehören eine Reihe von Berühmtheiten (einen Teil von ihnen, versprach Abi, sollen wir bald zu Gesicht bekommen), sämtliche Homosexuellen und Lesben und die verabscheuungswürdigen Gründer der religiös-liberalen Gemeinden in aller Welt. Für sie, versicherte der „Gute Hirte", hat sich die Höllenbürokratie ganz besonders geistreiche Strafen ausgedacht.

Erwähnenswert ist auch Abis Bemerkung, daß – strafverschärfend – Angehörige sämtlicher Konfessionen bunt gemischt in der Hölle zusammen hausen müßten, eine religiöse Separierung (die in den diversen Paradiesen glücklicherweise selbstverständlich ist) fände hier nicht statt.

Auf meine Frage, was denn mit den schlimmsten Verbrechern der Menschheitsgeschichte (wie etwa Hitler und Stalin) geschähe, antwortete Abi, daß – seiner Kenntnis nach – diese Unpersonen als Ratten auf der Erde wiedergeboren würden und nach ihrem erneuten Ableben für alle Zeiten in der Rattenhölle verbleiben müßten.

Es war ein kurzer und bequemer Flug, ohne besondere Vorkommnisse, und schon nach rund 30 Minuten konnten wir, aus noch großer Entfernung, den höllischen Feuerschein erkennen.

Knapp vor der Landung überflogen wir in nur geringer Höhe gewaltige Lavaströme, haushohe Stacheldrahtzäune und riesige beleuchtete Wachtürme (das Wachpersonal konnten wir aus dieser Distanz nicht erkennen).

Über den Buslautsprecher übertrug Abi, zur Belustigung der Touristen, die grauenhaften Schmerzensschreie der gepeinigten Seelen, und ein alles dominierender, bestialischer Jauchegestank erfüllte bald das Fahrzeug.

Nach genau 59 Minuten landeten wir sanft inmitten eines kleinen, von einem Stacheldrahtzaun umgebenen Parks, auf einer von Orchideen und Kakteen übersäten Wiese.

Diese einzige Grünfläche der Hölle wird – das erfuhr ich später – vom Wachpersonal regelmäßig frequentiert, um im zentral angelegten Teich erfrischende Bäder zu nehmen.

Schon Sekunden nach erfolgter Landung betrat ein grauenvoll anzusehender Teufel in Begleitung eines riesigen zweiköpfigen schwarzen Hundes den Reisebus. Zunächst registrierte das Monster peinlichst genau die Reisenden, dann beschnüffelte sein geifernder Begleiter – wohl auf der Suche nach mitgebrachten Lebensmitteln – jeden der Passagiere. Nach Beendigung der langwierigen, doch letztlich erfolglosen Prozedur entnahm der Teufel aus seinem Rucksack einen Automatikstempel, mit dem er auf die Stirn eines jeden Touristen die Worte „Kascher la-Gehenom" (koscher für die Hölle) stempelte. Erst jetzt durften wir den heißen Boden der Hölle betreten.

Auf Anweisung unseres guten Hirten Abi stellten wir uns abmarschbereit in Zweierreihen auf, um sodann in bester Stimmung den Rundgang durch die Hölle anzutreten.

Der erste Eindruck von der Hölle war einfach überwältigend und entsprach genau den landesüblichen Überlieferungen und den Beschreibungen linientreuer Theologen: Rund um uns loderten gigantische Scheiterhaufen, die Luft war stickig, und ein alles dominierender Schwefel- und Jauchegeruch erschwerte die Atmung. Selbst das Schweben über den rötlich glühenden, gepflasterten Gehwegen war nur unter großer Anstrengung möglich. Auf beiden Seiten des Weges schürten schwarz gekleidete Teufel vorwiegend mit Kohle (manchmal auch mit Petroleum oder Baumstämmen) die lodernden Flammen, in denen schemenhaft die kreischenden Opfer erkennbar waren.

Zwischen den Scheiterhaufen sahen wir tiefe Gruben, in denen tausende und abertausende Hölleninsassen – aus Platzmangel übereinandergeschichtet – oft jahrelang auf ihre Peiniger warten müssen (denn den Milliarden Sündern stehen nur einige tausend Scheiterhaufen und Wannen, gefüllt mit frischer Lava, zur Verfügung).

Einige der besonders schweren Fälle werden auch regelmäßig in Gruben voller Schlangen, Spinnen und Skorpione gesteckt, andere stundenlang von muskulösen Hilfsteufeln ausgepeitscht.

Ich erblickte auch mehrere Zahnärzte (einen von ihnen erkannte ich sofort, es war Dr. Goldberg, mein vor drei Jahren verstorbener Zahnarzt), die im Schweiße ihres Angesichtes auf Zahnarztstühlen angegurteten „Patienten" sämtliche Zähne – natürlich ohne Lokalanästhesie – zogen, um sie anschließend, in enger Zusammenarbeit mit plastischen Chirurgen, den kreischenden Opfern wieder einzupflanzen.

Erwähnenswert sind auch die steilen Sisyphus-Berge, auf die bedauernswerte Sünder – mit letzter Kraft und zur Gaudi der Wachmannschaften – tonnenschwere, abgerundete Steine (die natürlich immer wieder außer Kontrolle geraten und den Hang herabrollen) bis zum Berggipfel empor schieben müssen.

Der erste Rundgang durch diesen Abschnitt der Hölle dauerte rund drei Stunden, dann gönnte uns Abi eine Pause im angenehm temperierten Wachgebäude an der Grenze zum schrecklichsten Bezirk der Hölle, dem Ort, wo die hoffnungslosen Fälle einer „Spezialbehandlung" unterzogen werden.

Vom anstrengenden Rundgang erschöpft und vom Wahrgenommenen tief bewegt, erholten wir uns, umgeben von Teufeln aller Größe und ihren zweiköpfigen schauerlich jaulenden Hunden, im hiesigen Wachgebäude.

Zur Stärkung verteilte Abi in der Höllenküche hergestellte Lunchpakete. Wir delektierten uns an Manna mit Chili-Curry-Geschmack und Feuerwasser (eine Spezialität des Küchenchefs) in unbeschränkter Menge.

Während wir aßen und tranken, bereitete uns Abi geistig auf den kommenden Rundgang durch die „Allee der Verachteten“ vor.

In dieser Allee werden, einmal wöchentlich, die schlimmsten Sünder der Menschheit in Holzkäfige eingesperrt und den Tagestouristen zur Schau gestellt. Von den Touristen wird klarerweise erwartet, daß sie ihren Gefühlen freien Lauf lassen und deutliche Zeichen der Abscheu und Verachtung für die Käfiginsassen kundtun.

Zu guter Letzt werden – zur Belustigung der Besucher – die zur Schau gestellten Häretiker gezwungen, ihre einst veröffentlichten Schriften und Bücher mit eigenen Händen in die Flammen zu werfen.

Erfrischt und gutgelaunt spazierten wir nach Abis Ansprache, in Begleitung des Wachpersonals, über eine goldene Hängebrücke, die einen breiten und brüllenden Lavastrom überspannt, zur „Allee der Verachteten“.

Die schmale, einhundert Meter lange Allee ist von freischwebenden engen Holzkäfigen umsäumt, in denen jeweils gerade eine Person, annähernd bewegungsunfähig, eingeschlossen steht.

Es sind durchwegs ungepflegt wirkende, nackte Galerten mit langer, bis zur Bodenplatte des schmutzigen Käfigs reichender Kopfbehaarung, ein Umstand, der es fast unmöglich macht, zwischen Männern und Frauen zu unterscheiden.

Die meisten der Eingesperrten starren stumm und mit leerem Blicken auf die Besucher, einige wenige versuchen gelegentlich und mit kaum verständlichen Lauten, mit den Tagestouristen zu kommunizieren.

An jedem der numerierten Käfige – diese Woche sind es fünfzehn an der Zahl – sind Hinweisschilder angebracht, an denen die Besucher sowohl den Namen als auch die Untaten der zur Schau gestellten Sünder ablesen können.

Die Touristen schritten von Käfig zu Käfig und betrachteten, voller Abscheu, die verkommen wirkenden Gestalten. Ausgestellt sind durchwegs weltbekannte Persönlichkeiten, deren Bekanntschaft ich unter anderen Umständen liebend gern gemacht hätte.

Vor jedem der Käfige verlas Abi laut und deutlich Namen und Schandtaten der eingesperrten Unholde, worauf die meisten Touristen schlimme Verwünschungen ausstießen und die Übeltäter mit vom Wachpersonal bereitgestellten faulen Tomaten und rohen Eiern bewarfen. Einige Gallerten verschluckten, möglichst unauffällig, einen Teil der offensichtlich verdorbenen „Delikatessen“, durchwegs Speisen, die im „Standard-Paradies“ nicht zu bekommen sind.

Angewidert vom wilden Treiben hielt ich mich etwas abseits von der Truppe. Ein würdig aussehender älterer Herr mit langem weißen Bart und gütigen strahlend blauen Augen gesellte sich zu mir und beobachtete sichtlich entsetzt das Geschehen. Wir kamen ins Gespräch, und ich erfuhr, daß er im Jänner 1492 (im Jahr der Vertreibung der Juden aus Spanien) in Toledo – insgeheim –zum Judentum konvertiert war. Damals lebte er als Pater Danielo in einem Kloster, wo er reichlich Gelegenheit fand, die Untaten der heiligen Inquisition aus nächster Nähe zu beobachten. Bei seinem Versuch, Spanien in Richtung Portugal zu verlassen, wurde er erkannt und wegen seines schweren „Verbrechens“ – des Übertritts zum Judentum – zum Tode verurteilt und am Scheiterhaufen verbrannt.

Als Abi bemerkte, daß wir beide nicht bereit waren, die Käfiginsassen zu demütigen, sah er uns mißbilligend an und drohte, dieses ungebührliche und ungewöhnliche Verhalten seinen Vorgesetzten zu melden, was für uns „Undankbare“ mit Sicherheit sehr bald unerfreuliche Konsequenzen zeitigen würde (ich fürchte, er meinte es ernst).

Nun will ich die Namen und die aufgelisteten „Verbrechen“ der Ausstellungssubjekte in alphabetischer Reihenfolge aufzuzählen:

Leo Baeck: Einst weltbekannter Reformrabbiner, Hauptverantwortlicher für die Ausbreitung dieser Irrlehre in Deutschland. Mit seinem üblen Werk – „Das Wesen des Judentums“ – verfälschte er die einzig wahre Lehre.

Martin Buber: Verurteilt wegen seiner Schrift – „Ich und Du“ –, in der er gegen die Erstarrung der Religion hetzt. Sein Aufruf zur Verständigung der Israelis mit den Arabern muß als strafverschärfend angesehen werden.

Giordano Bruno: Ein schlimmer Vertreter der pantheistischen Gedanken der Antike, nach denen Gott, das unpersönliche Prinzip, identisch mit der Natur sei. Er unterstützte auch die üblen Vorstellungen eines Nikolaus Kopernikus, der behauptete, daß sich die Erde um die Sonne dreht. Dieser Häretiker wurde durch die heilige Inquisition zu recht verurteilt und in Rom auf dem Scheiterhaufen verbrannt.

Charles Darwin: Ein völlig verdorbenes und gewissenloses Subjekt. Hetzer gegen die biblische Schöpfungsgeschichte (wonach alle Menschen auf ein einziges Elternpaar zurückzuführen seien und die Erde in sechs Tagen erschaffen wurde). In seinem verwerflichen Werk – „Die Entstehung der Arten“ – behauptet der Verbrecher, daß die Evolutionsvorgänge in der Natur Jahrtausende benötigten, und Mensch und Affe in grauer Vorzeit einen gemeinsamen Vorfahren hatten. Sein Wort von der natürlichen Zuchtwahl muß als üble Blasphemie verurteilt werden.

Paul Ehrlich: Mediziner und Biologe. In der Hölle wegen der Erfindung des Salvarsan, mit dem sexuelle Sünder von ihrer gerechten Strafe – Syphilis – kuriert wurden.

Siegmund Freud: Begründer der verruchten Psychoanalyse. Ein Feind der Religion und Anhänger des Pharaos Echnaton. Durch seine Überbewertung der Sexualität ein Verderber der Menschheit.

Galileo Galilei: Ein Verführer der Menschheit und Verleumder bewährter Weisheiten. Sein überliefertes Wort – „und sie bewegt sich doch" – ist ein Paradebeispiel für das Verhalten verstockter, uneinsichtiger Sünder.

Johannes Gutenberg: Als Erfinder des Buchdrucks Hauptverantwortlicher für die explosionsartige Verbreitung von Hetzschriften gegen Gesetz und Ordnung. Seine dümmliche Ausrede, daß er die Folge seines Treibens nicht vorhersehen konnte, wird nicht als Entschuldigung angesehen, denn Unwissenheit schützt nicht vor dem Gesetz.

Theodor Herzl: Gilt als Begründer des Zionismus. Er verwirrte die Herzen und Gedanken unzähliger Juden, die sodann, anstatt geduldig auf das Kommen des Messias zu warten, nach Palästina einwanderten, einen säkularen Staat gründeten und so den heiligen Boden entweihten.

Israel Jacobson: Mit der Gründung der Jacobson-Schule in Seesen (Westphalen) verdarb der Bösewicht jugendliche Juden, die dort – anstatt sich in Talmud-Thora fortzubilden – plötzlich moderne Fächer wie Mathematik, Geschichte und Philosophie lernen mußten. Außerdem bezweifelte der selbsternannte Rabbiner, daß Moses der alleinige Autor des Pentateuch war.

Regina Jonas: Ihr Vergehen ist besonders abscheulich. Mit ihrer Ordination zur Rabbinerin verstieß sie gegen sämtliche guten Sitten vergangener Zeiten und beleidigte sämtliche wahren Gläubige.

Josua Leibowitz: Als angeblich orthodoxer Jude hetzte der Übeltäter gegen die Herrschaft der Religion im Heiligen Land, wobei er die Theokratie als Gefahr für die Demokratie bezeichnete. Unverzeihlich seine Forderung nach Trennung von Staat und Religion und seine Stellungnahme gegen das Zweckbündnis von Orthodoxie und säkularem Zionismus. Straferschwerend auch sein Eintreten gegen die Besetzung und Besiedelung von rein arabischen Gebieten in Judäa und Samaria.

Golda Meir: Zionistin und erste Ministerpräsidentin Israels. Mit der Übernahme dieser Position verstieß die Unglückliche gegen bewährte Traditionen, denen zufolge Frauen nur im eigenen Haus „die Hosen anhaben dürfen."

Baruch Spinoza: Eines der verachtenswertesten Individuen der Menschheitsgeschichte. Seine pantheistischen Ideen in Verbindung mit einem Plädoyer für Gewissensfreiheit und Trennung von Staat und Religion und sein Einsatz für historisch-kritische Methoden zur Analyse (und somit Diffamierung) der heiligen Schriften bezeugen die unglaubliche Verderbtheit seines Charakters. Spinozas Hauptwerk – „Tractatus theologico-politicus" – muß immer und überall der Vernichtung zugeführt werden.

Marc Twain: Gefährlicher atheistischer Autor verschiedener blasphemischer Werke. Traurige Höhepunkte seines Wirkens sind die moralisch verkommenen Erzählungen „Papers of the Adams Family", „Good Little Boy", „Bad Little Boy" und – allen voran – „Letters from the Earth" (ein Machwerk, das seine braven Erben der Öffentlichkeit lange erfolgreich vorenthielten).

Dann folgte ein weiterer Höhepunkt des Tages, die lustige Schriftenverbrennung.

Zu diesem Zweck wurden die Käfiginsassen von kräftigen Hilfsteufeln ins Freie geprügelt und unter dem Gejohle der Touristen gezwungen, die eigenen, von der Erde importierten Werke in die haushohen Flammen zu werfen. Die Mehrzahl der Unglücklichen gehorchte anstandslos, nur Galilei, Spinoza und Twain weigerten sich zunächst, die Befehle auszuführen, doch nach einigen heftigen Peitschenhieben und Fußtritten fügten auch sie sich ihrem Schicksal.

Als alle Bücher und Schriften zu Asche verbrannt waren, wurden die Verachteten von einem ranghohen Teufel zusammengetrieben, in einem riesigen Rucksack fest verschnürt und abtransportiert.

Abi bat uns nun, den Rückweg anzutreten, und dankte den Touristen für ihren so wichtigen Beitrag zur Demütigung der ausgestellten Kriminellen.

Vom Gesehenen tief beeindruckt und fröhlich schwatzend verließ die Besuchergruppe die „Allee der Verachteten" und schwebte in Richtung des wartenden Flugbusses.

Auf dem Rückweg unterhielt ich mich kurz mit Abi, der mir stolz erzählte, daß bei der nächsten Zurschaustellung weitere hochinteressante Sünder zu sehen sein würden, so unter anderem: der Philosoph Francois-Marie Arouet de Voltaire (Aufklärer, skeptischer Humanist und Kritiker der Kirche), der Schriftsteller Gotthold Ephraim Lessing (wegen seiner übertriebenen Vorstellungen von Toleranz und Humanität), Rabbiner Zacharias Frankel (Begründer des im Himmel verpönten konservativen Judentums) und Bertha von Suttner (eine Pazifistin der übelsten Sorte und Autorin des Romans „Die Waffen nieder").

Der einstündige Rückmarsch zum Bus verlief ereignislos, und – bedingt durch die zunehmend hohen Tagestemperaturen infolge Überhitzung der Höllenöfen und die stark schwefelhaltige Atemluft – wurde jeder Atemzug langsam zur Qual.

Erschöpft, verschwitzt und mit angesengten Haaren erreichten wir schließlich den Buslandeplatz. Vor dem abflugbereiten Fahrzeug erwartete uns die berühmte höllische Musikkapelle „The Lost Generation" (bestehend aus einhundert Musikern, unter ihnen Berühmtheiten wie Franz Schubert, Wolfgang Amadeus Mozart, Gustav Mahler, Freddy Mercury, John Lennon, Leonard Bernstein und Herbert von Karajan). Auf ein Zeichen des derzeitigen künstlerischen Leiters der Band – Jacques Offenbach – spielte das Ensemble zuerst die Ouvertüre zu „Orpheus in der Unterwelt". Dann folgte der absolute Höhepunkt des Tages, der Auftritt des „King"- Elvis Presley. Elvis, der mit Rücksicht auf seine 250 Kilogramm Totgewicht mit einem Kran auf ein Podest gehievt werden mußte, sang vier seiner wundervollen Schlager. Zuerst „I Believe In The Man In The Sky", gefolgt von „Until It's Time For You To Go", dann „Are You Lonesome Tonight" und – abschließend – „In The Ghetto".

Wegen der zunehmend unerträglichen Temperatur mußte Elvis seine Show frühzeitig abbrechen, und Frank Sinatra, der ebenfalls singen sollte, weigerte sich standhaft, die Bühne zu betreten, was zur Folge hatte, daß alle Musiker ihre Instrumente fallen ließen und fluchtartig verschwanden, womit die wunderbare Show beendet war.

Bevor wir den Bus besteigen durften, mußten alle Touristen die höllischen Zoll- und Paßformalitäten über sich ergehen lassen, eine unangenehme, zeitraubende Prozedur, vor allem wegen der peinlich genauen Inspektion sämtlicher Körperöffnungen auf Schmuggelware durch furchterregende, extrem häßliche Hilfsteufel.

Erst nachdem die Hilfsteufel nichts Verdächtiges entdecken konnten, durften die erschöpften Reisenden den Flugbus besteigen, der kurz darauf Richtung Paradies abhob und nach nur 59 Minuten sicher im Busterminal des „Standard-Paradieses" landete.

30. 5. 2000

Auszug aus der himmlischen KESCHET ZEITUNG, Rubrik: „Wohltat des Tages"

Tapfere ultraorthodoxe Aktivisten der prächtigen Keuschheitsgruppe zerstörten gestern die Behausung eines 78jährigen, im Rollstuhl sitzenden Invaliden, der es wagte, in Mea Schearim (Jerusalem) das Staatsfernsehen zu schauen. Sie schlugen ihn, brachen ihm beide Arme und zerstörten obendrein seine Teufelswerkzeuge, einen Fernseher und ein Videogerät.

31. 5. 2000

Heute will ich wieder meinen Bericht fortsetzen. In den vergangenen Tagen war ich viel zu deprimiert, um zu schreiben oder das vor vier Tagen im ganzen Paradies begeistert gefeierte Schawuotfest (ein Doppelfest, das sowohl zur Erinnerung an den Empfang der zehn Gebote am Sinai als auch an die schöne Sitte der Darbringung von Erstlingsfrüchten durch die Landbevölkerung, die nach Jerusalem pilgerte, begangen wird) freudig mitzufeiern, und das sowohl wegen meiner beruflichen Degradierung als auch, weil mich die schockierenden Erlebnisse in der Hölle nicht mehr losließen.

Ich bin mir nicht mehr sicher, was ich vor der Eintagesreise für Vorstellungen von der Hölle hatte, doch ist mir nun klar geworden, daß die Beurteilungs- und Bestrafungskriterien der himmlischen und höllischen Behörden mit meinen Überzeugungen nicht in Einklang gebracht werden können.

Persönlichkeiten wie Galileo Galilei, Siegmund Freud, oder Marc Twain hätte ich eigentlich im Paradies erwartet, doch mit Sicherheit nicht in schäbigen Käfigen als gedemütigte Schausubjekte.

Gleich am Morgen nach der Rückkehr von der Höllenexkursion erlebte ich beim Eintreffen in Neubabel eine böse Überraschung.

Anstatt mich zu einer Büroarbeit abzukommandieren, erklärte mir Pnina, die kühle Empfangsdame am Informationsschalter von Turm eins, spöttisch, daß ich – aus ihr noch unbekannten Gründen – beruflich degradiert worden sei. Ab sofort sei ich dem paradiesischen Putzdienst zugeteilt, und meine erste Aufgabe heute bestünde darin, das Büro des Chefs (in der freischwebenden goldenen Kugel über dem Dach von Neubabel) gründlich zu reinigen. Sie überreichte mir auch gleich alle schon bereitgestellten Putzutensilien und wünschte mir noch einen „schönen Tag".

So begab ich mich, mit Eimer, Besen und Putzmitteln ausgestattet, auf das Dach und weiter über eine von der Eingangsluke herabhängende zehn Meter lange Strickleiter in das Innere der riesigen Kugel.

Das Chefbüro, ein fünfzig Mal fünfzig Meter großer, durch herabgelassene Jalousien verdunkelter Raum, schien unbewohnt zu sein. Auf dem ungepflegten Boden lagen Dutzende teils zerbrochene Schnaps- und Whisky-Flaschen, zerschlissene Papyrusrollen und zerbrochene Steintafeln. Inmitten des Chaos entdeckte ich einen offenbar intakten Tachyonenbeschleuniger, auf dessen Rollband im Minutentakt Steintafeln mit Nachrichten aus allen Welten eintrudelten.

Als sich mein Sehvermögen langsam auf die schwierigen Lichtverhältnisse eingestellt hatte, entdeckte ich eine am Boden liegende riesige Gestalt, einen rund siebzehn Meter großen Engel, dessen Gesicht von meterlang herabhängenden, wirren und weißen Kopfhaaren bedeckt und daher nicht erkennbar war.

Ein am rechten Flügel befestigtes Namensschild verriet mir allerdings, daß ich hier auf Erzengel Michael traf, der laut schnarchend einen gewaltigen Rausch ausschlief. Seine Hände umkrampften eine durch Speisereste verschmutzte gewaltige Steintafel. Mühsam entriß ich die Tafel seinen Fingern und versuchte die darin enthaltene Botschaft zu entziffern, doch wegen der Schmutzkruste und der im

Raum herrschenden Dunkelheit war meine Mühe vergebens. Kurz entschlossen lüftete ich die herabgelassenen, von Goldstaub bedeckten Jalousien, und sogleich wurde der gesamte Raum vom wunderbaren Paradieslicht durchflutet.

Erzengel Michael ließ sich durch die geänderten Lichtverhältnisse nicht irritieren und schnarchte laut weiter. Mit Seife und Waschlappen reinigte ich die Steintafel und war nun endlich in der Lage, die geheimnisvolle Botschaft zu entziffern.

Ungläubig und mit wild klopfendem Herzen las ich die folgenden knappen Worte (die den guten Erzengel Michael offensichtlich zur Flasche greifen hatten lassen): „Ich, Elihoref ben Schischa, erster Schreiber der höchsten himmlischen Autorität, wurde beauftragt, Dir, Erzengel Michael, eine dringende Chefanordnung zu übermitteln. Diese lautet wie folgt: ‚Die hoffnungslos verdorbenen und nutzlosen Bewohner des Planeten Erde (dritter Planet des unbedeutenden Sonnensystems Nummer zehn hoch einundneunzig) sind samt und sonders auszurotten. Da ich, der Herr aller Welten, mich in den kommenden zehntausend Jahren auf einer dringenden Dienstreise befinden werde, wirst Du, Michael, an meiner statt, alle notwendigen Vorkehrungen treffen, um den Kometen Halley aus seiner Bahn in Richtung Kollisionskurs mit der Erde zu steuern. Das Datum des tödlichen Einschlags habe ich mit dem 31. 12. 2000 festgesetzt: Auf ein gutes Gelingen.“

Unter der Anweisung konnte ich eine Unterschrift erkennen, die aber für mich leider vollkommen unleserlich war.

Minutenlang starrte ich fassungslos auf die monströse Botschaft der Steintafel, bis mir ein – möglicherweise – rettender Gedanke kam. Kurz entschlossen entnahm ich dem Werkzeugkasten des Förderbandes Hammer und Meißel und fügte dem Jahr 2000 eine Null hinzu, wodurch das Datum der Katastrophe um 18000 Jahre in die ferne Zukunft verlegt wurde. Dann legte ich die so gefälschte Nachricht auf den Bauch des noch immer laut schnarchenden Erzengels zurück und begann mit dem mühsamen Aufräumen des Chefbüros.

Während einer kurzen Mittagspause – ich verzehrte gerade meine Manna-Ration (mit Hühnerlebergeschmack) – lernte ich einen weiteren Arbeiter der Putzbrigade kennen.

Die rundliche Gallerte, mit gemütlichem Vollmondgesicht und winzigem Spitzbart, entpuppte sich als ein ehemaliger rabbinischer Kollege aus einer bekannten mitteleuropäischen Stadt, ein Mann, der sich während seiner langjährigen Tätigkeit als orthodoxer Gemeinderabbiner den „üblen Ruf“ eines „Moderaten“ erworben hatte und deswegen von vielen Mitgliedern seiner Gemeinde nicht ernstgenommen wurde.

Rabbiner Erzberg – so sein mir vom Hörensagen geläufiger Name – agierte in der Tat nicht immer im Sinne des „Gesetzes“. Aus Güte, Mitgefühl und Nächstenliebe (manche unterstellten ihm finanzielle Motive) war er immer wieder bereit gewesen, Menschen – besonders nichtjüdischen Ehepartnern von Juden –, den oft dornigen Weg zum Judentum zu erleichtern. Deswegen gestaltete er die langwierige Konversionsprozedur einfacher und menschlicher als die meisten seiner Berufskollegen.

Aus einleuchtenden Gründen konnte ein derart mißratener orthodoxer Rabbiner bestenfalls im „Standard-Paradies“ landen, und selbst hier eckte er mit nicht immer politisch korrekten Sprüchen bei Nachbarn und Behörden an, weswegen der Unglückliche – genauso wie ich – der himmlischen Putzbrigade zugeteilt worden war.

Rasch stellte sich heraus, daß auch er schon von mir gehört hatte, und so kamen wir bald ins Gespräch. Dabei stellten wir sowohl massive Meinungsunterschiede als auch viel Gemeinsames in religiösen Fragen fest.

Er als orthodoxer Jude glaubt fest daran, daß die gesamte schriftliche und mündliche Thora Moses auf dem Berg Sinai von Gott komplett übergeben wurde und daß infolgedessen religiöse Gesetze nicht „nach Belieben" oder „aus Bequemlichkeit" ignoriert oder abgeändert werden können (so lautet der gängige Vorwurf an religiös-liberale Juden). Wie die überwiegende Mehrheit orthodoxer Juden, kann sich auch Rabbiner Erzberg eine völlige Gleichstellung der Frau in der Synagoge und die Verwendung von Musikinstrumenten während des Gottesdienstes nicht vorstellen. Anders aber als fundamentalistisch denkende Zeitgenossen sieht Rabbiner Erzberg die Notwendigkeit, Härten – die auf das traditionelle Gesetz zurückzuführen sind – durch Neuinterpretation im Rahmen der Halacha abzumildern (heute auch ein weltweites Anliegen des modernen Judentums).

Im Übrigen bejaht Rabbiner Erzberg den, für den Fortbestand des Judentums wichtigen religiösen Pluralismus und wünscht den Dialog unter den verschiedenen Strömungen und das Ende der vielen häßlichen Bruderzwistigkeiten.

Mit anderen Worten: Erzberg ist ein orthodoxer Pragmatiker mit Herz und Verstand, der mich als liberalen Rabbiner genauso akzeptieren und achten kann, wie umgekehrt auch ich ihn. Deswegen fiel es uns nicht schwer übereinzustimmen, daß die Zustände im Paradies nicht unbedingt als „paradiesisch" bezeichnet werden könnten und gewisse Änderungen hier dringend notwendig wären.

Aus Zeitmangel – die Mittagspause war zu Ende – konnten wir nicht weiter in Details gehen, doch kamen wir überein, so bald wie möglich unser Gespräch fortzusetzen und vorsichtig nach Gleichgesinnten Ausschau zu halten.

Den Rest des Tages war ich damit beschäftigt, leere und halbleere Whiskyflaschen, Glasscherben, zerbrochene Steintafeln und Goldstaub aus dem verwahrlosten Chefbüro zu entfernen. Glücklicherweise mußte ich keine stinkenden Latrinen putzen, einfach deswegen (ich glaube, daß ich diese Tatsache noch nicht erwähnte), weil Paradiesbewohner keine Exkremente produzieren.

1. 6. 2000

Auszug aus der himmlischen KESCHET ZEITUNG, Rubrik: „Mezzies“

Heute werden paradiesweit im Auftrag des edlen Spenders Rabbi Baba kostbare Kamees (Schmucksteine/Amulette) von Hilfsengeln verteilt. In jedem Teil der Kamee sind erhabene Geheimnisse enthalten, die bis zu diesem Tag nie aufgedeckt wurden. Den glücklichen Besitzern bringen die Amulette Gesundheit, Glück und ein gutes Einkommen, sie schützen auch vor bösen Geistern. Die neuen Eigentümer der Kamees werden aufgerufen – sollten jemals Wahlen im Paradies stattfinden – für den großzügigen Spender ihre Stimme auf der Liste Agudat-Israel-Degel-Hatora abzugeben.

2. 6. 2000

Sportliche Aktivitäten werden von den himmlischen Behörden nicht besonders gerne gesehen, sicherlich deswegen, weil sie von den wichtigsten paradiesischen Hauptbetätigungen – Beten, Thorastudium für Fortgeschrittene, Hilfsdienste in Neubabel und Chorsingen – ablenken.

Auch am Schabbat sind, laut Anweisung des Innenministeriums, Spiel und Sport, mit dem Hinweis auf die strengen Ruhebestimmungen, untersagt.

Mir ist auch zu Ohren gekommen, daß zwei ehemals begeisterte Golfer, die mit einer von der Erde in das Paradies eingeschmuggelten Golfausrüstung ausgerechnet am Schabbat ihrem Lieblingssport frönten, schnurstracks in die Hölle verfrachtet wurden.

Doch ganz ohne Sport geht es auch nicht im Paradies. Einmal jährlich findet im Stadion von Camp Ellis die Dreikampf-Makkabiade statt, ein für jüdische männliche Gallerten offener Wettbewerb, bestehend aus Heiligenschein-Weitwurf, Flugartistik und dem Wettkampf der Sänger (Thema: freie künstlerische Interpretation des Hohe-Liedes). Da der Hauptpreis – die Teilnahme an dem von Moses höchstpersönlich alljährlich geleiteten Sederabend – sehr begehrt ist, melden sich Jahr für Jahr – und selten erfolgreich – gut eine Million Paradiesinsassen für dieses Festmahl an.

Das Makkabiade-Komitee besteht heuer aus zwei im gesamten Paradies hochgeachteten Persönlichkeiten. Es sind dies: König Salomo, der in Begleitung all seiner 10.313 Ehefrauen vom Exquisit-Paradies eingeflogen wird, und dem allseits hochverehrten Shmuel Kohn, ein Sohn eines Diamantenhändlers aus Antwerpen, der – wäre er nicht im zarten Alter von 13 Jahren betrunken vom Balkon seines Elternhauses in den Tod gestürzt – als weltbester Schwergewichtsboxer aller Zeiten Sportgeschichte gemacht hätte.

Auch ich habe mich als Teilnehmer der Makkabiade angemeldet, selbst wenn ich mir, trotz beträchtlicher Flug- und Gesangsfortschritte, nicht allzu viele Hoffnungen auf einen Spitzenplatz machen darf. Doch dabei sein ist alles!

3. 6. 2000

Auszug aus der himmlischen KESCHET ZEITUNG, Rubrik: „Auszeichnungen"

Wir freuen uns, unseren Lesern mitteilen zu können, daß Rabbiner Ovadia Jossef (ehemaliger Großrabbiner in Israel und geistiges Oberhaupt der heiligen Schass-Partei) das goldene himmlische Ehrenabzeichen verliehen wurde. Die große Auszeichnung erfolgte in Anerkennung seiner tiefsinnigen politischen Analysen und Aufdeckung von diversen Konspirationen jüdischer Ketzer gegen die einzig (von ihm repräsentierte) wahre Lehre.

An dieser Stelle erwähnen wir einige seiner schönsten Zitate:

1. *Alle sechs Millionen Opfer der Schoah waren wiedergeborene Seelen von Sündern aus vergangenen Zeiten.*
2. *Jossi Sarid (Linkspolitiker und Friedensaktivist in Israel) ist Amalek (biblisches Volk und Todfeind der Israeliten) und somit vernichtungswürdig.*
3. *Alle Richter des obersten Gerichts in Israel sind Schufte und Feinde des Judentums.*
4. *Reformer und konservative Juden sind die Zerstörer des Glaubens, Entweiher des göttlichen Namens, Kriminelle, Schuldtragende der Assimilation und Gottes-Hasser. Sie müssen immer und überall bekämpft werden. Verhandlungen mit ihnen sind strengstens untersagt.*

4. 6. 2000

Gestern wurde ich von einem Botenengel unsanft wachgerüttelt. Der Bote, ein ungepflegt wirkender, kleiner, übler Bursche mit überdimensionierten rotgepunkteten Flügeln, überreichte mir eine Steintafel mit einer Eilbotschaft der himmlischen Keuschheitsgarde (sie ist der Security-Abteilung im zehnten Stockwerk von Neubabel unterstellt). Anstatt sich nach Überbringung der Botschaft respektvoll zu verabschieden, verlangte er frech ein „angemessenes" Trinkgeld und verschwand erst nach Entgegennahme einer Wodkaflasche aus den Beständen der maroden Mir-Raumstation.

Neugierig betrachtete ich die in Stein gemeißelte Nachricht, die folgendermaßen lautete: „Im Namen der himmlischen Keuschheitsgarde teile ich Ihnen – Rabbiner K. O. – mit, daß gegen Sie seitens höchstgeachteter Paradiesbürger schwere Anschuldigungen erhoben wurden. Eine Überprüfung dieser Vorwürfe seitens der Behörden bestätigte die Stichhaltigkeit der meisten Beschuldigungen. Konkret werden Ihnen folgende Untaten zur Last gelegt:

I. Anschuldigungen von privater Seite:

a) obwohl Ihnen bekannt ist, daß die heilige hebräische Sprache im Paradies nicht als Umgangssprache gebraucht werden darf, haben Sie mehrmals und nachweislich Paradiesbürger hebräisch angesprochen;
b) eigenmächtige Verkürzung und Veränderung von Gebeten: Das geschah sowohl durch bewußte Unterlassung von Textwiederholungen und komplette Streichung von einzelnen Gebeten (wie das morgendliche Dankgebet „nicht als Frau erschaffen worden zu sein“) als auch infolge von liberal inspirierten feministischen Einschüben beim 18er-Gebet (ungehörige Erwähnung der vier Erzmütter);
c) nicht gestattete Harfenbegleitung der täglichen Gebete;
d) wiederholte Störung der Nachtruhe durch unerträglich schrille, säkulare Lieder.

II. Anschuldigungen seitens der Behörden:

a) mangelhafter Eifer beim Erlernen der aramäischen Sprache;
b) unpassendes Verhalten während des Tagesausflugs in die Hölle. Konkret: Respektlosigkeit gegenüber den Anweisungen des Reiseleiters bezüglich der angeordneten Verhöhnung der in Käfigen zur Schau gestellten Verbrecher;
c) mangelhafte Pflege Ihres Heiligenscheins;
d) wiederholt nachgewiesener Umgang mit unkonventionell denkenden Gallerten.

Diese Ihre Neigung ist den Behörden nicht verborgen geblieben und erfüllt sie mit großer Sorge.

Schlußfolgerungen: Hiermit wird gegen Sie ein scharfer Verweis ausgesprochen. Sie stehen ab sofort unter Observation. Sollten unsere Bemühungen, Ihre Seele zu retten, auf wenig Gegenliebe Ihrerseits stoßen, sind wir gezwungen, für Sie sehr schmerzhafte Maßnahmen zu ergreifen. Um Ihnen den Ernst der Lage klar vor Augen zu führen, wird Ihnen ab sofort die tägliche Manna-Ration für die Dauer von sieben Tagen entzogen. Außerdem wurde Ihre Anmeldung zur diesjährigen Makkabiade storniert."

Unterzeichnet: Direktor E. Hoover (himmlische Security-Abteilung).

Die gegen mich von den Behörden vorgebrachten Anschuldigungen treffen mich wie ein Blitz aus heiterem Himmel und machen mir angst, vielleicht auch deswegen, weil sie alle zutreffen.

Ich denke und handle nicht „politisch korrekt", meine Illusionen von einem liberalen, toleranten und gerechten Jenseits sind wie eine Seifenblase zerplatzt, ich singe zu laut, bin angeblich unmusikalisch und obendrein habe ich bis heute den mir anvertrauten Heiligenschein kein einziges Mal auf Hochglanz poliert.

Ein Glück, daß bisher niemand mein Tagebuch entdeckt hat. Es schmerzt mich aber, daß ich mit keiner Gallerte über meine Ängste und Sorgen offen sprechen kann; hier darf man kaum jemandem vertrauen.

6. 6. 2000

Auszug aus der himmlischen KESCHET ZEITUNG, Rubrik: „Neues aus der Hölle"

Spezialtrichter aus Ungarn eingetroffen. Geplant sind Zwangsmästungen von unverbesserlichen Sündern. Ihre Fettleber wird ihnen nach Ablauf von zwei Wochen ent-

nommen und in Madeira, zur späteren Rückverfütterung, eingelegt.

10. 6. 2000

Mein Antrag für einen Kurzaufenthalt in der Mount-Sinai-Klinik in Camp Ellis wurde bewilligt.

Ich habe ein Problem, das ich nicht verschweigen kann und vermutlich mit dem am rechten Flügelansatz eingebauten Überwachungs-Mikrochip zusammenhängt.

Seit einer Woche quälen mich, trotz der vorgeschriebenen dreimonatlichen Antisxespritzen, nächtliche sexuelle Fantasien, die meine Nachtruhe empfindlich stören. Offensichtlich hängen diese Alpträume mit einer Dysfunktion des Chips zusammen, und ich bin froh, daß mein Ansuchen so rasch erledigt wurde.

12. 6. 2000

In dieser Nacht konnte ich fast ungestört schlafen. Nur ein einziges Mal wurde ich vom lauten Schnarchen eines Nachbarn geweckt; die quälenden nächtlichen Sexualphantasien sind dank eines neuen Chips vollständig verschwunden, und als ich heute Morgen die Augen öffnete, fühlte ich mich endlich wieder frisch und fit.

15. 6. 2000

Im gesamten Paradies herrscht große Aufregung. Der seit neun Jahren in Ausbildung stehende weiße Esel des Messias ist – wie erst jetzt bekannt wird – seit fünf Tagen aus seinem Gehege verschwunden und trotz intensiver Suche aller frei verfügbaren Späherengel unauffindbar.

Der designierte Messias, Rebbe Menachem S. Schneerson, wurde in seinem Hauptquartier in New York über den Verlust des Esels umgehend informiert und zu einer Lagebesprechung nach Neubabel beordert.

Die über das gesamte Paradies verhängte Ausgangssperre – die erste seit Bestehen des Paradieses – gibt mir Gelegenheit, mein Tagebuch zu vervollständigen und endlich den etwas ramponierten Heiligenschein auf Hochglanz zu polieren.

18. 6. 2000

Endlich eine gute Nachricht. Der Esel befindet sich wieder in seinem Gehege, der Kriminalfall ist gelöst. Als Täter wurde ein der Hölle entflohener Verbrecher festgenommen; sein Name: Sabbatai Zewi, der berühmt-berüchtigte Pseudomessias, der einst die jüdische Welt in Aufruhr versetzte. Zewi – er lebte von 1626 bis 1676 – wurde von dem kabbalistischen Propheten Natan ha-Levi aus Gaza davon überzeugt, „der Messias" zu sein. Im Mai 1665 ließ er sich, mit Unterstützung mehrerer Rabbiner, öffentlich als Messias ausrufen. Aus Jerusalem verbannt, reiste er zurück nach Smyrna, wo er von seinen mittlerweile vielen Verehrern begeistert gefeiert wurde.

Viele Juden in Nordafrika und Europa ließen sich von ihm täuschen und erwarteten ernsthaft die nahe Erlösung der Welt und das Ende aller Verfolgungen. Im Jahr 1666 wurde Zewi von den türkischen Behörden verhaftet und unter Todesandrohung gezwungen, zum Islam überzutreten. Mit seinem Tod – 1676 in Albanien – endete für die meisten seiner glühenden Anhänger die Hoffnung auf eine bessere Welt, doch sein Ableben bedeutete nicht das komplette Aus für die sabbatianische Bewegung.

Selbst in der Hölle hielt er an seinem Anspruch, der wahre Messias zu sein, fest, und als er Kunde von den himmlischen Vorbereitung rund um den echten Messias Rebbe Schneerson erfuhr, beschloß er, aus der Hölle zu fliehen und den Esel zu rauben. Die Flucht gelang ihm mit Hilfe seines Freundes Natan ha-Levi und durch Bestechung zahlreicher Teufel, denen er versprach, sie, nach seiner Weihe zum neuen Messias, beruflich zu fördern.

Den aus seinem Gehege entführten weißen Esel malte er zunächst schwarz an, um ihn dann mitten in dunkler Nacht in die Wohnwolke seines (frühzeitig begnadigten) Komplizen Samuel Primo zu bringen.

Doch schon am dritten Tag seiner Entführung machte sich der hungrige Esel durch ohrenbetäubendes Schreien bemerkbar, Zewi und Primo wurden verhaftet und umgehend von Satan persönlich in die Hölle verfrachtet.

Da der arme und hochsensible Esel beim Anblick seines jetzt schwarzen Fells vor lauter Schreck einen schweren Nervenzusammenbruch erlitt, Sprache und Gedächtnis verlor, suchen nun unzählige Engel im gesamten Universum nach einem geeigneten weißen Ersatzesel, ein Umstand, der das Projekt „Messias Now" um – möglicherweise – einige Jahrhunderte zurückwerfen wird.

21. 6. 2000

Auszug aus der KESCHET ZEITUNG, Rubrik: „Farewell"

Wegen Verbreitung ketzerischer Ideen und völliger Uneinsichtigkeit (ohne die geringste Bereitschaft zur Umkehr) wurde (der ehemalige) Rabbiner A. Erzberg gestern aus dem „Standard-Paradies" ausgewiesen. Die in der Hölle – wegen Überfüllung – verfügte Aufnahmesperre für gefallene Paradiesinsassen verunmöglichte die geplante Überstellung des Sünders. Die himmlischen Behörden haben daher entschieden, ihn zwecks Wiedergeburt zur Erde zurückzuschicken.

25. 6. 2000

Bin psychisch am Ende. Verschärft wurde die Krise sowohl durch den Besuch meiner Mutter und die Abschiebung Erzbergs als auch wegen der derzeit unerfreulichen Arbeitsumstände, beziehungsweise der Mitteilung (unterschrieben von Maestro Bernstein persönlich), daß ich vom Chorgesang aufgrund meiner geringen musikalischen Fähigkeiten für immer „befreit" sei.

Meine Mutter – sie besuchte mich dieses Mal alleine – versuchte, unter Tränen und Androhung von „Liebesentzug", mich zur Teschuwa (Umkehr) zu bewegen. Sie erklärte mir, wie sehr die ganze Mischpoche wegen all meiner Eskapaden und der daraus resultierenden sozialen Degradierung meiner Person sich schämen müsse, und daß die sozialen Kontakte zu Nachbarn und Freunden durch mein Verhalten schwer in Mitleidenschaft gezogen würden. Mutter verlangte ultimativ, daß ich endlich mein Äußeres verjüngen möge und öffentlich meinen – wie sie es ausdrückte – degenerierten und ketzerischen Ansichten abschwören sollte. Dann ließ sie mich noch wissen, daß sie und Vater beschlossen hätten – falls ich auf ihre Forderungen nicht eingehe –, den gefallenen Sohn aus dem Familienclan auszustoßen und zu enterben.

Auch die tägliche Tätigkeit als einfacher Arbeiter der himmlischen Putzbrigade drückt auf die Psyche.

Ganz besonders das Reinigen in bestimmten paradiesischen Bezirken – ich meine jene Gebiete, wo unsere Vorfahren aus längst vergangenen Zeiten (quasi in selbst gewählten Ghettos) hausen – zehrt an meinen Kräften.

Diese Gallerten aus der Bronzezeit kennen nicht die primitivsten Regeln der Hygiene, waschen sich kaum, spucken auf den Boden und räumen ihre Abfälle, die überall herumliegen, nicht selber weg. Sie verachten all diejenigen, die „niedere Arbeiten", wie Saubermachen, verrichten, und verlangen von den Arbeitern der Putzbrigade ständige Respektbezeugungen für ihre Anführer.

26. 6. 2000

Auszug aus der himmlischen KESCHET ZEITUNG, Rubrik: „Politische Weiterbildung"

„Die Demokratie" (Autor: Benjamin Zeev Kahane, Sohn von Rabbiner Meir Kahane, Gründer der „Liga zur jüdischen Selbstverteidigung" und der „Kach-Partei"): Die Demokratie ist die Fahne, unter der das assimilierte Lager zu seinem Kampf gegen das Judentum aufbricht; sie ist der absolute Wert der westlichen Kultur. Demokratie entstand aus der menschlichen Verwirrung und der menschlichen Unordnung von hunderten von Jahren, in denen die Menschheit ohne göttliche Führung war, und aufgrund der Änderungen in der Gedankenwelt des Menschen während der Renaissance und des Fortschritts. In dieser Periode beschloß man, das Recht, seine „Wahrheiten" zu bestimmen, der Masse zu überlassen. So wurde die Lüge als System bestimmt. Die demokratische Idee bestimmt als Wert, daß es „keine absoluten Werte" in der Welt gibt, und darum werden Gesetze erlassen und andere außer Kraft gesetzt. Was gestern noch richtig war, wird morgen nicht mehr notwendigerweise „richtig" sein. Der oberste und entscheidende Wert der Demokratie ist die Ketzerei. Das ist die Grundlage des Vernichtungskrieges, den das Judentum gegen die Demokratie führen muß. Wie es keinen Frieden mit Amalek geben kann, weil er das Verdorbene und die Lüge symbolisiert, so ist das mit dem Volk Israels, so kann sich das Volk Israel nicht mit der ideologischen Grundlage der Demokratie, welche Lüge ist, versöhnen.

28. 6. 2000

Ein langjähriger Wunsch ist gestern endlich in Erfüllung gegangen: Ich sah den Patriarchen Jacob.

Natürlich war das keine persönliche Begegnung, doch war ich eine von rund einhunderttausend Gallerten, die das

Glück hatten, Eintrittskarten zu seinem öffentlichen Auftreten im Amphitheater von Neubabel zu ergattern.

Wie Großvater Abraham, Vater Isaak und Moses, der größte aller Propheten, tourt auch Jacob seit seiner Entlassung aus der Hölle durch sämtliche (auch nichtjüdische) Paradiese, sowohl um sich den staunenden Massen zu zeigen als auch um aus seinem Leben zu erzählen und einige falsche Klischees auszuräumen.

Die Eintrittskarten erhielt ich von Direktor Issachar ben Jacob in seinem Büro im vierten Stock von Neubabel, den ich dafür mit einer Dose Kaviar aus den Beständen der russischen Raumstation belohnte.

Wegen des langen Anreiseweges in das Amphitheater durfte ich als glücklicher Kartenbesitzer den ganzen Nachmittag freinehmen, was mir viele böse Blicke von neidischen Arbeitskollegen bescherte.

Gleich nach der Mittagspause schnallte ich meine Flügel an und begab mich in das zwei Flugstunden entfernte Theater, wo ich nach ermüdenden vier Stunden erschöpft landete.

Ein Engelordner führte mich zu meiner reservierten Sitzwolke und drückte mir zwei Tüten in die Hand: eine enthielt Manna mit Erdnußgeschmack und die zweite Flüssig-Manna, die nach Cola schmeckte.

Pünktlich mit Anbruch der paradiesischen Finsternis begann ein Engelchor unter Leitung des berühmten Dirigenten Mendelssohn-Bartholdy zu singen. Die Künstler – nur ihre bläulich fluoreszierenden Heiligenscheine waren in der Dunkelheit zu sehen – zwitscherten drei Stunden lang, begleitet von Harfen und Tamburinen, berührende Volksmelodien aus vier Jahrtausenden, darunter auch Kompositionen von Erzmutter Sara und König David.

Danach betrat Laban ben Nahor, Jacobs betrügerischer Schwiegervater, die jetzt hellerleuchtete Bühne, um eine kurze, einstündige Ansprache zu halten. Er begrüßte im Namen der Mischpoche die Anwesenden und fing an, aus seinem Leben in Haran zu berichten. So erfuhren wir bald, daß seine geliebte Tochter Rachel nicht nur sehr kamelliebend war, sondern auch eine begeisterte Sammlerin von Götterstatuen (einen kleinen Teil von ihnen beschlagnahmte Jacob während der langen Reise nach Kanaan, den Großteil aber – und das ist nicht allgemein bekannt – schmuggelte sie in ihrer Unterhose über die Grenze, eine Wohltat, die ihr die Hausgötter der Familie niemals vergaßen und sie dafür auch reichlich belohnten). Laban schwärmte auch von seinem Schwiegersohn Jacob, der nicht nur ein erstklassiger Hirte war, sondern auch ein Held, der die mächtigsten Löwen des Landes mit bloßen Händen erwürgte. Abschließend verlor er noch einige Worte über seine „angeblich verwerfliche Handlung" (gemeint ist der in der Bibel dokumentierte Betrug an Jacob), eine Tat, die er zwar nicht leugnete, doch anders als die meisten Bibelexegeten interpretiert. Seiner Darstellung nach war er gezwungen, einige Tricks anzuwenden, um so den geliebten Jacob (der vor Sehnsucht nach Kanaan fast wahnsinnig wurde) vor einer frühzeitigen Rückkehr und dem Erschlagenwerden durch Brüderchen Esau zu bewahren.

Nach Beendigung seiner tiefsinnigen Rede wurde Laban von den Zuschauern, die schon dem Höhepunkt der Veranstaltung – dem Erscheinen Jacobs – entgegenfieberten, mit höflichem Applaus entlassen.

Schlagartig erloschen dann alle Lichter, und tiefe Dunkelheit senkte sich über das Stadion. Eine Fanfare ertönte, und eine golden fluoreszierende Leiter, auf der nackte, süße Engelbabies sich tummelten, glitt, wie von Zauberhand vom Firmament herabgelassen, zum Marmorboden der Arena.

Neuerlich erschallte die Posaune, und von zwei kräftigen Leibwächterengeln eskortiert betrat Erzvater Jacob – ein blauäugiger, blondgelockter Zwei-Meter-Riese –, scheinbar aus dem Nichts kommend, die oberste Sprosse der goldenen Leiter. Langsam und würdevoll stieg der in einen Tigerpelz eingehüllte Patriarch, beidseitig von seinen Schutzengeln gestützt, die Leiter herab. Am Fuß der Leiter angelangt, blieb Jacob stehen und ließ sich (in verschiedenen Posen) minutenlang vom begeisterten Publikum feiern.

Dann wurde es dramatisch: Ein fünf Meter großer und feuerspeiender Drache stürzte sich auf Jacob, und sogleich entbrannte zwischen beiden ein schrecklicher Kampf. Fast schien es, als ob Jacob dem unheimlichen Gegner unterliegen würde, doch schließlich, nach einem aufregenden Zweistundenringen, erlahmten die Kräfte des Angreifers, der – dem Herzinfarkt nahe – es gerade noch schaffte, mit einer Kralle Jacob an einer äußerst delikaten Stelle zu treffen. Vom Gefecht ermattet stürzten beide bewußtlos zu Boden, womit der Kampf unentschieden endete. Als sich Jacob und der Drache einigermaßen erholt hatten, folgte ein Happy End: Zuerst umarmten und küßten sich beide, danach segnete der Drache beim Verlassen der Bühne sowohl den Patriarchen als auch das begeisterte Publikum.

Nun folgte eine dreistündige Ansprache Jacobs (die ich stark gekürzt wiedergeben will).

Einleitend berichtete Jacob, wie er während ihrer schwierigen Geburt vom hinterhältigen Bruder Esau zur Seite geboxt und ihm so das Erstgeburtsrecht gewaltsam genommen wurde.

Er berichtete anschaulich von deren gemeinsamer Kindheit und verheimlichte auch nicht, daß sein verruchter Bruder schon als Kind sehr unartig gewesen sei, sich niemals die Zähne putzen wollte und obendrein auch beim Versuch zu sprechen aus Scham über sein angeborenes Stottern stets errötete, was ihm den Beinamen Edom (der Rote) einbrachte. Jacobs „Betrug“ an Esau (jeder kennt wohl die biblische Erzählung vom berühmtesten Linsengericht aller Zeiten) war demnach keine Gaunerei, sondern nur die ausgleichende Gerechtigkeit für das abscheuliche Verhalten Esaus während ihrer Geburt.

Dann erwähnte er auch den angeblichen „Betrug“ an seinem Vater Isaak, der infolge der Verkleidung Jacobs den falschen Bruder segnete. Doch das war, argumentierte Jacob, ebenfalls keine verwerfliche Tat, weil er mit dieser Posse – und nur aus reiner Bruderliebe –, sicherstellen wollte, daß der schüchterne Stotterer und Bettnässer Esau (der sich aus Angst vor Ohrfeigen nie in das Zelt des Vaters traute), den ihm gebührenden väterlichen Segen erhalten sollte.

Abschließend ermahnte Jacob all seine geliebten Nachkommen, die Gesetze des Himmels streng zu befolgen, keinerlei Neuerungen im Paradies anzustreben und mit den Behörden im heiligen Kampf gegen alle neumodischen Erscheinungen zusammenzuarbeiten.

Nach allen Seiten winkend, stieg Jacob in Begleitung seiner Leibwächter die Leiter empor, wo ihn Bruder Esau liebevoll umarmte. Gemeinsam segneten sie die Menge und verschwanden, unter ekstatischen Jubelrufen des Publikums, im tiefschwarzen Nichts über der Arena.

Müde, doch glücklich konnten wir nun die lange Rückreise antreten, und vier Stunden später kuschelte ich mich in meine Wohnwolke und schlief sofort ein.

30. 6. 2000

Auszug aus der himmlischen KESCHET ZEITUNG, Rubrik: „Diverses“

Aufgrund der vielen besorgten Leserbriefe, die tiefe Verunsicherung in bezug auf die einhundertprozentige Kaschrut (die rituell einwandfreie Zubereitung von Speisen) der himmlischen Manna erkennen lassen, beschloß unsere Redaktion, die Angelegenheit zu untersuchen. Unsere speziell ausgebildeten Maschgichim (rituell geschulte Aufpasser) verbrachten inkognito vier Wochen in der Großküche von Neubabel und stellten fest, daß sowohl alle Speisen als auch sämtliche am Produktionsvorgang beteiligten Personen absolut koscher sind.

Es freut uns daher, all unsere besorgten Leser beruhigen zu können. Die Redaktion wünscht weiterhin guten Appetit.

1. 7. 2000

Auszug aus der himmlischen KESCHET ZEITUNG, Rubrik: „Das Interview zum Tag“ (mit Rabbiner Avraham Lerninger, dem bekannten Heiligen aus dem „Exquisit-Paradies“, zum Thema: „Siedlungsbau im Standard-Paradies“)

Keschet: Exzellenz, Ihr kurzer Besuch im „Standard-Paradies“ erfüllt uns alle mit großer Freude. Würden Sie bitte unseren Lesern den Grund Ihrer Reise verraten?

Rabbiner Lerninger: Danke für die freundliche Begrüßung. Wie Sie ja wissen, fällt es keinem von uns Heiligen leicht, unser gesegnetes Zuhause – das „Exquisit-Paradies“ – zu verlassen und einen durch zahlreiche Sünder entweihten Boden zu betreten. Doch als Sprecher der paradiesischen „Gusch-Emunim“ (Block-der-Getreuen)-Bewegung habe ich keine andere Wahl, als meiner paradiesischen Pflicht nachzukommen. Ich bin hier, um bei allen gutmeinenden Standard-Paradies-Bewohnern für die von uns geplante Errichtung von Wehrsiedlungen innerhalb einer Fünfzig-Kilometer-Sicherheitszone Verständnis zu erwecken.

Keschet: Exzellenz, könnten Sie bitte Ihre sicherlich ehrenwerten Gründe für die Errichtung von Siedlungen im „Standard-Paradies“ unseren Lesern erläutern?

Rabbiner Lerninger: Sie müssen – ob es Ihnen gefällt oder nicht – mehrere Tatsachen – die auch mit Sicherheitsfragen zu tun haben – endlich zur Kenntnis nehmen.

Wie Ihnen ja allen bekannt ist, werden die Heiligen des „Exquisit-Paradieses" während ihrer ganztägigen und schwierigen Thora-Studien vom Lärm, der von „Standard-Paradies"-Insassen durch tägliche Tanzveranstaltungen und böswillige Harfenmusik verursacht wird, gestört und abgelenkt. Außerdem kann nicht toleriert werden, daß immer wieder (mindestens dreimal jährlich) „Standard-Paradies"-Gallerten die Grenze illegal überwinden, um im Exquisit-Paradies unterzutauchen. Zweitens – und dieser Aspekt ist noch viel gravierender – müssen die „Standard-Paradies"-Bewohner endlich akzeptieren, daß laut aller unserer heiligen Schriften das gesamte ungeteilte Paradies lediglich den Gerechten versprochen wird. In keiner dieser Schriften wird auch nur mit einer Zeile erwähnt, daß Ungläubige und Sünder im Paradies Aufnahme finden werden. Auch wenn heute, bedingt durch bestimmte geschichtliche Entwicklungen, sich ungebetene Gäste im Paradiesgelände befinden, können diese bestenfalls toleriert werden, doch natürlich nur unter der Voraussetzung, daß sie sich ruhig und ordentlich benehmen und anerkennen, daß sie im Grunde genommen keinerlei Anspruch auf eigenes Land besitzen. Im übrigen – und das können alle Zweifler im biblischen Schöpfungsbericht nachlesen – umspült der paradiesische Fluß Pischon das ganze Land Chawila, das Land, wo Gold zu finden ist. Mit dem dort genannten Land Chawila ist – nach einhelliger Meinung unserer Weisen – das „Exquisit-Paradies" gemeint, wodurch unsere Besitzansprüche auf das gesamte Land klar bewiesen werden. Natürlich wollen wir niemanden aus seiner Behausung vertreiben, doch fordern wir von unseren zukünftigen Nachbarn sowohl absolute Ruhe als auch Respektsbezeugungen und Dankbarkeit.

Keschet: Und wie, Exzellenz, reagieren die himmlischen Behörden auf Ihre Intentionen?

Rabbiner Lerninger: Unsere Bewegung hat, dem Herrn sei Dank, genügend Verbündete in allen paradiesischen Ämtern. Jedem der leitenden Direktoren ist außerdem klar, daß bei Nichtunterstützung unserer Intentionen die Koalition im paradiesischen Weisenrat sofort gesprengt werden kann und bedeutende Persönlichkeiten schlagartig machtlos wären. Abgesehen davon unterstützen auch alle Erzengel, der zukünftige Messias Schneerson und selbst Moses unsere Intentionen.

Keschet: Exzellenz, wir danken für das Gespräch und wünschen Mazel tov.

10. 7. 2000

Nun ist es tragische Gewißheit. Die himmlischen Behörden haben in ihrer unendlichen Weisheit beschlossen, mich aus dem Paradies zu entfernen und an den einzigen Ort, wo ich ihrer Meinung nach hingehöre – in die Hölle –, zu verbannen.

Die Steintafel mit dem endgültigen Bescheid wurde mir durch Erzengel Uriel persönlich übergeben. Uriel, ein fünf Meter großer, dürrer und aufdringlich parfümierter (ich glaube, es ist ein Chanel-Aroma), bartloser Geselle mit rosa gefärbten Flügeln und blumendurchflochtenen, blonden, schulterlangen Haaren, empfing mich auf einer Thronwolke schwebend in seinem Büro im 10. Stock von Neubabel.

Freundlich lächelnd teilte er mir mit sanfter, leiser Stimme mit, daß aufgrund hunderter von Beschwerden (selbst aus den Reihen meiner eigenen Familie) und der Beobachtungen der himmlischen Keuschheitsgarde (die feststellen mußte, daß der Wille zur Umkehr bei mir nicht gegeben sei), sein lieber Freund Edgar Hoover persönlich meinen Fall überprüfte und nun die Anordnung erlassen habe, an mir ein Exempel zu statuieren und mich – als Sicherheitsrisiko für die Paradiesordnung – auf eintausend Jahre in die Hölle zu verbannen.

Uriel befahl mir, sogleich zu meiner Wohnwolke zurückzukehren, all die mir ausgehändigten himmlischen Utensilien auf Hochglanz zu bringen und zu ordnen und mich – unter Wolkenarrest stehend – geistig auf die bevorstehende Versetzung vorzubereiten.

Zum Abschied liebkoste er meine Wangen und bot mir an (dabei schielte er unverhohlen auf die mir aus den Beständen der russischen Raumstation Mir noch verbliebene Damenhandtasche), ihn jederzeit – sollte ich Fragen oder Probleme haben – kontaktieren zu können.

Ich sitze jetzt schon seit drei Tagen auf meiner Wohnwolke (die ich ohne die Genehmigung Uriels nicht verlassen darf) und grüble darüber nach, was zu unternehmen sei, um wenigstens meine geheimen schriftlichen Aufzeichnungen retten zu können.

11. 7. 2000

Nach reiflicher Überlegung entschied ich mich heute, meine Aufzeichnungen in einer der vielen im Gras herumliegenden Spezialflaschen zum Aufbewahren von Himmelstau (der ja für die Manna-Zubereitung unerläßlich ist) an mich zu nehmen und die Pergamentrolle darin aufzubewahren.

Die Flasche samt Inhalt werde ich Erzengel Uriel überbringen und ihn, nach Übergabe einer kleinen Aufmerksamkeit (die hübsche Damenhandtasche, die er so sehr begehrt), bitten, bei seiner nächsten Reise zur Erde die Flaschenpost im Erdorbit unauffällig zu hinterlegen. Mit etwas Glück könnte die Flasche in die Erdatmosphäre eintauchen, und, sollte sie dort nicht verglühen, irgendwo unbeschädigt niedergehen und aufgefunden werden.

Abschließend will ich noch einige Reformvorschläge für Himmel und Hölle verfassen, alles gut durchdachte und höchst nützliche Ideen.

Doch zuvor möchte ich betonen, daß ...

* * *

Liebe Leserin, lieber Leser:

Mit diesen Worten endet das Tagebuch von Rabbiner K. O.

Die letzten fünfzig Zeilen des Dokuments mit sicherlich hervorragenden Vorschlägen für die zukünftige Gestaltung des Jenseits konnte ich – wie einleitend erwähnt – der Menschheit nicht mehr erhalten, eine Tatsache, die mir viel Kummer verursacht, die aber nicht mehr zu ändern ist.

In den vergangenen Wochen haben Klein-Tevje und ich unsere regelmäßigen morgendliche Spaziergänge von Baden nach Sooß – und zurück – wieder aufgenommen. Unterwegs schweifen – aus wohl sehr unterschiedlichen Gründen – unsere Blicke zu den am Firmament funkelnden Sternen empor, wobei mir stets schmerzlich bewußt ist, daß mein innigster Wunsch – eine weitere Botschaft von Rabbiner K. O. zu erhalten – wohl niemals in Erfüllung gehen wird; doch nie soll der Mensch die Hoffnung fahren lassen!

NACHTRAG

Auszug aus den Lokalnachrichten der NBZ (Neue Badener Zeitung) vom 13. 4. 2002:

Mysteriöser Unfall: Gestern, gegen 7 Uhr morgens, entdeckte ein Spaziergänger den bewußtlosen Dr. T. M. auf einem Feld nahe Sooß. Neben dem Ohnmächtigen kauerte, am ganzen Körper zitternd, sein unverletzt gebliebener weißer Toy-Pudel Tevje.

Dr. T. M., ein unbescholtener (doch als Sonderling geltender) Bürger unserer Stadt, wurde offensichtlich während eines Spazierganges von einem geheimnisvollen, flaschenförmigen Flugobjekt – dessen Inhalt zur Zeit von Experten der Zivilluftfahrt untersucht wird – am Kopf getroffen und in kritischem Zustand auf die Intensivabteilung des Badener Krankenhauses eingeliefert. An seinem Aufkommen wird gezweifelt.

* * *

EPILOG

Die Helden dieser Erzählung „leben" in einem fundamentalistisch ausgerichteten Paradies.

Falls es so etwas wie ein Paradies geben sollte, dann ist zu befürchten, daß es dort – ähnlich wie auf Erden (wo in den meisten Religionen die an sich kleine, aber hochmotivierte Gruppe der Fundamentalisten den Ton angibt) – so zugeht. In dem von mir beschriebenen Jenseits ist der Kampf zwischen religiös „Fortschrittlichen" und „Fundamentalisten" – anders als auf Erden – längst entschieden.

Doch auch auf unserem Planeten droht der Konflikt (der oft verniedlichend als „Kulturkampf" beschrieben wird) – nicht zuletzt mangels Unterstützung der religiös moderaten Kräfte seitens der meist passiven und uninteressierten säkularen Mehrheit – zugunsten der Vertreter der jeweils „einzig wahren Lehre" verlorenzugehen.

Die meisten von mir namentlich genannten Figuren haben wirklich (oder angeblich) gelebt, manche von ihnen leben noch heute (trotz – oder vielleicht wegen – ihrer fundamentalistischen Ansichten und oft sogar strafbaren Taten) hoch angesehen und einflußreich.

Viele der von mir geschilderten Episoden beruht auf wirklich stattgefundenen Ereignissen, so zum Beispiel die Aktivitäten der Keuschheitsgarde in Jerusalem, die absurden Behauptungen mancher Thora-„Größen" bezüglich der Schuld der „Zionisten“ und „Reformjuden“ am Holocaust, die Haßtiraden von Rabbiner Kahane gegen die Demokratie oder die Bemerkung eines Rabbiner Ovadia Jossef, „daß die sechs Millionen Opfer der Schoah in Wirklichkeit die Reinkarnation von Sündern waren.“

So kommt es, daß auch berühmte und längst verstorbene Persönlichkeiten in vielen meiner Erzählungen eine mehr oder weniger große Rolle spielen, so unter anderem: Noah (der Erbauer der Arche), der Patriarch Jacob, die biblischen Kundschafter, der falsche Messias Sabbatai Zewi, der zukünftige Messias Menachem Schneerson, Tricky Dicky (ein ehemaliger U.S.-Präsident), Edgar Hoover (ehemals Direktor des F.B.I.), die Musiker Elvis Presley und Jaques Offenbach und viele mehr.

Hoffen wir, daß der Bericht des Rabbi K. O. durch eine weitere Flaschenpostnachricht aus dem Jenseits sich bald als falsch herausstellen wird, und daß das Paradies – sollte es wirklich existieren – in Wirklichkeit ein wunderbarer Ort ist, an dem es sich lohnt „zu leben.“

6.

Monolog einer hochgestellten Persönlichkeit

Geliebte Artgenossen,

Ihr alle, jung oder alt, klein und großgewachsen, von niederer Herkunft sowie hochgeboren, lauschet meinen Worten und vernehmet die erhabenen Gedanken eines von der Vorsehung Erwählten.

Denn wer wie wir – meine geliebten Artgenossen – hoch über allen anderen Erdgeschöpfen thront, die Krone der Schöpfung darstellt, sollte mit jedem Atemzug seinem Erschaffer dafür danken und ihn aus ganzem Herzen unentwegt lobpreisen.

Dankt ihm für eure makellose Schönheit, genetische Reinheit, Eleganz und Leichtigkeit, für eure glatte, in allen Regenbogenfarben prächtig schillernde Haut und jubelt darüber, daß kein anders Geschöpf dieser Erde jemals über euch stehen wird.

Wenn ihr meine Botschaft hört, sie in eurem Herzen festschreibt und die Anordnungen eures Schöpfers – der durch mich, eurem Führer, mit euch einen ewigen, heiligen Bund eingegangen ist – stets befolgt, nämlich euch unentwegt zu vermehren, die ganze Erde in Besitz zu nehmen, alle Lebewesen euch untertan zu machen und sämtliche minderwürdigen Artgenossen zu beherrschen – wenn es sein muß auch vom Erdboden zu vertilgen –, dann ist euch allen die ewige Glückseligkeit, sowohl im Diesseits als auch im Paradies – und somit das ewige Leben – sicher.

Folgt mir, schwebtet wie ich, leicht und erhaben in luftiger Höhe, jauchzet und fühlt mit mir unendliches Glück …

BLOB …

Das waren die letzten Worte einer vorzeitig zerplatzten Seifenblase.

7.

Also sprach Ovadia: Bericht eines glühenden Verehrers

VORWORT

Es steht zwar (noch) nicht im Guineß-Buch der Rekorde, doch es ist sonnenklar, daß – bezogen auf die Bevölkerungszahl eines Landes – auf Israels Straßen mehr Genies, verhinderte Ministerpräsidenten und gewöhnliche Irre versammelt sind, als in jedem anderen Staat auf Erden.

Viele von ihnen – besonders diejenigen, von denen man annimmt, daß sie über einen direkten Draht zum lieben Gott verfügen – besitzen eine große Zahl von glühenden Anhängern und ein hohes Maß an politischem Einfluß.

Ob dieser Weltrekord als Folge der langjährigen politischen Situation verstanden werden kann, oder die politische Lage eine logische Konsequenz des eingangs erwähnten Rekords ist, sollte unbedingt von Fachleuten dringend untersucht werden.

Die Rangliste der zahlreichen überdrehten, genialen, gottgefälligen, geistigen Leuchten des Judentums führt – völlig unangefochten – der ehemalige sephardische Großrabbiner Israels – Ovadia Jossef – an, dem bekanntlich jeder neu ernannte israelische Minister automatisch seine Aufwartung macht, um den Segen des greisen Rabbiners zu erflehen.

Für Fachbegriffe und Namen verweise ich auf das Glossar.

* * *

Rabbi Ovadia Jossef, ehemaliger sephardischer Großrabbiner Israels und geistiges Oberhaupt der religiösen Schass-

Partei, bewies zum wiederholten Mal der ganzen Welt seine unendliche Weisheit und tiefe Menschlichkeit, als er am 5. 8. 2000 anläßlich seiner wöchentlichen Schabbatpredigt seine neuesten Erkenntnisse verkündete.

Diese göttlichen Offenbarungen wurden – weil von unerhörter Bedeutung für die gesamte Menschheit – auch über das Parteiradio der Schass und dann über Satellit der staunenden Weltbevölkerung mitgeteilt.

Um sicherzugehen, daß möglichst viele Menschen in aller Welt seine bedeutende Botschaft vernehmen, will ich nun seine erhabenen Gedanken an meine Leser weitergeben, verbunden mit der dringenden Bitte, seine Botschaft an alle Rechtgläubigen weiterzuleiten.

Der weise Heilige – er möge 120 Jahre alt werden – verkündete wortgewaltig folgendes: „Sämtliche sechs Millionen Holocaustopfer waren eine Wiedergeburt von Seelen ehemaliger Sünder, Subjekte, die in ihrem frühen Leben schlimme Dinge (wie Tänze um das goldene Kalb) vollführten und nur deswegen wiedergeboren wurden, um ihre Sünden auf Erden abzubüßen!"

Im gleichen Atemzug erklärte Rabbiner Jossef, daß „Israels Regierungschef Ehud Barak keinen Verstand habe, unter anderem weil er den Versuch unternehme, mit Schlangen (*Anmerkung des Verfassers: ein Synonym für Araber*) Frieden zu schließen." Im übrigen, meinte unser Rabbiner – nach Rücksprache mit der obersten Instanz des Universums –, „daß Gott die Erschaffung dieser Schlangen tagtäglich schwer bedauert."

Die daraufhin einsetzende dümmliche Kritik einiger weniger verwirrter Zeitgenossen, wie etwa von Tommi Lapid (Chef der linken, gottlosen Schinui-Partei) und Helen Kaminski (deren Familie in Babij Jar Buße tun mußte), will ich hier nicht näher kommentieren.

Für weit bedeutsamer halte ich die positive Stellungnahme des größten Führers aller Zeiten, der aus der 8. Dimension verkünden ließ, „daß er schon zu Lebzeiten – und durch die Vorsehung inspiriert – alles Menschenmögliche unternommen habe, um das sündige jüdische Volk für seine Schlechtigkeit büßen zu lassen.“

Aus zuverlässiger Quelle erfuhr ich unlängst, daß sich nun alle Richter des Obersten Gerichtshofes Israels (allen voran die ehemalige Richterin Mirjam Porat, „eine Feindin der Juden“ laut Feststellung unseres Heiligen) entschlossen hätten, Buße zu tun, nachdem sie einsehen mußten, daß (wie Rabbiner Jossef ihnen ausrichten ließ) „ihretwegen alle Leiden der Welt auf Erden kamen, und sie nichts weiter als unwürdige Schufte ohne Religion und Gesetz seien.“ Als erstes Zeichen ihrer Reue solle nun der von ihnen zu Unrecht wegen „Korruption“ zu einer hohen Gefängnisstrafe verurteilte (ehemalige) Minister Arje Deri – der hochgeachtete ehemalige Vorsitzende der Schass-Partei – zum Ehrenvorsitzenden des Obersten Gerichtshofes ernannt werden.

Nun gibt es Spekulationen, daß Jossi Sarid, der linke und sündige einstige Unterrichtsminister, dessen Name ausradiert werden möge (Rab. Jossef gebrauchte, als er von ihm sprach – völlig zu Recht – den Namen des Haman), sich mit dem Gedanken trägt, der Schass-Partei beizutreten, um so dem Schicksal Amaleks zu entgehen (*Anmerkung des Verfassers: gemeint sind Haman, der persische Judenhasser und Berater von König Achaschwerosch, und das verkommene, grausame Volk Amalek, das einst wegen seiner Boshaftigkeit – und auf göttlichen Befehl – ausgemerzt wurde*). Sicherheitshalber erwarb Sarid insgeheim, wie ich aus sicherer Quelle in Erfahrung bringen konnte, mehrere von Rabbiner Jossef gesegnete Amulette (vermutlich um seine Solidarität mit Dutzenden weiteren berühmten Politikern Israels – die mit wundertätigen Amuletten nur die besten Erfahrungen machen konnten – auszudrücken). Gleichzeitig spendete Sarid sein ganzes Vermögen den Schulen der Schass-Partei, weil er – spät aber doch – erkannt hatte, daß eine Befreiung aller Jeschiweschüler vom Dienst in der gottlosen israelischen Armee (ein verdientes Privileg der Ultraorthodoxen) nur gottgefällig sei und ein Lehrplan, in dem weltliche Fächer wie Geschichte, Fremdsprachen, Staatsbürgerkunde oder Physik, jungen Menschen nur Schaden zufügen würde.

Auch über ein anderes verkommenes Subjekt – Schulamit Aloni (linke und verruchte Erziehungsministerin unter einem gewissen Ministerpräsidenten Jizchak Rabin) –, äußerte Rabbiner Ovadia öffentlich seine Meinung. Er predigte: „Ihr Haus soll sich in Schutt verwandeln, ihr Todestag wird ein Festtag sein."

Wie uns allen bekannt ist, leben im Heiligen Land auch einige Kreaturen, die man als Araber bezeichnet. Sie, die Nachkommen der kanaanitischen Götzendiener, gleichen, wie ich schon eingangs erwähnte, laut Feststellung meines verehrten Lehrers Schlangen und sind schlimmer als alle anderen Tiere. Aus diesem Grund müßten sie konsequenterweise mit Raketen ausgelöscht werden. Es steht daher auch fest, versicherte der größte aller Gelehrten, „daß der Messias, der zweifelsohne ein Sepharde sein wird, sie alle in die Hölle schicken wird."

Rühmen will ich auch seine tiefschürfenden halachischen Verfügungen, die ich meinen Lesern natürlich nicht vorenthalten darf. Sie lauten wie folgt:

„Am Schabbat ist Nasebohren streng verboten."

„An diesem Tag ist ebenfalls die Anwendung eines Fliegensprays nicht gestattet (außer man zielt nicht direkt auf das Insekt)."

„Bäume, die neben Synagogen stehen, müssen gefällt werden (denn es besteht die Gefahr, daß Synagogenbesucher sich gegen Bäume lehnen und dadurch das Herabfallen von Blättern bewirken könnten, eine Tätigkeit, die am Schabbat streng verboten ist)."

„Da es einem jüdischen Mann verboten ist, zwischen zwei Eseln oder Kamelen zu gehen, ist es auch Männern verboten, zwischen zwei Frauen einherzuschreiten, weil bekanntlich Frauen nicht Thora studieren und daher die Gefahr besteht, daß solch ein Mann all seine Thorakenntnisse deswegen verlieren könnte."

„Frauen, die nach Art der rückständigen aschkenasischen Orthodoxie lediglich eine Perücke tragen und sich nicht – wie es sich gehört – die Haare abscheren lassen, werden in der Hölle verbrennen."

„Eine Frau, die nicht kochen kann, ist ein Krüppel." (*Anmerkung des Verfassers: wie wahr*). „Frauen, die Tallit (ein Gebetstuch) tragen, sollen lebendig begraben werden."

„Frauen haben kein Recht auf Aufsagen eines Kiddusch (Segenspruch) in einer Sukka." (*Anmerkung: Laubhütten werden zum Sukkotfest errichtet*).

„Frauen müssen auch schwerbehinderte Kinder zur Welt bringen und Ärzte, die auf Wunsch von Eltern Embryonen auf genetische Defekte untersuchen, sind unwissende Tiere und Seelentöter."

Weitere Erkenntnisse unseres größten Gelehrten seit Moses sind:

„Staatliche Gesetze sind Goyisch, alle, die sie befolgen, gehören in die Hölle."

„Wählern der Schass-Partei ist ein Platz in Gan Eden (Paradies) sicher."

„Präsident Georg Bush ist ein Esel und – wie alle Goyim – ohne Glauben, weil er 62 Milliarden Dollar für den Irak-Krieg ausgegeben hat, anstatt einen Teil dieses Betrages an heilige Jeschiwot der Schass-Partei zu spenden."

Ich will aber auch unseren Lesern keinesfalls vorenthalten, daß es neben dem heiligen Rabbiner Jossef auch weitere – wenn auch nicht annähernd so bedeutende – große Denker in Israel und der Diaspora gab und gibt. Sie sollen an dieser

Stelle und in diesem Zusammenhang lobend erwähnt und zitiert werden. Zu ihnen gehören:

Rabbi A. Karlitz (einer der Führer der ultraorthodoxen Agudat Israel): „Der Zionismus verursachte alles Unglück, an dem das jüdische Volk zu leiden hatte, und darunter auch die Schoa“ (aus der Zeitschrift „Diglenu“ 1990);

P. Horowitz (stellvertretender Präsident der Agudat Israel): „95 % der deutschen Juden gehörten zur Reformbewegung (*Anmerkung des Verfassers: traurig aber wahr*).

Es ist klar, daß die Reformbewegung die Verantwortung für die Schoa trägt.“ („Haaretz“-Zeitung 2. 12. 96); und der Lubawitscher Rebbe (auf die Frage: „Warum auch die Besten des haredischen Judentums von den Nazis ermordet wurden?“): „Am Anfang versucht man, mit einer leichten Strafe einen Zögling zu bessern. Wenn diese aber nicht hilft, dann ist der Erzieher genötigt, härter zu strafen. Damit die Strafe effektiv ist, wird der Mensch ins Gesicht geschlagen, auch wenn er die Tat mit den Händen begangen hat. So ist es auch mit dem Volk Israel geschehen. Außer daß es von der quantitativen Seite schwer bestraft wurde (*Anmerkung des Verfassers: sechs Millionen Opfer*), war die Strafe siebenmal so schwer, als sie eine Gemeinde traf, welche die beste der Generation war.“... („Glaube und Wissenschaft“ 1967/1977).

Abschließend möchte ich meinen Lesern vertraulich mitteilen, daß ich heute spontan beschlossen habe, eine Reise zu einigen der bedeutendsten Pilgerstätten des heiligen Landes zu unternehmen.

Geplant sind unter anderem: eine Kranzniederlegung am Grabe des heiligen Märtyrers Dr. Baruch Goldstein (gelobt sei sein Name) – dem Helden von Hebron –; ein Gefängnisbesuch beim tapferen Experten für angewandte Halacha Yigal Amir (dem Tyrannenbeseitiger); Steinwurfübungen am kommenden Schabbat nahe Mea Schearim in Jerusalem; Sprengübungen (anhand eines Models der El

Aksa-Moschee) an einem geheimen Ort; Besichtigung von Schlangenfarmen in Judäa und Samaria; ein Schnellkursus: „Wie bekämpft man Korruption?“ (Leiter: Arije Deri); ein einstündiger Hungerstreik gegen Regierungsbestrebungen, Jeschiweschüler zum Militär- oder Zivildienst einzuberufen; gemeinsames Gebet an der Klagemauer zum Sturz aller gottlosen Politiker; Abschaffung der schändlichen Demokratie und Einsetzung einer gottgefälligen Regierung.

Als Höhepunkt der Reise ist eine Audienz beim heiligen Rabbiner Ovadia Jossef zwecks Segnung meiner jüngst erworbenen glückbringenden Amuletten geplant.

Von dieser Reise werde ich unseren Lesern demnächst ausführlich berichten.

Zum Abschluß noch ein praktischer Ratschlag unseres Heiligen Rabbiners an all meine Leser:

„Wer zur späten Stunde heimkehrt, sollte zum Schutz vor bösen Dämonen stets *kikeriki* rufen. Mit diesem Ruf werden Dämonen, die ja bekanntlich nachtaktiv sind, in die Irre geführt. Sie schließen dann folgerichtig, daß, wenn der Hahn kräht, der Morgen kommt, und fliehen entsetzt in ihre finsteren Behausungen.“

KIKIRIKI!

8.

Gedanken eines erleuchteten Vierbeiners

Nur ihm, meinem Besitzer, gehöre ich, und ihm gilt mein ganzes Verlangen! Preisen will ich seine Schönheit, du bist lieblich, mein Herr. Rühmen und preisen will ich stets deine Liebe, mehr als jeden Knochen.

Mein Herr ist einzig und einzigartig, allmächtig, größer als alle Herren meiner Artgenossen, gütig, streng, gerecht, unfehlbar und weise.

Ihm verdanke ich meine Existenz, mein Aussehen, er schuf mich nach seinem Abbild, von ihm komme ich, zu ihm kehre ich eines Tages zurück.

Mein täglich Knochen gibt er mir und manchmal – wenn ich gehorsam bin – auch Abfallfleisch aus der Tierverwertung, serviert in einer silbrig glänzenden Schüssel.

Er schenkte mir eine unverwechselbare Gestalt: einen großen Kopf mit faltiger Haut, meinen vorstehenden Unterkiefer mit mächtigen Zähnen und zwei tiefliegende, stets entzündete Augen. Mit diesen Augen sehe ich zwar nichts – auch weil meine herunterhängenden Kopfhaare mir jede freie Sicht nehmen –, doch die Welt mit offenen Augen zu sehen, ist für meinesgleichen nicht erforderlich. Mir jedenfalls reichen zwei kupierte Fledermausohren, um überall die Stimme meines geliebten Herrn zu vernehmen; sowie die zu kurz geratene Schnauze, mit der ich die Feinde des Herrn auf viele Kilometer wittern kann, ebenso wie den köstlichen Duft der himmlischen Manna, die er mir täglich gibt.

Dank der weisen Zucht meines Besitzers bin ich kurzatmig, schnarche, leide an einer Hüftgelenksdysplasie, und mein Rückrat – weil etwas zu lang geraten – schmerzt mich beim Laufen. Doch ich bin, wie ich bin, und wedele stets dankbar mit meinem, schon als Welpe kupierten Schwanz.

Auch schenkte er mir seine Gesetze, die ich – einst von ihm dressiert, kupiert und erleuchtet – wortwörtlich und dankbar befolge, obwohl diese seine Anweisungen für mich oft nicht ganz verständlich sind. Doch Zweifel sind, wie unsere Hundeweisen versichern, verboten, und jede Neuinterpretation und ein Abweichen vom rechten Weg ist ein Sakrileg.

So befolge ich seine Befehle – „sitz “, „platz“, „Fuß“, „gib Laut“, „faß“, „verrichte dein Geschäft nie im Garten oder am Gehsteig“, „gib Pfote“, „friß nie aus der Hand eines Fremden“ und vieles mehr – gehorsam und aus vollem Herzen.

Einst habe ich diese Gesetze erhalten, ihr Joch freudig auf mich genommen, sie nie hinterfragt, wohl wissend, daß diese in erster Linie zu meinem eigenen Wohle erlassen wurden.

Und wer all diese Anweisungen treu befolgt, das versicherte mir auch mein verehrter Hundetrainer El Arkawi, wird nach seinem Märtyrertod dafür reich belohnt werden. Denn im Hundehimmel warten auf mich Knochen in Überfluß, ein Heiligenschein, willige, jungfräuliche Hündinnen in großer Zahl, und niemand wird mir dort das nächtliche Jaulen verbieten.

Diese Wahrheiten will ich auch stets aller Welt verkünden und andere Vierbeiner, die fremden Herren gehorchen und falsche Gesetze befolgen, auf den richtigen Weg zurückbringen und missionieren, selbst wenn dabei (auch mein eigenes) Blut fließt. Das nenne ich „die heilige Pflicht aller wahren Gläubigen“, und für all diese Bemühungen wird uns mein Herr loben, vor jedem Unglück bewahren und immer reichlich belohnen.

Höret daher mein Bekenntnis, ihr Vierbeiner der ganzen Erde, und zittert, ihr falschen Hundebesitzer:

Der Herr ist ein Herrscher, der Gehorsam fordert, rückhaltlos und ohne Widerspruch. Wer sich gegen ihn empört, der bekommt seinen ganzen Zorn zu spüren. Wer sich ihm als Feind entgegenstellt, den trifft sein harter, vergeltender Schlag. Der Herr hat Geduld und wartet zu, doch er übersieht kein Unrecht; an Macht zum Strafen fehlt es ihm nicht! Im Toben des Sturmes schreitet er dahin; die Berge zittern vor ihm, und die Hügel beben. Doch für die Seinen ist der Herr voll Güte, eine sichere Zukunft in aller Not.

9.

Drei Wünsche

Peter Müller war ein einfacher, unauffälliger, braver Bürger Wiens. Der 49jährige Junggeselle lebte alleine in einer engen und düsteren Zweizimmer-Gemeindebauwohnung am Rande eines Arbeiterbezirkes, rund 60 Minuten Straßenbahnfahrt von seinem Arbeitsplatz (einem Büro im Zentrum der Stadt, in dem er seit 20 Jahren als Schalterbeamter arbeitete) entfernt.

Peter war mittelgroß, übergewichtig, besaß leicht angegrautes, schon etwas schütteres Haar, ein rundes, auffallend aufgedunsenes und gerötetes Gesicht, blaßblaue (oft entzündete) kleine Augen, einen annähernd lippenlosen schmalen Mund und eine leicht gekrümmte Nase, auf der eine schwarze, ewig schiefsitzende Hornbrille saß.

Als längst pragmatisierter Beamter träumte Peter – wie so viele seiner Mitbürger – von einer ruhigen Frühpension (und die Aussicht, diese bald genießen zu können, stand gut).

Da er keine Freunde (und auch keine Freundin) hatte, verbrachte er fast seine gesamte Freizeit zu Hause beim Fernsehen, wo er mit Vorliebe deutsche Krimis, Musikantenstadel und – gelegentlich – Boxkämpfe anschaute. Dabei trank er Abend für Abend mehrere Flaschen Bier, gelegentlich ein oder mehr Gläschen Rotwein, und hie und da gönnte er sich vor dem Zu-Bett-Gehen auch ein Stamperl Marillenschnaps.

Unser langweiliger Held war weder religiös noch völlig ungläubig, genaugenommen interessierten ihn spirituelle Fragen kaum, und – anders als die meisten Durchschnittsbürger – glaubte er weder an Astrologie, Mondphasen, Zauberei, Teufel, Homöopathie und Bioresonanz (ganz sicher war er sich seiner Sache allerdings nie).

Auch die große Politik verabscheute Peter. Seine einzige regelmäßige schriftliche Informationsquelle war eine kleinformatige Boulevardzeitung, die er auch deswegen gerne las, weil sie seine diversen Vorurteile – gegen Ausländer, Asylanten, Schwarze, Juden, Moslems, Politiker, Freimaurer und Intellektuelle – wiedergab und auf subtile Weise bestätigte.

Die große Wende in seinem Leben kam, für ihn völlig überraschend, an einem lauen Sommermorgen, gerade als Peter seine frische Frühstückssemmel in eine Schale Milchkaffe eintunken wollte.

Wie aus dem Nichts ertönte zuerst leise Walzermusik (es war der berühmte Donauwalzer), dann folgte ein dumpfer Knall, und auf seinem Frühstückstisch materialisierte sich eine winzige, annähernd durchsichtige zierliche Mädchengestalt.

Es war eine süße niedliche Fee, die ihn, ohne lange zu zögern, mit leiser, wohlklingender, glockenheller Stimme (und mit französischem Akzent) ansprach.

Wie in Trance vernahm Peter die folgenden Worte der Fee:

„Ich, Glöckchen, die Abgesandte der Feenkönigin, grüße dich im Namen ihrer Majestät Königin Mary und überbringe dir eine frohe Botschaft. Du Unglückswurm, wurdest – aus Mitleid wegen deines bisher ach so langweiligen und sinnlosen Lebens – von der, alle eintausend Jahre einberufenen Feen-Vollversammelung, dazu auserwählt, die Möglichkeit zu erhalten, aus eigener Kraft glücklich zu werden.

Darum bin ich beauftragt worden, dir drei Wünsche sofort zu erfüllen, die aber, einmal ausgesprochen, nicht mehr rückgängig gemacht werden können. Überlege wohl, klug und entschlossen und nimm dein Schicksal mutig in die eigene Hand."

Als sich Peter vom ersten Schock erholte, berührte er zögernd den goldenen rechten Schuh der knapp über dem Frühstückstisch schwebenden Fee und vergewisserte sich so, daß sie kein Produkt seiner überhitzten Fantasie war.

Einmal von ihrer Existenz überzeugt, beschloß er, besonders vorsichtig und schlau vorzugehen.

Er dankte Glöckchen für ihr Erscheinen und für das in ihn gesetzte Vertrauen, um sodann seinen ersten Wusch zu formulieren:

Ich bitte, sagte er – und das soll mein erster Wunsch sein –, um eine einzige Nacht zum überlegen und werde, falls es gestattet ist, dir in 24 Stunden meine beiden, mir noch verbliebenen Wünsche bekanntgeben.

Die Fee nickte huldvoll und meinte, daß diese erste Entscheidung ihr sehr vernünftig erscheine und sie pünktlich in genau 24 Stunden wiederkommen werde.

Es ertönte erneuet der Donauwalzer, und dann war die Fee plötzlich spurlos verschwunden.

Um seine einmalige Chance ja nicht zu vergeuden, beschloß Peter klopfenden Herzens seine Dienststelle anzurufen und einen Krankenstand anzumelden, was ihm auch prompt gewährt wurde.

So blieben Peter volle 24 Stunden Bedenkzeit, die er – so gut es nur ging – ausnützen wollte.

Dann griff er nach einem Blatt Papier und begann all seine Wünsche sorgfältig niederzuschreiben. Bald umfaßte die provisorische Liste folgende Wünsche: Sologewinn im Zahlenlotto; eigener wohlbestückter Weinkeller mit erlesenen Spezialitäten aus aller Welt; freie Bewirtung in allen Heurigenlokalen Wiens; die Stelle des Generaldirektors seiner Bank; Liebesglück bei den schönsten Frauen Wiens; einen eigenen Palast; Schönheit; politische Macht; vollkommene Gesundheit und manches mehr.

Stunde um Stunde verging, und Peter, der sich nun entscheiden sollte, wurde immer nervöser und unsicherer. Viele seiner Wünsche verwarf er sofort, einige Ideen strich er erst nach geraumer Überlegung.

Denn bald erkannte er, daß Wünsche wie Weinkeller, freie Konsumation in Weinlokalen oder Schönheit viel zu banale Dinge waren, und andere Alternativen (wie Generaldirektion und politische Macht) mit viel Arbeit, Streß und Verantwortung – etwas, das er lebenslänglich scheute – verbunden sind.

Selbst Liebesglück bei den allerschönsten Frauen erschien ihm bald viel zu anstrengend (abgesehen davon, daß hier drei Wünsche in einem verpackt waren).

Ohne sich entscheiden zu können, schlief er früh abends ein, um gegen zwei Uhr morgens wieder aufzuwachen.

Unruhig wälzte er sich auf seinem Bett hin und her, schwitzte erbärmlich und geriet ob seiner Unentschlossenheit allmählich in eine zunehmend schlimme Panikstimmung.

Doch plötzlich wurde Peter erleuchtet: Ein schlauer, vernünftiger, großartiger, einmaliger Wunsch fiel ihm ein; ein Wunsch (genaugenommen waren es zwei Wünsche), der mit Sicherheit sein künftiges Leben total verändern würde. Erleichtert und zufrieden lächelnd schlief er wieder ein und wachte erst auf, als der ihm so vertraute Donauwalzer im Raum zu vernehmen war.

Es folgte ein dumpfer Knall, und vor ihm erschien – wie schon am Tag zuvor – die bezaubernde Fee.

Mit ihrer Glockenstimme ermahnte sie Peter, ihr nun die zwei noch ausstehenden Wünsche bekannt zu geben.

Ohne lange zu zögern gab unser Held der guten Fee seinen zweiten Wunsch preis. Er sagte: „Liebste Fee, laß mich wissen, ob es für Menschen nach deren Ableben – wie von Mutter Kirche verheißen – Himmel oder Hölle gibt."

In Abhängigkeit von ihrer Antwort, plante er schon seinen dritten Wunsch zu formulieren. Denn sollte es ein Paradies geben, dann wären – für ihn logisch – durchwegs banale Wünsche (wie Reichtum, Schönheit, oder Glück bei Frauen), die er zunächst ganz oben auf seiner Liste eingetragen hatte, sinnvolle, wenn auch nur kurzzeitig köstliche und vielleicht doch erstrebenswerte Genüsse.

Sollte aber Glöckchen die Frage verneinen (was er im Grunde fast erwartete), dann bliebe ihm nur noch ein, ihm sinnvoll scheinender, letzter Wunsch übrig: der alte Menschheitstraum von der Unsterblichkeit.

Nun war die Fee an der Reihe zu antworten und sie sagte mit ernster Miene folgendes: „Verehrter und bedauernswerter Erdenmensch: Leider muß ich dir mitteilen, daß es für normal sterbliche Lebewesen, mit Ausnahme von konservativen Politikern, Propheten, Theologen und Königen, weder Himmel noch Hölle gibt. Mir ist auch nicht verständlich, warum ihr alle von Dingen träumt, die nicht existieren. Ich erwarte nun deinen dritten und letzten Wunsch."

Mit dieser nützlichen Information ausgestattet erwiderte Peter kurzentschlossen: „Liebreizende Fee, ich wähle die Unsterblichkeit."

Als Glöckchen Peters Worte hörte, erbleichte sie deutlich (das war zumindest Peters Eindruck) und rief: „Dein Wunsch wird, wie versprochen, erfüllt werden, doch dein Ansinnen erscheint mir kurzsichtig und töricht. Doch so soll es sein, ein Zurück ist nicht mehr möglich. Ich schenke dir die Unsterblichkeit."

Sekunden später erklang der Donauwalzer, Glöckchen klimperte mit ihren von Goldstaub belegten Wimpern, wurde zunehmend durchsichtig, und bevor Peter noch ein Dankeswort hervorbringen konnte, war sie endgültig verschwunden.

Den Rest des Tages verbrachte Peter in seinem Bett, genoß Speise und Trank, schaute mehrere Stunden lang fern und dachte zwischendurch an die wundersame Begegnung mit der Fee.

Der Tag verging nur quälend langsam, und mit der Zeit begann sich Peter zu fragen, ob das alles eine reale Begegnung gewesen war oder vielleicht doch nur ein Wachtraum.

Schon am nächsten Morgen war Peter davon überzeugt, daß die Begegnung mit der Fee lediglich in seiner wilden Fantasie stattgefunden hatte, und er beschloß, keiner Menschenseele von dieser fragwürdigen Erscheinung zu erzählen.

Sein trister Alltag (monotone Büroarbeit, soziale Isolation, Antriebslosigkeit und die Unfähigkeit, sich für irgendwelche Hobbies zu begeistern) nahm wieder den gewohnten Lauf, und im Grunde änderte sich in den nachfolgenden Wochen, Monaten und Jahren nichts an seinem Leben.

So vergingen weitere drei Jahre, und Peter beantragte an seinem 52. Geburtstag die frühzeitige Pensionierung, die ihm – obgleich kerngesund – wie so vielen seiner Landsleute von seiten der Sozialversicherung (für Außenstehende oft schwer nachvollziehbar) bald gewährt wurde.

Die nun folgenden zehn Jahre seiner Frühpension verbrachte er im ewig gleichen Trott. Während andere Bürger sich tagtäglich an ihrem Arbeitsplatz abmühten, frönte unser Held dem süßen Nichtstun. Er schlief bis 11 Uhr vormittags, besuchte zur Mittagszeit sein Lieblingsgasthaus („Zum glücklichen Hanswurst"), legte sich, nach dem Genuß eines billigen und fetten Mittagsmenüs, mit vollem Bauch wieder auf ein Mittagsschläfchen hin, um dann – nach ausgiebiger Mittagsruhe – entweder den Heurigen in Grinzing oder sein Stammkaffehaus im Zentrum der Stadt aufzusuchen.

Die Abende verbrachte Peter vorwiegend zu Hause vor dem Fernsehgerät, gelegentlich auch in einem verrauchten Gasthaus in der Nähe seiner Wohnung, wo er gemeinsam mit einigen Jungrentnern bis zur Sperrstunde Karten spielte und Unmengen Wein, Schnaps und Zigaretten konsumierte.

Mit 63 Jahren sah Peter weiterhin genau so aus wie am Tag seiner Pensionierung; er war (trotz ungesunder Lebensführung) um keinen Tag gealtert.

Diese Tatsache fiel aber kaum jemandem auf, zumal er keinerlei Kontakte mit früheren Arbeitskollegen pflegte.

Doch eines Tages – es war sein siebzigster Geburtstag – ändere sich sein Leben schlagartig.

Ein Gasthausbekannter überredete damals Peter, gemeinsam mit ihm eine Woche auf Mallorca einen Urlaub zu verbringen. Der Flug – es war sein erster überhaupt – verlief zunächst völlig normal. Die alte (etwas rostige, doch geräumige) Chartermaschine hob planmäßig vom Flughafen Wien ab. Rasch erreichte das Flugzeug die vorgeschriebene Flughöhe von 11.000 Metern, und die Flugbegleiter beeilten sich, den 351 Passagieren ein karges Mittagsmahl zu servieren.

Doch als die Fluggäste gerade ihren Mayonnaise-Salat genießen wollten, lief irgend etwas schrecklich schief. Ohne die geringste Vorwarnung explodierte die altersschwache (und schlecht gewartete) Maschine und zerfiel in Millionen von Bruchstücken, die auf ein Waldgebiet nahe Nizza niedergingen.

Den herbeigeeilten Rettungsteams bot sich ein entsetzliches Bild: Zwischen rauchenden Flugzeugfragmenten und zerfetzten Gepäcksstücken fanden sie die verkohlten Überreste von 360 Menschen und einen Überlebenden.

Es war Peter, der nackt, doch scheinbar völlig unverletzt, inmitten der Trümmer umherirrte und sogleich zur weiteren Beobachtung in ein nahegelegenes Krankenhaus eingeliefert wurde.

Das „Wunder von Nizza“ wurde zum weltweiten Tagesgespräch. Sämtliche bedeutenden Tages- und Wochenzeitungen rissen sich um Interviews mit „Lucky Pete“, die Bürgermeister von Nizza und Wien gaben ihm zu Ehren einen großen Empfang, und mit Hilfe eines bekannten amerikanischen Staranwaltes – der sich persönlich bei ihm meldete – erhielt der „Mann des Tages“ eine Unsumme an „Schmerzensgeld“ von der betroffenen Fluglinie (die kurze Zeit später in Konkurs ging).

Mit Ruhm und Vermögen kam für ihn auch der soziale Aufstieg. Aus einem männlichen Aschenputtel wurde über

Nacht ein verwöhnter Prinz und ein vielbegehrter Junggeselle, der mit Liebesanträgen von Damen der feinsten Gesellschaft förmlich überhäuft wurde.

Bald darauf bezog Peter eine großzügig angelegte Villa im vornehmen Döbling, heiratete eine kaum 70jährige steinreiche verwitwete Baronin und spendete einer Wiener Großpartei einen beachtlichen Geldbetrag zur Finanzierung ihres Wahlkampfes.

Durch seine Heimatstadt wurde Peter speziell geehrt. Er erhielt sowohl das goldene Ehrenzeichen der Stadt „für besondere Verdienste", als auch ein Ehrendoktorat der medizinischen Fakultät der Universität Wien.

Seine Urlaube verbrachte der immer blendend aussehende Peter nicht mehr im liebgewonnenen Jesolo, sondern – in Begleitung seiner charmanten Frau samt 99jähriger Schwiegermutter – sowohl auf den Seychellen (wo er sogar einen Tauchkurs belegte) als auch in der Karibik.

Der weiterhin ungemein vitale, neuernannte Ehrenbürger Wiens genoß nun sein Leben in vollen Zügen, wurde immer angesehener und erwog ernsthaft, mit populistischen Slogans sich um das Amt des Bürgermeisters seiner Stadt zu bewerben.

Wahrscheinlich hätte er auch, mit Unterstützung einer neu gegründeten Bürgerinitiative für die Zukunft Wiens, sein Ziel erreicht, wäre nicht eines Tages – und völlig unerwartet – eine Katastrophe unvorstellbaren Ausmaßes über die Welt hereingebrochen.

An diesem kalten Wintertag des Jahres 2010 explodierte (wohl aus Unachtsamkeit und Dummheit des Personals) ein Atomkraftwerk im Westen der USA.

Der Supergau löste eine weltweite Kettenreaktion aus, auf die kein Land der Erde auch nur annähernd vorbereitet war. In der Annahme eines Atomangriffes eines unbekannten Feindes auf die USA, erteilte der republikanische Präsident seinen Militärs den Befehl, sämtliche „Schurkenstaaten“ augenblicklich auszuradieren, was auch sofort geschah.

Obwohl keine der bekannten Atommächte direkt angegriffen wurde, reagierte die computergestützte atomare Raketenabwehr Rußlands mit dem Abschuß einiger Hundert Raketen in Richtung USA. Viele dieser Geschoße verfehlten zwar ihre vorbestimmten Ziele, manche zerstörten dennoch weite Teile der USA, und ihre Detonation löste weitere Gegenschläge aus. Der Wahnsinn von Schlägen und Gegenschlägen konnte durch nichts mehr unterbrochen werden, und nach Ablauf von nur wenigen Stunden stand die ganze Welt in Flammen.

Milliarden Menschen starben noch am gleichen Tag, der übriggebliebene Rest benötigte etwas länger.

Nach nur wenigen Stunden war die gesamte Erde komplett radioaktiv verseucht, und die wenigen Lebensformen, die noch übrigblieben, starben an den bekannten Folgeerscheinungen des nuklearen Winters.

Kein Mensch und nur ganz wenige Säugetiere überlebten die Katastrophe.

Doch es gab eine Ausnahme: Sie hieß Dr. Peter Müller, der das Inferno völlig unversehrt überstand.

Geschockt wanderte Peter durch die brennenden, in Rauch und Dunkelheit gehüllten Ruinen Wiens. Nach Tagen und Wochen der Agonie begriff er, daß hier nichts Lebendiges zu finden sei, und so beschloß er verzweifelt und laut klagend, die einst blühenden Dörfer und Städte Niederösterreichs aufzusuchen.

Schwere Schnee- und Eisstürme und Berge von Schutt und Asche behinderten seinen weiten und mühsamen Weg. Doch kein Hindernis, weder Kälte noch Hitze, Verwesungsgeruch und ägyptische Finsternis vermochten ihn bei seiner hektischen Suche nach Überlebenden ernsthaft aufhalten.

Da er nicht das geringste Anzeichen von Leben vorfand, beschloß er, seine Erkundungswanderung auf ganz Österreich auszuweiten. Seine Füße trugen ihn im Laufe der Zeit elastisch und ermüdungsfrei über hunderte und tausende von Kilometern kreuz und quer durch das verbrannte, lautlose Land, doch überall fand er nur das gleiche erschütternde Bild der Zerstörung und keine Spur von Leben.

Peter fühlte während seiner langen Wanderschaft weder Kälte noch Hitze, keinen Schmerz und kein Hunger- oder Durstgefühl. Sein Körper funktionierte automatisch und absolut perfekt, genauso wie wir es von einer unsterblichen Person erwarten dürfen. Deswegen benötigte er weder Kleidung, noch Speise und Trank.

Zu seinem Glück – und unerklärlicherweise – hörten seine Haare und Nägel zu wachsen auf, ein Umstand, der ihn davor bewahrte, ständig über wildwuchernde Keratinausstülpungen seines Körpers zu stolpern.

In seiner Verzweifelung weitete er die Suche nach Leben auf ganz Europa aus. Er durchstreifte im Laufe der Jahre und Jahrzehnte (Zeit spielte ja keine Rolle mehr) den gesamten Kontinent, von Mitteleuropa aus zuerst nach Süden, von dort nach Westen und Osten, später dann in Richtung Norden. Doch gleichgültig, wie weit ihn seine Füße auch trugen, überall wehte ihm der Hauch des Todes entgegen.

Infolge des langsam einsetzenden Treibhauseffektes stiegen die Temperaturen weltweit auf weit über 50 Grad Celsius an, wodurch ein Großteil des Wassers unseres Planeten langsam verdunstete. Und als sich die dunkle Wolkendecke nach Jahrzehnten einer ägyptischen Finsternis zu lichten begann, fielen die ersten Sonnenstrahlen auf einen weitgehend ausgetrockneten, verwüsteten und so gut wie leblosen Planeten.

Peter wanderte jetzt über Wüsten, die einst blaue Ozeane gewesen waren, rund um den Erdball. Er besuchte auch den Kontinent, den man einst Australien nannte, die Antarktis, dann Süd- und Nordamerika und zuletzt wanderte er durch ganz Afrika; doch auch dort war sämtliches Leben bis auf wenige primitive Lebensformen komplett ausgelöscht.

Eines Tages beschloß Peter resigniert, sein rastloses Umherirren einzustellen. Er entdeckte dort, wo sich einst die Stadt London befunden hatte, eine geräumige Höhle, die von nun an sein neues Zuhause wurde.

Die endlosen Tage und Nächte verbrachte er sitzend oder schlafend. Gelegentlich beobachtete Peter umherschwirrende, ihm völlig unbekannte Insekten und registrierte auch, daß sich einige der übriggebliebenen primitiven Lebensformen deutlich – und sicherlich unter dem Einfluß der immer noch immens hohen Radioaktivität – veränderten. Neu entstandene, zum Teil bizarr aussehende Rieseninsekten und primitive, haushohe Farne belebten nun – wenn auch in nur geringer Zahl – die geschundene Erde.

Jahr um Jahr drehte sich der einst von Leben strotzende ehemals blaue Planet regelmäßig um sein Zentralgestirn, und für den nackten und schmutzstarrenden Unsterblichen vergingen die Jahre langsam, einsam und eintönig.

Von „Jahren“ zu sprechen erscheint in Anbetracht der Tatsache, daß es sich um tausende, ja Millionen Jahre handelte, leicht untertrieben.

Etwas Abwechselung in die große Eintönigkeit brachten immer wieder auftretende gewaltige Sandstürme, die mit rasender Geschwindigkeit und ungebremst über die baumlose Landschaft rasten, und gelegentliche – alle 50.000 bis 100.000 Jahre – katastrophale Asteroideneinschläge. Es waren schwere Eis- und Gesteinsbrocken – einige von ihnen mit einem Durchmesser von mehreren Kilometern –, und sie zerstörten mit ihrer ungeheuren Aufprallenergie sämtliches pflanzliche und organische Leben im weiten Umkreis des Einschlagkraters.

Im Verlaufe der nächsten zwei Milliarden (zweitausend Millionen) Jahre erlebte das Gebiet, das ehemals als Mitteleuropa bekannt war, große klimatische und geologische Veränderungen. Heiße Wetterperioden wurden durch regelmäßig wiederkehrende Kälteeinbrüche abgelöst. Dort, wo sich früher die Alpen erhoben hatten, erstreckten sich jetzt ausgedehnte und praktisch leblose Wüstengebiete.

Von den einst so zahlreichen Säugetieren existierten nur noch einige wenige rattenähnliche Exemplare, während sich die widerstandsfähigeren Insekten massiv vermehrt und zum Teil außerordentlich an Größe zugenommen hatten.

Es geschah auch mehrmals, daß Peter von besonders aggressiven und gefräßigen Räubern angefallen und verschlungen wurde. Doch schon nach kurzer Verweildauer im Magen-Darm-Trakt der Angreifer wurde der Unsterbliche unverdaut und unverletzt auf natürlichem Weg wieder ausgeschieden.

So vegetierte Peter, nach mehrmaligen vergeblichen Selbstmordversuchen – selbst einen Sprung von einer 2000 Meter hohen Steilwand überstand er ohne Kratzer –, körperlich intakt, doch psychisch abgestumpft, weiterhin in Bodenspalten und feuchten Höhlen. Nur selten verließ er seine Behausung, dann streifte er tagelang ziellos umher, immer in der vergeblichen Hoffnung, noch irgendwelche Anzeichen und Überreste der menschlichen Zivilisation zu entdecken oder wenigstens Glöckchen zu begegnen, die er zur Rede stellen wollte.

Wieder vergingen ereignislose Millionen und Milliarden von Jahren. In diesem Zeitraum glaubte Peter, mehrere UFO-Sichtungen gemacht zu haben, doch die geheimnisvollen Flugobjekte, die er bemerkte, verschwanden immer nach wenigen Minuten spurlos im schwarzen Firmament.

Der Planet Erde umkreiste weiterhin regelmäßig sein Zentralgestirn, und die Sterne leuchteten wie gewohnt am nächtlichen Firmament, obgleich die der Menschheit einst vertrauten Sternbilder nicht mehr existierten.

An der Sonne ging aber die Zeit nicht ganz spurlos vorbei. Langsam aber sicher gingen ihre Wasserstoffvorräte in ihrem Zentrum zur Neige, und nach insgesamt 9,6 Milliarden Jahren kam eines Tages der Moment, an dem nur noch

Heliumkerne (als Überreste der einstigen Wasserstoff-Fusion) im Inneren der Sonne lagerten.

Die Temperatur im Sonnenkern fing an abzusinken und fiel zunächst unter 10 Millionen Grad Celsius. Dann begann sich, unter dem Einfluß der Eigengravitation, der Sonnenkern zusammenzuziehen, was ein Ansteigen des Innendruckes und der Temperatur und schließlich das Ingangsetzen einer alternativen Energieproduktion durch Heliumfusion bewirkte, die wiederum zur Entstehung von Kohlenstoff- und Sauerstoffatomen führte. Die so gezündete Heliumfusion verlangsamte den Kollaps der Sonne und ermöglichte ihr, noch weitere 2 Milliarden Jahre Energie zu produzieren. Doch gleichzeitig begann – bedingt durch die Heliumfusion im Kern und die noch immer stattfindende Wasserstoff-Fusion in peripheren Sonnenteilen – die Schwerkraft des Gestirns nachzulassen. Die Sonnenatmosphäre fing an, sich langsam auszudehnen, und aus dem einst bescheidenen und kleinen gelben Stern wurde im Verlauf von mehreren Millionen Jahren ein aufgeblähter Roter Riese.

Die Gluthitze der expandierenden Sonne erfaßte schnell die Planeten Merkur und Venus, die nach und nach verdampften, und auf der Erde begannen die Temperaturen stetig anzusteigen.

Während sich auf der gesamten Erde zunächst eine üppige „Amazonasvegetation" entwickelte, fingen die (immer noch rudimentär vorhandenen) Eiskappen der Pole an zu schmelzen und den Wasserspiegel der letzten Ozeane stark anzuheben. Dichte Wolken bedeckten nun den Himmel und ließen die Sterne für lange Zeit verschwinden.

Mit der weiteren Ausdehnung der unruhigen Sonne und dem Ansteigen der Temperaturen ging alsbald die gesamte irdische Vegetation in Flammen auf, und sämtliches organische Material verbrannte zu Asche.

Nach weiteren 100.000 Jahren stieg die Temperatur so weit an, daß nun auch das irdische Gestein zu schmelzen begann, und riesige Lavaströme ergossen sich von den höchsten noch vorhandenen Bergen in die trockenen Ebenen einstiger Ozeane.

Und aus den Eingeweiden der immer noch expandierenden Sonne fegte ein schrecklicher, alles verzehrender Wind, der schließlich den Planeten Erde sich verflüchtigen ließ.

Nach weiteren Millionen von Jahren verschwanden auch die äußeren Planeten des Sonnensystems, und ihre Materie strömte – vom Sonnenwind angetrieben – zu den galaktischen Gasen, um schließlich an der Neubildung embryonaler Sterne wieder beteiligt zu werden.

Doch auch jetzt kam die Sonne nicht zur Ruhe. Als das Sonneninnere, vollbepackt mit Kohlenstoff- und Sauerstoffatomen, für thermonukleare Prozesse zu kalt wurde, folgte ein katastrophaler Kollaps der gesamten Sonnenatmosphäre, mit weiterer Druck- und Temperaturerhöhung im Inneren des Gestirns.

Dann begann der sterbende Stern im Rhythmus von eintausend Jahren zu pulsieren, um seine gesamte Atmosphäre, nach und nach, stoßweise ins All auszuspeien.

Der nun bloßgelegte heiße Kern der Sonne überflutete jetzt mit seinem gleißenden UV-Licht die sich nach allen Richtungen schalenartig ausbreitenden, stark verdünnten Gase und brachte sie zum Fluoreszieren.

Für einen hypothetischen Beobachter, der aus großer Entfernung das Spektakel verfolgt, böte sich jetzt ein farbenprächtiges Schauspiel: das Bild eines planetarischen Nebels, in dessen Zentrum ein heißer, blau-violetter Stern steht, der die sich konzentrisch ausbreitenden Gasringe seiner einstigen Atmosphäre grün, gelb und rot aufleuchten läßt.

Der schließlich entstandene Weiße Zwerg (mit einem Durchmesser der ehemaligen Erde und einer gewaltigen Materiedichte) überlebte noch einige Milliarden Jahre unverändert, um schließlich in das leblose, ereignislose Endstadium eines Schwarzen Zwerges überzugehen.

All die hier beschriebenen Entwicklungsphasen der Sonne, mitsamt ihren verheerenden Auswirkungen auf das gesamte Planetensystem, erlebte der Unsterbliche im Laufe von Jahrmilliarden.

Während nach und nach sämtliches organisches und pflanzliches Leben zu existieren aufhörte, überlebte er im Vollbesitz seiner körperlichen Kräfte. Selbst die gewaltigen Überflutungen aller irdischen Ebenen, die zunehmende Gluthitze, den Verlust der Atmosphäre und das Dahinschmelzen sämtlicher Gesteine konnten ihm keinen physischen Schaden zufügen. Und als eines Tages der gesamte Planet verdampfte, schwebte er – angetrieben vom enormen Druck der Sonnenwinde –, schwerelos im (fast) absoluten Vakuum, durch ein ewig expandierendes, immer kälter werdendes Weltall, dessen Dichte (von weniger als 10 Atomen je Kubikmeter) zu gering war, um einen Umkehrprozeß einzuleiten.

Peter wurde Zeuge eines fast unendlich lang dauernden Prozesses, der mit dem Zerfall aller Materie enden sollte.

Zehn hoch zwanzig Jahre lang (vom Urknall aus gerechnet) wurden im Weltall immer wieder Sterne geboren und wieder vernichtet. Dann folgte die „Zerfalls-Ära" der Sterne: In dieser unvorstellbar langen Zeit (bis zum Jahr 10 hoch 46 seit der Geburt des Universums) befanden sich nur noch weiße und braune Zwerge, Neutronensterne und schwarze Löcher im jetzt noch schwach leuchtenden Weltall, in dem gelegentlich helle Blitze, nach Kollisionen einiger weniger Weißer Zwerge, kurzfristig aufleuchteten.

Schließlich blieben (ausnahmslos unsichtbare) gigantische Schwarze Löcher übrig, deren Materie (durch sehr langsame Energieabgabe infolge von Quantendefekten) eines Tages ebenfalls zerfiel und in Strahlung überging. Dieser Prozess dauerte bis zum Jahre 10^{70} seit dem Urknall (und somit 100 Trillionen mal Trillionen Jahre).

Danach folgte die „Dunkle Ära" des Universums, eine Zeit, in der nur noch extrem langwellige elektromagnetische Strahlung, einige Elektronen, Positronen und Neutrinos, in absoluter Dunkelheit, bei Temperaturen um den absoluten Gefrierpunkt existierten.

Durch dieses absolut tote und dunkle Universum schwebte der immer noch lebendige, geistig längst abgestumpfte und tief unglückliche Unsterbliche über einen Zeitraum, der weder in Worten noch Zahlen kaum noch beschrieben werden kann.

Es vergingen weitere Septillionen (10^{24}) Jahre in vollkommener Dunkelheit und Einsamkeit, und das, was Peter einst als Weltall kannte, existierte schon lange nicht mehr (und ein neues Universum konnte, aus Mangel an genügend Materie) nicht mehr geboren werden.

Zu diesem Zeitpunkt war auch seine Erinnerung an die Vergangenheit als menschliches Wesen auf Erden, mit all seinen Gefühlen, Ängsten und Hoffnungen, fast ganz verschwunden.

Doch eines „Tages“ (ein sicherlich unpassender Ausdruck in einem dunklen, kalten, lautlosen und toten Vakuum) – es war das Jahr 10 hoch 93 seit dem kläglichen Ende der Menschheit – bemerkte unser im schwarzen Nichts schwebender Held eine allmähliche Veränderung seiner Umgebung.

Zuerst glaubte er, in unmittelbarer Nähe ein schwach fluoreszierendes Leuchten zu erkennen, einen beweglichen Schein, der langsam an Intensität zunahm und ihn schließlich unangenehm blendete. Dann vernahm er leise Laute. Zunächst kaum hörbare, liebliche musikalische Töne, die kontinuierlich an Lautstärke zunahmen und in ihm ein unbeschreibliches Glücksgefühl auslösten. Töne, die seine – seit Trillionen von Jahren – abgestumpften Sinne wieder belebten.

Mit einem Mal wurde Peter bewußt, daß er die ihm einst so vertraute Melodie des Donauwalzers vernahm.

Widerwillig und mühsam öffnete er seine schmerzenden Augen und bemerkte verwundert, daß er sich in seinem schäbigen Zimmer, auf seinem Bett liegend befand; und – wie durch einen weißlichen Schleier – erkannte Peter jetzt die um ihn herum schwirrende, winzige, annähernd durchsichtige und geflügelte Mädchengestalt. Es war Glöckchen, die Botin der Feenkönigin, die mit ihren von Goldstaub bedeckten Wimpern lustig klimperte und dabei im armseligen Zimmer Goldstaub versprühte.

Und jetzt vernahm Peter deutlich die folgenden Worte: „Ich Glöckchen, die Abgesandte der Feenkönigin, … darum bin ich beauftragt worden, dir drei Wünsche sofort zu erfüllen … “

10.

Auferstanden

„Herr, deine Toten werden wieder leben, die Leichen meines Volkes werden auferstehen. Ihr alle, die ihr in der Erde liegt, wacht auf und jubelt vor Freude!“ (Jesaja 26,19)

„Dann wird der Wolf beim Lamm zu Gast sein, der Panther neben dem Ziegenböckchen liegen; gemeinsam wachsen Kalb und Löwenjunges auf, ein kleiner Junge kann sie hüten.“ (Jesaja 1)

„Du bist die nie erschöpfende Kraft, du belebst die Toten …“ (aus der Amida, dem 18er Gebet)

„Hast du dich nicht stets bemüht, von den Sternen Rat zu holen? Ruf doch deine Himmelsdeuter, die dir die Horoskope stellen! Ob sie dich wohl retten können? Wie dem Stroh geht es ihnen, die im Nu das Feuer frißt.“ (Jesaja 47,13–14)

VORWORT ZUM PROLOG

Sowohl im Judentum wie im Christentum spielt das Kommen des Messias eine zentrale Rolle.

Während aber für Christen der Messias in der Gestalt von Jesus bereits erschienen ist, warten gläubige Juden immer noch (und manche von ihnen sehnsuchtsvoll) auf das baldige Erscheinen des Erlösers.

Die jüdischen Vorstellungen vom Messias sind diffus, ungenau und – je nach Zugehörigkeit zu den diversen Strömungen im Judentum – unterschiedlich.

Nach traditionellen (orthodoxen) Erwartungen ist der Messias ein Mensch aus Fleisch und Blut (und kein überirdisches Wesen) und ein Nachfahre Davids.

Mit seinem Erscheinen soll das Leid der Juden in aller Welt ein Ende nehmen, und alle Exilanten werden in ihre Heimat zurückkehren, wo sie in Frieden und Sicherheit sich dem Studium der heiligen Schriften widmen werden. Der zukünftige Messias wird auch den Tempel zu Jerusalem wieder aufbauen und alle alten (längst außer Kraft gesetzten) religiösen Gesetze – inklusive Tieropfer – wieder einführen.

Mit seinem Kommen leitet der Messias auch das messianische Zeitalter ein, in dem alle Geschöpfe auf Erden in Frieden und gewaltlos miteinander leben werden.

Ein weiteres Dogma im traditionellen Judentum ist die Idee der Auferstehung der Toten. Während in alten Zeiten die Menschen (und insbesonders die Sadduzäer, also die Tempelpriester und ihre Anhänger) nur an die Auferstehung des Leibes glaubten, ist im Laufe der Zeit auch die Vorstellung einer dem Menschen von Gott eingehauchten Seele (die nach seinem Tod weiterleben wird) aufgekommen.

Eine Seele, die den körperlich Auferstandenen einst wieder eingehaucht wird. Nach traditioneller Auffassung ist aber diese Auferstehung der Toten ein Ereignis, das nicht gleichzeitig mit dem Erscheinen des Messias eintritt, sonders erst zu einem späteren Zeitpunkt.

Charakteristisch für das Judentum ist die Vorstellung, daß auch die Gerechten der anderen Völker einen Anteil an der kommenden Welt haben werden, und daß diese Gnade Gottes nicht von der Zugehörigkeit zum Judentum abhängt (das ist auch ein Grund, weswegen die Mission im Judentum keine Rolle spielt).

Während das orthodoxe Judentum fest am Kommen des Messias und die spätere Auferstehung der Toten festhält, glauben religiös-liberale Juden nicht an einen menschlichen Messias und die leibliche Auferstehung, sonders nur an ein zukünftiges messianisches Zeitalter für die gesamte Menschheit und eine Weiterexistenz der Seele in einer uns unbekannten Form, doch nicht an die leibliche Auferstehung der Toten.

Für viele Anhänger der ultraorthodoxen (und politisch weit rechts stehenden) chassidischen Chabbad-Bewegung, ist der vor wenigen Jahren verstorbene siebente Rebbe ihrer Sekte, Menachem Schneerson (der Personenkult, der um ihn herrschte, ist für die meisten Strömungen im Judentum absolut uncharakteristisch), der kommende Messias, der bald erscheinen wird.

Wenn nun Juden nicht an „Jesus den Messias" glauben können, dann hängt es auch damit zusammen, daß mit Jesus keine sichtbaren Veränderungen der Welt für die damals leidenden und durch die Römer unterdrückten Juden feststellbar waren (die Welt sich also nicht sichtbar zum Guten veränderte).

Zum besseren Verständnis der folgenden Erzählung, noch einige Sätze zum berühmt-berüchtigten Rabbiner Ovadia Jossef (siehe auch: „Also sprach Ovadia").

Der ehemalige sephardische Großrabbiner Israels und geistiges Oberhaupt der orthodoxen Schass-Partei (die Partei der orientalischen Juden), Ovadia Jossef, wird von vielen Menschen in Israel abgöttisch verehrt. Demokratisch gesinnten und liberalen Menschen sind die oftmals ungeheuerlichen Ansichten Ovadias, die aber nie ein juristisches Nachspiel hatten, ein Greuel (siehe auch: „Also sprach Ovadia"). Ganz im Gegenteil. Auch heute noch pilgern zahlreiche Politiker diverser israelischer Parteien zu Ovadia, um seinen Segen zu erflehen.

Ich kann nur hoffen, daß Menschen vom Schlage Ovadia Jossefs in Israel nie an die Macht kommen werden, um dann ihre krausen Ideen von einem Gottesstaat zu verwirklichen.

Für Fachbegriffe und Namen: siehe Glossar.

PROLOG

Der langersehnte Messias erschien in Jerusalem im Jahr 5780 nach der Erschaffung der Welt (entsprechend dem Jahre 2020 n. Ch.).

Die Ereignisse rund um sein Kommen sind natürlich den meisten unserer Leser längst bekannt, doch mit Rücksicht auf die wenigen Uninformierten (auf die man schließlich auch Rücksicht nehmen muß), will ich das wunderbare Ereignis nochmals kurz Revue passieren lassen.

Es war ein schöner, warmer Frühlingstag im Monat Nissan (dem ersten Monat im jüdischen Kalender), als der greise israelische Ministerpräsident Ovadia Jossef durch den lauten Klang eines Hornes aus seinem geruhsamen Mittagsschlaf gerissen wurde.

Der weise Gelehrte (und frisch erkorene Ministerpräsident, Staatspräsident und designierte oberste Priester des noch zu erbauenden dritten Tempels zu Jerusalem) ahnte sogleich, daß dieser himmlische Klang ein ganz besonderes Ereignis ankündigte: nämlich das Erscheinen des sehnlichst erwarteten Messias, für dessen Kommen unser Volk jahrtausendelang – und bisher vergeblich – gebetet hatte.

Vom Fenster seines Amtssitzes erblickte Ovadia eine große, jubelnde Menschenmenge, die rund um einen weißen Esel, auf dessen Rücken ein würdig aussehender, weißbärtiger und Streimel tragender Greis ritt, ekstatisch tanzte und laut einen einzigen Namen in die Welt brüllte.

Auch wenn der fast taube Ovadia den ausgerufenen Namen nicht verstehen konnte, wußte er sofort, um wen es sich hier handelte, weil in gut informierten Kreisen (und Ovadia gehörte zu den bestinformierten Weisen des heiligen Landes) der Name des zu erwartenden Messias damals längst kein Geheimnis mehr war.

Denn daß der kommende Messias kein Geringerer als Menachem Mendel Schneerson, der siebente Rebbe der Lubawitscher Chabad-Bewegung sein würde, behaupteten viele seiner glühenden Anhänger seit seinem Abgang nach Gan Eden (dem Paradies, auch Garten Eden genannt), und der weise Ovadia, mit seinem direkten Draht zum Himmel, wußte natürlich längst, daß Schneerson all die Erfordernisse für einen Messiaskandidaten erfüllte (nämlich: Abstammung aus dem Hause David, große Weisheit, Gesetzestreue, vorbildliche Lebensweise, entschiedene Gegnerschaft zum elenden darwinistischen Weltbild und letztlich Aufnahme des Geistes des verstorbenen Heiligen im Garten Eden, als Zwischenstation vor seiner triumphalen Rückkehr zur Erde).

Daß Kommen des Messias war für Ovadia auch deswegen keine Überraschung, weil ihm bewußt war, daß durch die Machtergreifung seiner Schass-Partei und den längst eingeleiteten notwendigen Reformen, die er gleich nach seiner Ernennung zum Ministerpräsidenten in Angriff genommen hatte, die Voraussetzung für das Erscheinen des Messias geschaffen worden waren.

Es war eine demokratische Wahl, die der Schass-Partei den Wahlsieg ermöglichte. Auf diesen großen Tag hatten sich Ovadia und seine Anhänger viele Jahrzehnte lang gewissenhaft vorbereitet, auch indem sie die wahren Gläubigen ermunterten, möglichst viele Kinder zu zeugen. Und während die ungläubigen Juden des Landes vor lauter Arbeitsstreß und Militärdienstübungen auf das Kinderkriegen vergaßen, besuchten die wahren gläubigen Männer – statt Militärdienst leisten zu müssen –, die vom Staat sogar großzügig subventionierten Jeschiwot, wo sie „hauptberuflich" und ganztägig Thora lernen durften und sich in aller Ruhe (morgens, mittags und abends) dem wichtigen Gebot „sich zu vermehren und die Erde zu bevölkern" ungestört nachgehen konnten.

Dank der rasanten Vermehrung dieser wahren Gläubigen war der erdrutschartige Wahlsieg der orthodoxen Schass-Partei vorprogrammiert gewesen.

Schon wenige Tage nach der Machtergreifung der Schass konnten die ersten gottgewollten Reformen eingeleitet werden. Die geistig-moralisch verkommene Demokratie wurde abgeschafft und der längst angestrebte Gottesstaat ausgerufen.

Ab sofort galten die in der Thora genannten und in der Halacha – im 16. Jahrhundert – endgültig kodifizierten religiösen Lebensprinzipien als rechtlich bindend, und Frauen wurden aus fast allen außerhäuslichen Berufen verbannt. Durch diese Maßnahme konnte auch die weitverbreitete männliche Arbeitslosigkeit im Land deutlich vermindert werden.

Liberale und konservative Rabbiner wurden unter Hausarrest gestellt, und die wenigen unverbesserlichen Protestierer ins Gefängnis geworfen.

Auf Wunsch des Volkes wurden auch alle säkularen Parteien verboten und ihre sündigen Anführer vor die Alternative gestellt, zwecks Umerziehung in eine der vielen Jeschiwot einzutreten, oder vor einem rabbinischen Gericht gestellt und zu Haftstrafen verurteilt zu werden. Erfreulicherweise entschieden sich all diese Politiker für den einfacheren Weg.

Mit der feierlichen Ausrufung des ersten jüdischen Gottesstaates und der Einleitung der längst fälligen Reformen war auch der Weg für das Kommen des Messias geebnet.

Ministerpräsident Ovadia Jossef eilte, sogleich nach Vernehmen des Hornklanges, dem Messias entgegen, um ihn herzlich im Namen des Volkes zu begrüßen.

Der weiße Esel des Messias wurde – wie jeder hohe ausländische Staatsgast – im Hotel King David fürstlich untergebracht, und Menachem Schneerson durfte im jüdischen Viertel Jerusalems ein prachtvolles (unlängst einem Ungläubigen enteignetes) Haus beziehen.

Während das Volk in den Straßen Jerusalems laut und ausgelassen über die Ankunft des Messias jubelte, begann sich die Welt allmählich zu verändern.

Zunächst wendeten sich alle Erdenbewohner von ihren Götzen ab und bekannten sich zum einzig wahren Gott. Sie alle wurden fromm und friedfertig.

Selbst die Anführer der gefürchteten Hamas- und Jihad-Bewegung pilgerten nach Jerusalem, wo sie gemeinsam mit einer persischen Regierungsdelegation (geleitet von Präsidenten Ahmadinejad) und Osama Bin Ladn von Ministerpräsidenten Ovadia Jossef und dem Messias huldvoll empfangen wurden. Sie alle bekannten sich zum Weltfrieden, entschuldigten sich mit Tränen in den Augen für all ihre bisher begangenen Untaten und für die Leugnung des Holocaust. Sie versprachen, auch in Zukunft Frauenrechte zu respektieren und auf Gliedamputationen bei Verurteilung von Dieben zu verzichten.

Den alten Prophezeiungen entsprechend verschwanden Not, Elend, Unterdrückung von Minderheiten (auch der vielerorts verfolgten Juden) in allen Regionen der Erde, und sämtliche Juden der Diaspora kehrten bald nach Zion zurück, um endlich ungestört sich dem Studium der Thora widmen zu können.

Ähnliche Veränderungen konnte man auch in der Tierwelt beobachten. Löwen, Bären und Wölfe spazierten plötzlich ruhig und friedlich durch die Straßen der Weltstädte und sie alle hausten nun Seite an Seite neben dem Vieh auf den Weiden und in Hühnerställen, ohne je wieder Blut zu vergießen.

Selbst die Giftschlangen verloren ihr tödliches Gift, und alle Krankheitserreger (Bakterien, Würmer und Viren) wurden zu liebenswürdigen und harmlosen Partnern von Mensch und Tier.

Schon nach wenigen Monaten beschloß der Revolutionsrat unter weiser Führung von Ministerpräsidenten Ovadia Jossef, den dritten Tempel wieder aufzubauen.

Der neue Tempel Jossefs wurde in Rekordzeit auf dem Tempelberg zu Jerusalem (natürlich in Übereinstimmung mit dem Großmufti von Jerusalem) errichtet.

Der prunkvolle Tempel wurde mit Gold und Edelsteinen geschmückt und unter begeisterter Teilnahme aller Einwohner Zions feierlich eröffnet.

Auf Anordnung des Messias wurden auch sogleich Priester eingesetzt, deren Hauptaufgabe es war, die vorgeschriebenen Tieropfer darzubringen.

Doch im Gegensatz zu alten Zeiten sollten ab sofort nur noch „Freiwillige" geopfert werden, denn universeller Friede beinhaltet ja den Verzicht auf Gewalt gegen alle Lebewesen.

Bald floß am marmornen Altar das Blut der geschlachteten Lämmer und Rinder in Strömen, und der goldbedeckte Boden des Tempels glänzte rötlich im Licht der silbern scheinenden Sonne, die nun – wie es sich gehört – endlich im Zentrum des Universums stand.

Natürlich wurden auch alle alten Gesetze der Thora wieder eingeführt, wie unter anderem: die Todesstrafe für schwerwiegende Vergehen wie Homosexualität, Ehebruch und Gotteslästerung, die Schwagerehe (was so viel bedeutet, daß der Bruder eines Verblichenen die kinderlose Witwe seines Bruders heiraten muß); der biblische Schuldenerlaß im siebenten Jahr; die Polygamie und viele andere, im Judentum längst außer Kraft gesetzte Bräuche und Gesetze.

Alle Jungen besuchten nun fromme Jeschiwot, die Mädchen (denen jegliches Studium verboten wurde) konnten in Ruhe auf ihre einzige und heilige Aufgabe – das Kinderkriegen – vorbereitet werden.

Das gesamte Volk widmete sich nun einzig und allein dem Studium der heiligen Schriften, und keiner in Israel wagte es, auch nur das kleinste Gesetz zu übertreten.

Um die alten Prophezeiungen (Ezechiel 38) vollständig zu erfüllen, führte nun Messias Schneerson einen heiligen Krieg gegen Gog und Magog, die letzten bösen Mächte der Erde. Sie wurden besiegt und vollständig vernichtet. Mit dieser letzten Heldentat wurde das messianische Zeitalter Wirklichkeit.

Jetzt war die Zeit für die letzte Etappe der vollständigen Erlösung der gesamten Menschheit reif. Die Ära der Auferstehung der Toten stand der Menschheit unmittelbar bevor.

Im Jahr 5800 nach der Erschaffung der Welt beschlossen Ministerpräsident Ovadia Jossef und der Messias Menachem Mendel Schneerson, eine große Volksversammlung im Vorhof zum heiligen Tempel einzuberufen.

Beide erschienen unter den Jubelrufen der versammelten Gemeinde, opferten gemeinsam sieben Stiere am Altar des Tempels und erklärten dem staunenden Volk folgendes:

„Um die Ära der Auferstehung der Toten zu ermöglichen, muß noch eine letzte große Tat vollbracht werden, nämlich der freiwillige Verzicht aller Menschen auf Nachkommenschaft, um so das Ende der Menschheit zu beschleunigen; denn die prophezeite Auferstehung der Toten wird erst dann möglich werden, wenn der letzten Mensch vom Erdboden verschwunden sein wird."

Dann offenbarte der Messias dem Volk die Gründe für sein für viele überraschendes Ansinnen.

Er erklärte: „Der Hauptgrund dieser schwierigen Forderung ist einfach zu verstehen: Denn es ist ja undenkbar und gegen den Plan der Vorsehung, daß alle bereits Verstorbenen zum ewigen Leben auferstehen, solange noch bedauernswerte Sterbliche die Erde bevölkern, die ja dann Seite an Seite mit den neu angekommenen Unsterblichen leben müßten. Außerdem wäre es für die Kinder der Sterblichen ein Schock, mitansehen zu müssen, wie bloße Gebeine sich zu Millionen aus den Gräbern erheben, um dann Stück für Stück wieder zusammengesetzt zu werden."

Diese logischen und überzeugenden Argumente verstanden und billigten alle Versammelten.

Der Messias erließ daher ein Dekret, demzufolge das Zeugen von Nachkommenschaft ab sofort untersagt sei. Er ließ auch die Menge wissen, „daß dieser Erlaß für alle Menschen auf Erden gelte, und wer dagegen verstoße, zum Tode durch Steinigung zu verurteilen sei."

Nach Beendigung seiner Rede schlachtete Ovadia noch sieben Lämmer; das vergossene Blut der Opfertiere wurde von besonders verdienten Jungpriestern über die jubelnde Menge gespritzt.

Wie nicht anders zu erwarten, akzeptierte die gesamte Menschheit bereitwillig den Erlaß des Messias, und schon nach Ablauf von 120 Jahren war der letzte Mensch vom Erdboden verschwunden.

HAUPTTEIL

Solange der Apotheker Sam Katz unter den Lebendigen weilte, war er ein gewichtiger Mann. Gewichtig sowohl in bezug auf seine beachtliche Körperfülle, die er trotz wiederholter Diätkuren (die er immer bei Neumond einleitete) nie reduzieren konnte, als auch in seiner gesellschaftlichen Stellung.

Denn er war wohlhabend – sein Vermögen stammte vom Verkauf alternativmedizinischer Produkte –, Präsident des Lionsclubs seiner Stadt, geachtetes Mitglied einer großen orthodoxen Synagoge (obwohl er selber – wie die meisten Mitglieder seiner Gemeinde – sich für Religion kaum interessierte). Er war also ein sogenannter „nichtpraktizierender Orthodoxer" und nebenbei ein großzügiger Unterstützer der chassidischen ultraorthodoxen Chabad-Bewegung.

Sam war natürlich auch mit einer Dame aus bester Familie verheiratet; sie hatten zwei Kinder, eine Tochter und einen Sohn (die eine teure Privatschule besuchten), und er besaß neben einem roten Sportwagen auch eine hübsche und diskrete Freundin, die er einmal wöchentlich in einem kleinen verschwiegenen Hotel im Zentrum der Stadt traf. Mit anderen Worten: Sam führte ein – wie er selbst meinte – vorbildliches, ja mustergültiges Leben und darauf war er verständlicherweise sehr stolz.

Doch nun war Sam schon lange tot, und niemand trauerte mehr um ihn. Er schlummerte seit vielen Jahren friedlich in seinem Grab, und sein eingeengtes Bewußtsein registrierte nichts als Dunkelheit und absolute Ruhe. Bedauerlicherweise war dieser Friede nicht von allzulanger Dauer, denn eines Tages bemerkte Sam eine geringfügige Veränderung seiner Umgebung.

Die bleierne, vollkommene Dunkelheit, die ihn bisher umhüllte, begann sich allmählich zu lichten. Zunächst erkannte Sam diverse Grautöne in der absoluten Schwärze des ihn umhüllenden Universums. Dann glaubte er leise Stimmen – vielleicht auch eine ferne Melodie – zu hören und ein blasser Lichtschimmer hoch oben über seinem Grab wurde für ihn erkennbar. Dann kehrte die Erinnerung zurück. Zunächst nur Bruchstücke von Erinnerung an sein irdisches Leben und an seine allerletzten Tage auf Erden, doch bald konnte er sich an alle Details dieser Stunden genau erinnern.

Der vorletzte Tag seines Lebens war ein Dreizehnter des Monats und ein Freitag noch dazu gewesen. Diesen Tag verbrachte die Familie Katz aus Angst vor einem möglichen Unglück zu Hause. Selbst auf den Spaziergang in die wenige Häuserblocks entfernt gelegene Synagoge am Freitagabend (der allwöchentliche Besuch der Synagoge zum Freitagabend-Gottesdienst war für ihn ein altes, liebgewonnenes Ritual) verzichtete Sam sicherheitshalber.

Da er am folgenden Tag – es war der Schabbat – nicht arbeiten mußte, überlegte Sam gleich in aller Früh, wie er diesen Ruhetag sinnvoll verbringen könnte.

Nachdem er sein, von einem bekannten Wünschelrutengänger am richtigen Ort seines Hauses plaziertes und von schädlichen Erdstrahlen abgeschirmtes Bett verlassen hatte, setzte er sich seine dritten Zähne ein. Denn all seine Zähne waren unlängst, auf Anraten seiner Frau (die sich aufs Pendeln verstand), gerade noch rechtzeitig vor dem

Einsetzen einer schweren Amalgamvergiftung gezogen worden.

Beim Frühstück blätterte Sam in seiner Morgenzeitung – manche würden dieses Blatt auch als Revolverblatt bezeichnen – und suchte gezielt nach seinem Tageshoroskop, das er täglich sehr aufmerksam las. Das Tageshoroskop der Zeitung wurde seit bald zehn Jahren von der weltberühmten Astrologin Madame Bardot geleitet, und dort stand schwarz auf weiß, daß, „alle in der Waage Geborenen an diesem Tag sich um ihre Gesundheit kümmern sollten und im Verlauf des Tages eine angenehme Überraschung erleben würden".

Dieser Gesundheitshinweis erinnerte ihn gleich daran, zu seinen homöopathischen Bluthochdrucktropfen und dem Antistreß-Bachblütenextrakt zu greifen.

Danach suchte Sam die Toilette auf, um Harn zu lassen und den frischen Harn sogleich zu trinken. Die Empfehlung zu dieser appetitlichen, die Körperwiderstandskraft fördernden Handlung, hatte er von einem weltberühmten indischen Guru erhalten.

Gegen zehn Uhr morgens verließen Herr und Frau Katz ihre Wohnung, um den Friseur aufzusuchen. Denn es war ja abnehmender Mond, und an solchen Tagen ist es bekanntlich ratsam, sich die Haare schneiden zu lassen. Außerdem wollten beide abends – sie waren bei einer Freundin der Familie (einem begabten Medium) zu einer Seance eingeladen – besonders adrett aussehen. Vor dem Weggehen vergaß Sam natürlich auch nicht seinen unlängst erworbenen Edelstein (einen Bergkristall zur Ausleitung von schlechten Säften, den er auch unter seinem Kopfkissen aufbewahrte) in die rechte Hosentasche zu stecken, und seine Gemahlin suchte noch rasch auf der Wiese vor ihrem Haus mit Erfolg nach vierblättrigem Klee.

Unterwegs in die Stadt lief ihnen glücklicherweise keine schwarze Katze vor ihr Auto, vielleicht auch deswegen, weil ihr Glückshufeisen gut sichtbar am Kühlgitter ihres Mercedes befestigt war. Dank all dieser Sicherheitsmaßnahmen verlief der Vormittag angenehm und ohne Zwischenfälle.

Da Frau Katz noch wichtige Termine hatte – unter anderem auch bei ihrem Diätberater und Hausastrologen –, beschloß Sam, alleine zu Mittag zu essen.

Er betrat ein streng vegetarisches Restaurant – das beste der Stadt – und bestellte ein besonders gesundes Mittagessen.

Als Vorspeise gab es ein Glas magnetisiertes, energetisches Wasser, gefolgt von einem garantiert tachyonenfreien Spinat. Als Hauptspeise wurden gebackene, frische Pilze in einer delikaten Rahmsoße serviert. Auf einen Nachtisch verzichtete Sam, da er ja wieder einmal auf Diät war.

Wenig später, er befand sich schon auf dem Weg zum Friseur, sollte die in seinem Horoskop angekündigte Überraschung wahr werden. Von heftigen Bauchkrämpfen geplagt, brach Sam auf offener Straße zusammen. Wenig später – es war im Jahr 2005 – verstarb Sam Katz, ohne das Bewußtsein wiedererlangt zu haben, im städtischen Zentralkrankenhaus, wo die Ärzte eine schwere und unkontrollierbare Knollenblätterpilzvergiftung konstatierten.

Immer deutlicher erinnerte sich Sam an sein glückliches Leben auf Erden, an seine Familie und zahlreichen Freunde, an all seine guten Taten (besonders seine großzügigen Spenden an die Chabad-Bewegung, aus deren Reihen der künftige Messias kommen würde) und an die vielen schönen Stunden im Hotel Eden in Gesellschaft seiner jungen Geliebten.

Bald spürte er, wie ihn unsichtbare Hände aus seinem Grab zogen. Dann schwebte er gewichtslos über Berge und Meere dahin, um schließlich – wie lange die Reise dauerte, konnte er nicht abschätzen – auf einer langgestreckten grauen Ebene zu landen. Der ganze Boden des weiten Landes war – und das raubte ihm fast den Verstand – mit Totengebeinen übersät. Zuerst glaubte er, einige hundert Skelette (oder Knochenreste) zu erkennen, bald aber wurde

Sam bewußt, daß es die Überreste von Abermillionen von Menschen waren.

Am meisten aber erschreckte ihn sein eigener Anblick. Auch er war nichts als ein schmutzig-weißes, teilweise von Moder bedecktes Skelett.

Mit der Zeit bemerkte er jedoch eine langsame, deutlich einsetzende Veränderung, die nach und nach alle Skelette – auch seine eigenen Knochen – betraf. Die Knochen rückten – wie einst von Ezekiel prophezeit – langsam zusammen, und auf den blanken Knochen bildeten sich Sehnen, Muskeln und Haut.

Ein böiger Wind, der aus allen Richtungen zu blasen schien, hauchte den noch stummen Gestalten Leben ein, und sie fingen an zu atmen. Nun wurden auch Gesichtszüge und sekundäre Geschlechtsmerkmale sichtbar. Die vor wenigen Minuten noch Toten begannen sich zu regen und aufzurichten, um dann auf schwankenden Beinen die ersten unsicheren Gehversuche zu unternehmen.

Auch Sam richtete sich auf und betrachtete seine Umgebung und Mitauferstandenen. Sie befanden sich auf einer grenzenlos scheinenden, grauen, staubbedeckten Ebene. Die Sonne stand hoch am Himmel und brannte unbarmherzig auf die nackten, auf unsicheren Beinen stehenden Gestalten herab. Es waren Männer und Frauen unterschiedlichen Alters, doch Kinder konnte Sam keine erkennen. Manche von ihnen schienen jung und gesund zu sein, andere alt und verfallen.

Vielen von ihnen fehlten Körperteile (wie Hände, Füße oder Nase), bei manchen bemerkte Sam fürchterliche, entstellende Verletzungen. Gleichzeitig erkannte Sam, daß sie mehr wurden. Immer neue Skelette stiegen aus ihren Gräbern, andere schienen sich aus dem Nichts zu materialisieren.

Da schließlich für die Abermillionen Skelette kein freier Platz mehr zur Verfügung stand, mußten viele der später Auferstandenen auf den Schultern ihrer zuerst eingetroffenen Kollegen Platz nehmen.

Dann setzte sich der Zug der Auferstandenen langsam in Bewegung. Auch Sam schloß sich der Menge an, ohne zu wissen, wer den Abmarschbefehl gegeben habe.

Sie alle wankten in Richtung der schemenhaft am Horizont sich abzeichnenden, bläulich schimmernden Berge.

Wie lange die Kolonne langsam dahinzog, konnte Sam nicht sagen, doch nach und nach bemerkte er, daß sie langsam in höhere Regionen gelangten, dort, wo die Hitze nicht mehr so unerträglich wie in der Ebene war. Unterwegs konnte Sam keine ihm bekannten Menschen erkennen und auch keinerlei Pflanzen oder Tiere, nicht einmal Vögel und Insekten.

Die meisten der Auferstandenen schleppten sich schweigend weiter, einige weinten, andere sprachen offensichtlich Gebete, und manche schienen sich auch über die für sie unerwartete Auferstehung zu freuen, denn sie lachten und jubelten unentwegt.

Eigenartigerweise verspürte Sam weder Hunger- noch Durstgefühl. Ohne eine Pause einzulegen, marschierten und krochen die nackten Gestalten weiter, in Richtung der Berge – ostwärts, wie Sam vermutete.

Nach Stunden (oder waren es Tage?), erkannten sie in der Ferne ein riesiges steinernes Gebäude, dem sie sich näherten. Die Außenmauern der imponierenden Anlage waren mit Gold und Edelsteinen besetzt. Das Hauptgebäude schien aus Jerusalemstein – mit Marmor kombiniert – zu bestehen.

Am Eingangstor stand eine eindrucksvolle, knapp fünf Meter hohe, weißbärtige, geflügelte und Streimel tragende Gestalt.

Der Engel wartete geduldig auf das Eintreffen aller, auch der letzten Auferstandenen, was einige Tage, vielleicht auch Wochen dauerte.

Als endlich sämtliche Auferstandenen das Tor erreicht hatten und sich kreisförmig um den Gesandten des Himmels formierten, hielt der Engel eine kurze Ansprache.

Er stellte sich als Erzengel Uriel vor und begrüßte herzlich die vielen Millionen, dem Grabe jüngst Entstiegenen in Neu-Erez-Israel, vor dem Tor des dritten Tempels zu Jerusalem.

Die Begrüßung dauerte lange, weil der freundliche Erzengel Uriel jeden einzelnen der Auferstandenen namentlich erwähnen wollte. Dann endlich begann er mit seiner von vielen herbeigesehnten und mit Spannung erwarteten Ansprache.

Mit dröhnender Stimme erklärte Uriel den Neuankömmlingen im Leben, „daß sie alle in der Tat zum ewigen Leben auferstanden seien (worauf ein unbeschreiblicher Jubel losbrach) und daß alle Männer von nun an täglich – von früh bis spät – die heiligen Schriften studieren müßten, um aus ihnen alle Mizwot (Gebote) zu erlernen und auch die letzten Geheimnisse der Schöpfung zu erfahren". „Ausnahmen könne es natürlich keine geben und Studierpausen auch nicht", erklärte der Engel. Den verheirateten Frauen empfahl er „sich von nun an um den Haushalt zu kümmern, damit ihre Männer in aller erforderlichen Ruhe studieren könnten, und immer am Freitagabend – mit Einbruch der Dämmerung – schön brav die Schabbat-Kerzen zu zünden".

Er machte die Auferstandenen auch auf den Umstand aufmerksam, „daß Unsterblichkeit mit einigen kleinen Veränderungen im gewohnten Leben einhergehe. So könne es logischerweise im glückseligen Zustand der Unsterblichkeit auch keine Veränderung in Richtung Altern und Absterben des Körpers geben, was so viel bedeutete, daß alle hier Eingetroffenen nie mehr altern würden. Denn Geburt und Tod – setzte Uriel fort – seien im heiligen Land nicht mehr geduldet; das sei auch der Grund, weswegen alle Auferstandenen genauso aussehen wie an ihrem Todestag, manche eben jünger, andere älter".

Dann setzte Uriel fort: „Auch Kinder werden hier nicht akzeptiert, denn diese müßten sich ja notwendigerweise zu

Erwachsenen weiterentwickeln, ein Umstand, der gegen das Prinzip der Unveränderbarkeit des Körpers und der Unsterblichkeit verstoßen würde; und was sollte man außerdem an einem solchen Ort mit Kleinkindern oder rotznasigen und wilden älteren Bengeln anfangen?"

Des weiteren erklärte er, „daß man als ewig Lebender auch keinerlei Nahrung oder Getränke benötige, zumal Essen und Trinken mit Lernpausen verbunden seien, was eine reine Zeitverschwendung wäre".

Abschließend verriet Uriel der staunenden Menge einen weiteren, wesentlichen Unterschied zum gewohnten Leben auf Erden, nämlich, „daß – aus all den schon erwähnten Gründen – in Neu-Erez-Israel und in der ganzen Welt keinerlei Pflanzen oder Tiere (bis auf die für die Opferdienste erforderlichen Exemplare) existierten, da ihr Gedeihen ebenfalls gegen das Prinzip der ewigen Gleichförmigkeit verstoßen würde und sie als Nahrungsquelle sowieso nicht benötigt würden".

Dann wünschte Uriel allen Auferstandenen eine gesegnete Nacht und ermahnte sie, zum ersten Schultag ja nicht zu spät zu erscheinen.

Der Engel breitete nun seine riesigen Flügel aus und erhob sich flügelschlagend majestätisch in die Luft. Bald war er hinter einer dunklen Wolke verschwunden.

Schnell wurde es dunkel, und schwarze Wolken zogen über das weite und öde Land. Nur kurzfristig rissen die Wolken auf, und Sam erkannte den ihm so vertrauten Mond.

Es war Vollmond. In der Ferne erhellten zeitweilig gewaltige Blitze den Horizont.

Die Auferstandenen begaben sich nun fröhlich und zufrieden auf die Suche nach einem Nachtquartier, doch nur einige wenige fanden halbwegs intakte, wenn auch fensterlose und modrige Gebäude, die sie in Beschlag nahmen.

Sam legte sich – wie die meisten seiner Schicksalsgenossen – auf den sandigen Boden und schlief bald den Schlaf des Gerechten.

Am Morgen – es war acht Uhr früh – begaben sich alle Auferstandenen in die Großjeschiwe. Der kurze Weg zur Schule war gut (und in mindestens fünfzig Sprachen, selbst in Aramäisch) beschildert, so daß alle Unsterblichen dort rechtzeitig ankamen.

Sie wurden von einem würdig aussehenden Greis und seinen bärtigen Helfern begrüßt. Es war kein anderer als der von aller Welt verehrte, ehemalige Ministerpräsident Israels, Rabbiner Ovadia Jossef. Sie wurden, je nach Wissensstand, in drei Gruppen eingeteilt: Anfänger, Wissende und Genies. Sam war etwas enttäuscht, daß er in die Gruppe der Anfänger verwiesen wurde.

Schon am ersten Studiumstag lernten sie alles über die Erschaffung der Erde und der ersten Menschen, Adam und Eva. Ihr strenger Lehrer, ein gewisser Rabbiner Karlitz aus Bnei Brak (nahe Tel Aviv), unterwies sie auch in den einfachsten Grundregeln der Mizwot (Gebote) und zeigte ihnen, wie fromme Männer gleich am Morgen Tefilin (ihre Gebetsriemen) richtig anlegen. Den Schülern wurde auch beigebracht, sich täglich – nach alter Sitte – bei Gott dafür zu bedanken, „nicht als Frau erschaffen worden zu sein".

Fast alle Anwesenden wollten bei ihrem Lehrer einen guten Eindruck machen und zeigten lebhaftes Interesse am Lernstoff. Nur zwei dümmlich aussehende Männer (sie wirkten alt und gebrechlich, einem fehlte auch das linke Auge) – sie stellten sich als ehemalige Mediziner vor – protestierten gegen den ihrer Meinung nach unwissenschaftlichen Vortrag des Rabbiners und beantragten, vom Unterricht befreit zu werden. Doch sie wurden sehr schnell mit der Drohung, „wieder ins Grab befördert zu werden", zur Vernunft gebracht.

Als der Unterricht beendet war, verteilte Ovadia noch Merkblätter mit weiteren wichtigen Verhaltensmaßregeln. Sie lauteten: „Es ist die heilige Pflicht aller männlichen Auferstandenen, sowohl im Haus als auch im Freien stets den Kopf zu bedecken. Verheiratete Frauen müssen sich die Kopfhaare abschneiden und – wie es sich gehört – eine Perücke oder ein Kopftuch tragen."

Dann überreichten Ovadias Gehilfen allen Anwesenden je eine gestrickte blaue Kippa (traditionelle Kopfbedeckungen der Nationalreligiösen), einen Gebetsriemen und Gebetsschal und noch zusätzlich den traditionellen Streiml. Außerdem erhielten die Erstklassler Scheren, Kopftücher und Perücken für ihre Frauen.

Die folgenden Tage, Wochen, Monate und Jahre vergingen immer nach gleichem Muster: dreimal täglich Beten, ganztägiges Lernen und Erfüllung aller biblischen Gebote. Die Einhaltung einzelner Gebote war aber mit einigen unüberwindlichen Schwierigkeiten verbunden. Denn wie sollte beispielsweise die Schwagerehe (Levirate Hochzeit) geschlossen werden, wenn kein Ehemann einer kinderlosen Frau mehr stirbt? Oder was nützt die Steinigung eines Verbrechers, wenn der Verurteilte unsterblich ist?

Selbst am heiligen Ruhetag – dem Schabbat –, gab es keine Abwechslung, denn Beten und Studieren sind ja wichtige Bestandteile des Schabbats.

Auch an der Quartiersituation änderte sich nichts. Für die Abermillionen Auferstandenen gab es im heiligen Land viel zu wenige Behausungen, weil alle aus alten Zeiten noch erhaltenen elenden Häuser abbruchreife Ruinen waren.

Die Auferstandenen schliefen daher einfach unter freiem Himmel – an vielen Orten nur stundenweise – und das im Rotationsprinzip.

Sam lernte auch viele interessante Auferstandene kennen – darunter auffallend viele ehemalige Politiker, Rechtsanwälte und weise ultraorthodoxe Rabbiner –, mit denen er lebhaft diskutieren konnte und die, als er ihnen von seiner großen gesellschaftlichen Bedeutung auf Erden und Spendefreudigkeit erzählte, tief beeindruckt schienen.

Gerüchteweise hörte er auch, daß berühmte biblische Gestalten – darunter auch Erzvater Jacob und König David – unter den Auferstandenen gesehen worden seien, doch zu Gesicht bekam er sie nie.

Einmal traf er zufällig auf seine geliebte Frau. Er erkannte sie kaum, denn sie verstarb im hohen Alter von knapp 100 Jahren und dementsprechend war auch ihr Aussehen. Da sie sich nicht allzuviel zu sagen hatten, verabschiedete sich Sam von seiner ehemaligen Frau und versprach, sie bald wieder zu besuchen.

Mit der Zeit – es vergingen die Jahre und Jahrtausende – lernte er nach und nach alle Auferstandenen kennen. Sie diskutierten zwar über Gott und die Welt, doch langsam aber sicher ging ihnen der Gesprächsstoff aus (denn wie oft ertragen Gesprächspartner die ewig gleichen Erzählungen und festgefahrenen Ansichten anderer Personen?).

Viele Menschen vermißten auch den Klang von Kinderstimmen und das Zwitschern der Vögel, andere sehnten sich nach abwechslungsreichen Reisen in ferne Länder, Kino- und Theaterbesuche oder nach ihrer gewohnten Arbeit. Doch das alles war hier nicht möglich.

Auch wenn sie keine Not litten (sie wurden ja nie krank, alterten nicht, verspürten weder Hunger noch Durst und auch keinen Drang nach sexueller Erfüllung), das „Leben“ als Auferstandene und Unsterbliche wurde für die Menschen immer eintöniger und trostloser.

Eines Tages beschloß Sam, das Büro des Engels Uriel aufzusuchen, um sich über sein eintöniges und unerträgliches „Leben“ zu beschweren.

Er wurde von Uriel freundlich empfangen und nach dem Grund seines Kommens befragt.

Sam schüttelte Uriel sein Herz aus und klagte bitter über sein hartes Los. Er führte an, „daß er in seinem früheren Leben stets vorbildlich gelebt habe, hochangesehenes Mitglied der jüdischen Kultusgemeinde seiner Stadt gewesen sei, regelmäßig am Freitagabend die Synagoge besucht, ein Vermögen an die heilige Chabad-Bewegung gespendet und alle Reformjuden verachtet und bekämpft habe. Für all diese guten Taten hätte er sich ein sehr viel besseres und interessanteres Leben als Auferstandener verdient. Denn im Himmel – führte er aus – sei es ja, wie man so gehört habe, sehr viel gemütlicher und vergnüglicher".

Engel Uriel hörte sich Sams Ausführungen mild lächelnd an und erwiderte: „Sehr verehrter Herr Katz, Ihre Klagen kann ich gut verstehen. Die von Ihnen angeführten Verdienste wurden im Himmel natürlich erkannt und berücksichtigt. Doch leider haben Ihre Sünden auf Erden die guten Taten bei weitem übertroffen."

Uriel verschwand für einen Moment in ein Nebenzimmer und kehrte mit der heiligen Thora in Händen zum Bittsteller zurück.

Im fünften Buch Moses schlug der Engel Kapitel achtzehn, Vers elf auf und las dem verdutzten Sam folgende Worte vor:

„Ihr dürft niemanden unter euch dulden, der wahrsagt oder aus Vorzeichen die Zukunft deutet, zaubert, Geister beschwört oder Tote befragt."

Dann fügte er hinzu: „Aberglaube wird im Judentum als schwere Sünde betrachtet, und wer dermaßen abergläubisch lebte wie Sie, verehrter Herr Katz, darf sich nicht über eine gerechte Bestrafung wundern. Denn wisse Sam, es gibt zwar einen Himmel, doch keine Hölle, in der Sünder im Fegefeuer schmoren. Sünder, wie du, Sam, werden daher zur leiblichen Auferstehung auf Erden verdammt – und das ist die wahre Hölle."

Holy Land

11.

Zur Lage der Nation

Thank you Mr. Speaker, Vice President C., members of Congress, distinguished citizens and fellow citizens:

Mit Gottes Hilfe ist es mir und meiner Regierung gelungen, Afghanistan und den Irak von ihren korrupten und grausamen Diktatoren zu befreien und sie in wahre Demokratien umzuwandeln.

Bis vor kurzer Zeit waren die Mütter und Töchter Afghanistans noch Gefangene in ihrem eigenen Heim, es war ihnen verboten zu arbeiten und zur Schule zu gehen. Heute sind die Frauen frei und Teil der neuen Gesellschaft ihres Landes, und die florierende Wirtschaft Afghanistans entdeckt nun die Vorzüge des freien Marktes.

Im Irak terrorisierte viele Jahre eine gottlose, atheistische Diktatur die eigene Bevölkerung. Sie produzierte Massenvernichtungswaffen, unterdrückte die Gottesfürchtigen des Landes und versuchte, sich am eigenen Erdöl zu bereichern.

Damit ist jetzt endgültig Schluß. In dieser Weltgegend ist unsere Mission beendet, doch die „Achse des Bösen" schläft nicht, und eine der Prioritäten meiner Regierung wird es sein, all diese teuflischen Regime bald zu beseitigen.

Doch bevor wir uns dieser Aufgabe zuwenden, will ich dafür sorgen, daß der sehr viel schlimmere Feind im Inneren unseres eigenen Landes besiegt wird.

Denn viel gefährlicher als jeder Schurkenstaat ist der Feind Gottes im Herzen der Vereinigten Staaten von Amerika. Gemeint sind all diejenigen Individuen, die unsere heiligen Grundwerte antasten, die Säulen unseres Glaubens erodieren und am moralisch-sittlichen Verfall des gesamten Westens Schuld tragen.

Es sind die Liberalen und ganz besonders gewisse verblendete Wissenschafter und liberale Theologen aller drei monotheistischen Religionen.

Durch sie ist die gesamte zivilisierte Welt in eine noch nie dagewesene Gefahr geraten.

Sie, die Feinde des wahren Glaubens, bemühen sich schon seit vielen Generationen, uns – den wahren Patrioten – ihre falschen und wirren Thesen von der Erschaffung der Welt und des Menschen näherzubringen, allesamt Provokationen, Lügen und Verhöhnung der einzigen und endgültigen Wahrheit.

Diese Individuen müssen daher enttarnt, bekämpft, bestraft und letztlich neutralisiert werden.

Unsere Nation wird bei ihrer Verfolgung unerschütterlich, geduldig und hartnäckig bleiben.

Denn sie – die Feinde der göttlichen Wahrheit – behaupten beispielsweise, „daß sich die Erde um die Sonne dreht." Alle rechtschaffenen Menschen wissen aber sehr genau, daß das eine infame Lüge ist und in Wirklichkeit unsere Erde im Zentrum des Universums steht. Der Beweis, daß es sich auch wirklich so verhält, wie ich es Ihnen sage, ist denkbar einfach. Schlagen Sie doch die Bibel auf. Im Buch Josua Kapitel 10 Vers 13 lesen wir folgenden Satz: „Fast einen Tag lang blieb die Sonne hoch am Himmel stehen und bewegte sich nicht von der Stelle." Durch dieses Wunder schenkte der Herr den Israeliten den Sieg über die Amoriter.

Viele verblendete Wissenschafter behaupten nun, daß sich die Erde um die Sonne dreht und zwar mit einer Geschwindigkeit von 1800 Kilometer in der Stunde.

Doch das ist grundlegend falsch und auch gegen die Gesetze der Logik. Denn aus dem von mir zitierten Buch Josua geht eindeutig hervor, daß die Sonne am Himmel stehenblieb, von einem Stehenbleiben der Erde findet sich dort kein Wort. Doch nur sich bewegende Objekte können zum Stillstand kommen. Würde sich die Erde um die Sonne drehen, dann müßte ja logischerweise die Erde stehenbleiben, um am Himmel einen Sonnenstillstand der Menschheit vorzutäuschen. In solch einem Fall würden aber sämtliche Lebewesen – nach dem Gesetz der trägen Masse – mit einer Geschwindigkeit von 1800 Stundenkilometer weiterfliegen und schweren Schaden erleiden.

Doch genau das geschah damals nicht, womit der Beweis erbracht ist, daß sich die Sonne um die Erde dreht und nicht umgekehrt.

Wenn nun aufgrund angeblicher Skelettfunde von sogenannten „Dinosauriern" behauptet wird, „daß die Erde viele Milliarden Jahre alt ist", dann ist auch das eine gefährliche Irrmeinung. Denn in keiner der heiligen Schriften der Menschheit findet sich auch nur ein Wort von derartigen abscheulichen Lebewesen oder solchen Zeiträumen. Meine gesamte Familie und ich, sowie Millionen unserer Landsleute kennen die einzig gültige Wahrheit, nämlich: daß die Erde vor genau 5766 Jahren erschaffen wurde und es in Wirklichkeit niemals Dinosaurier gab. Diese Knochen, die da und dort gefunden werden, sind in Wahrheit von der Vorsehung in die Erde gelegt worden, alles Artefakte, die nur dem Zweck dienen, den festen Glauben des Menschen an die uns überlieferte Schöpfungsgeschichte zu überprüfen. Es ist eine himmlische Prüfung, weiter nichts.

Doch die allerschlimmsten Feinde der Menschheit sind die Anhänger Darwins. Ihre Behauptung, „daß aufgrund von Selektion Arten sich fortlaufend entwickeln, aussterben oder neu entstehen und daß die Evolution durch zufällige Mutation und der Vererbung solcher Veränderung erklärt werden kann", ist reine Blasphemie.

Ich bin nicht gewillt, hier untätig zuzusehen. Auf mein Drängen verfügt daher meine Regierung mit sofortiger Wirkung, daß das Lehren all dieser unsinnigen und schädlichen Behauptungen in allen amerikanischen Schulen und Universitäten verboten ist.

Ich bitte Sie, meine amerikanischen Landsleute, von nun an alle Ihnen bekannten, unerlaubten Aktivitäten dieser Frevler, die am Verfall der guten Sitten in aller Welt große Schuld tragen, den Behörden zu melden, um so zu ihrer Bestrafung beizutragen.

Ferner bin ich auch stolz darauf, keinen Klimaschutzvertrag unterschrieben zu haben.

Hier ist Standfestigkeit geboten. Denn selbst wenn es stimmt, daß sich das Erdklima durch menschliches Zutun verändert und die globalen Temperaturen ansteigen, dann muß die Klimaveränderung als Wille Gottes angesehen und akzeptiert werden. Dem Einhalt zu gebieten wäre eine Sünde wider den Plan des Herrn; und sollten als Folge der Erderwärmung manche Gebiete unseres Planeten – wie etwa die sündigen Niederlande oder New Orleans – überschwemmt werden, dann betrachte ich das als die Strafe Gottes für Unmoral. Mein Freund Pat Robertson – der wohl größte Prediger der Welt – sagte erst kürzlich, daß Wirbelstürme am ehesten jene Kommunen treffen, die nicht an Gott glauben, und ich stimme mit ihm in dieser Hinsicht überein.

Die globale Erderwärmung bedeutet aber auch, wie mir meine Berater erklärten, daß infolge der zunehmenden Gletscherschmelze viele Trockengebiete der Erde in Zukunft mehr Wasser erhalten werden, und das ist ein großer Segen. Aus Wüsten werden so fruchtbare Gärten entstehen, und ihre Bewohner werden Gott für seine Güte preisen.

Vergessen wir auch nicht, meine geliebten Landsleute, daß das Schmelzen der Polkappen weitere große Vorteile mit sich bringen wird. Denn schon bald werden wir in der glücklichen Lage sein, dringend benötigte Rohstoffe an den Polen erschließen zu können und die vom Eis befreiten Gebiete mit unzähligen Menschen zu besiedeln. Auch das ist gut, denn es steht geschrieben: „Seid fruchtbar und vermehrt euch, beherrscht die Erde und breitet euch über die Erde aus, nehmt sie in Besitz."

Um diesen Prozeß zu beschleunigen, ersuchte ich vor wenigen Tagen meine demokratisch gesinnten Freunde aus dem mit uns verbündeten Saudi-Arabien, ihre Erdölproduktion um die Hälfte zu erhöhen, um so dem Willen der Vorsehung zu entsprechen und Gottes Werk zum Nutzen der ganzen Menschheit zu unterstützen.

Da ich euch, meine lieben Landsleute, bedauerlicherweise nicht mehr als nächster Präsident der Vereinigten Staaten von Amerika zur Verfügung stehen kann, bat ich meine geliebte Frau, sich um das höchste Amt im Staate zu bewerben. Mit Gottes Hilfe wird auch der nächste Präsident der USA ein Busch Gottes sein.

May He guide us now. And may God continue to bless the United States of Amerika.

* * *

So oder ähnlich könnte eine der nächsten Botschaften eines Präsidenten der USA an die Nation lauten.

12.

König Avid

Wie allgemein bekannt, wurde die Welt vor 5766 Jahren erschaffen.

Zu Beginn war die Erde noch eine flache Scheibe, zur Kugel wurde sie (wie die Wissenschaft heute vermutet) erst sehr viel später oder auch nie, wie manche behaupten.

In den ersten Jahrhunderten nach der Erschaffung der Welt und der Vertreibung von Adam und Eva aus dem Paradies lebten noch allerlei wunderliche Wesen in den weiten und grünen Wäldern unseres Planeten.

Neben Drachen und Feen, Kobolden und Zwergen existierten auf Erden wunderschöne Prinzessinen und edle Prinzen, sprechende Wölfe und echte Jungfrauen, die hübsche rote Käppchen trugen.

In dieser fernen vorsintflutlichen Zeit lebte auch ein gütiger und weiser König, der über ein großes und glückliches Land namens Ion regierte. In seinem Reich durfte jeder nach seinen Vorlieben leben, und niemand versuchte, seinen Mitbürgern oder gar Fremden eigene Glaubensdogmen im Namen von „heiligen Schriften“ aufzudrängen.

Der gute König Elchizedek hatte zwei Söhne – Aul und Avid – und unzählige Töchter (deren Namen aber natürlich nicht überliefert sind).

Aul – der ältere der beiden – war kleinwüchsig, häßlich, dunkelhäutig, ein ewiger Pechvogel und gütig wie sein Vater; sein jüngerer Bruder Avid hingegen groß, blond und blauäugig, ein wirklich strahlender Held.

König Elchizedek liebte beide Söhne und sogar alle seine Töchter sowie sämtliche 700 Ehefrauen, die ihm in einem prachtvollen Palast dienten.

Eines Tages beschloß der König, sein Allgemeinwissen über Gott und die Welt zu erweitern, um so seinem Volk ein noch besserer König zu werden.

Er bat daher seine beiden Söhne, in die große weite Welt auszuziehen, um Neues zu erkunden und fortschrittliche Errungenschaften mit in sein Reich zu bringen, um diese dann nutzbringend, zum Wohle seines geliebten Volkes, umzusetzen.

Bald zogen die zwei so unterschiedlichen Königssöhne los. Aul auf einem namenlosen grauen Maultier, Avid mit seinem edlen schneeweißen Roß Arak.

Sie reisten gegen Westen, doch auf getrennten Wegen. Schon nach kurzem Ritt durch den dichten und unheimlichen Wald des Schreckens bemerkte Avid eine wundersame Hütte im tiefen Wald. Ihre Wände bestanden aus Manna, Lebkuchen und Marzipan, die Eingangstür und Fenster waren mit Gold und bunten Diamanten belegt.

Mit einem kräftigen Fußtritt trat Avid die Tür ein und überraschte die Hüttenbewohner im Schlaf. Es waren sieben weißhaarige, leicht verwahrloste Zwerge und eine wunderschöne schwarzhaarige und blauäugige Prinzessin.

Mit den Zwergen machte er kurzen Prozeß, und als sie alle enthauptet am Boden lagen, zerrte er die schöne Jungfrau in das größte der sieben Betten. Dort verbrachten die beiden ein aufregendes gemeinsames Wochenende, und da keiner der tüchtigen Zwerge mehr am Leben war, niemand also köstliche Speisen zubereiten konnte (die Prinzessin wollte und konnte auch nicht kochen), ernährten sich Avid und Atseba – so hieß die aufregende Jungfrau – von Manna, Lebkuchen und Marzipan.

Während sich Avid im Knusperhäuschen vergnügte, ritt Aul auf seinem schäbigen Maultier durch gefährliche, übelriechende, düstere Sumpflandschaften.

Auf seiner schwierigen Mission stieß er bald auf ein verwunschenes Schloß, das von dornigen Pflanzen überwuchert war. Da er im Schloß eine schlafende Prinzessin vermutete (als Kind las ihm sein Vater allabendlich aus Grimms Märchen vor), beschloß er, in den Palast einzudringen, was ihm aber gründlich mißlang. So setzte er seinen Weg mit zerrissenen Kleidern und blutigen Armen und Beinen fort und übernachtete völlig erschöpft in einer riesigen, düsteren Höhle.

Natürlich konnte er nicht wissen, daß es die Wohnstätte eines schrecklichen Drachens war, der ihn auch prompt anfiel und ihm den linken Arm abbiß.

Doch da Aul bekannt war, „daß gute Menschen für ihre guten Taten von der Vorsehung immer belohnt werden", beschloß er, trotz aller Unannehmlichkeiten, weiterzuziehen, um seine Mission zu erfüllen.

Nach beschwerlichem Ritt durch dichten Wald, über hohe schneebedeckte Berge, grauenhaften Wüsten und dem Verlust seines rechten Beines nach Angriff eines *Tyranosaurus rex,* gelangte Aul in ein Land, in dem Milch und Honig flossen. Es war das Land Anaan, in dem der mächtige König und Priester Jemomo herrschte.

Jemomo empfing Aul in seinem prächtigen Schloß, umgeben von 700 Ehefrauen und 7000 Söhnen. Sie alle waren anwesend, da sie als eifrige und fromme Studenten der heiligen Schriften des Reiches, auf Anweisung des berühmten Hohenpriesters Oiyvadia, vom Militärdienst befreit waren.

Der König ließ sich über die Sitten und Gebräuche des Landes Ion genauestens informieren. Am meisten interessierte sich der mächtige Prophet und König für die Götterwelt von Auls Heimat, und als er erfuhr, daß im Lande Ion die Menschen einer Vielzahl von Gottheiten huldigten und keinen Wert auf Bekehrungen von Götzendienern legten, sprach er zu seinem Gast: „Höre Aul, Sohn des Elchizedek, ich, Jemomo bin im alleinigen Besitz der absoluten göttlichen Wahrheit. Neben meinem Gott, dessen Sprachrohr ich bin, verblassen alle anderen Gottheiten, und nur wer seine himmlischen Gebote einhält, hat einen Anteil an der kommenden Welt. Da ich deine Seele retten will, muß ich dir befehlen, von deinen Götzen abzulassen und in Zukunft die Botschaft des einzig wahren Propheten in aller Welt zu verkünden. Ich werde dich in unseren heiligen Schriften unterweisen lassen, dich mit heiligen Ordanwasser aus unserem goldenen Fluß besprengen, und sobald du bereit bist, nach allen 316 Vorschriften unsres Glaubens zu leben, werde ich dir meine allerschönste Tochter – Katalognummer 5766 – zur Frau geben. Bist du nun bereit, all meine Forderungen zu auf dich zu nehmen, deinen neuen Glauben mit Feuer und Schwert in die Welt zu tragen und alle Götzendiener – wie es die Schrift fordert – auszurotten?“

Auf diese Aufforderung antwortete der gute Aul: „Höre, König Jemomo, in meinem Land sind alle Menschen glücklich und zufrieden. Mord und Raub, das Quälen von Tieren, Unzucht, sowie die Mißachtung von unterschiedlichen Glaubensvorstellungen sind von unseren Gerichtshöfen verboten. An diese Grundsätze muß ich mich halten; ich bitte dich daher, mir all deine Wahrheiten zu offenbaren, damit ich von ihnen in meinem Land erzählen kann, auch weil ich glaube, daß mein Volk von dir viel Gutes und Neues erfahren kann. Doch meine Gottheit lasse ich mir nicht nehmen und all meinen bisherigen Überzeugungen will ich nicht abschwören.“

Als der König diese Worte vernahm, wurde er wütend, und sogleich befahl er seinem Hauptmann, dem Undankbaren beide Ohren abzuhacken. Nach Beendigung dieser Prozedur fragte ihn der König erneuert, ob er nun vom einzig wahren Glauben überzeugt sei. Als der gute Aul die Annahme des neuen Glaubens weiterhin verweigerte, zückte Jemomo sein Schwert und erschlug den armen und so guten Königssohn.

Auls sterbliche Überreste ließ er den Geiern zum Fraß vorwerfen.

Zur gleichen Zeit vergnügten sich Avid und die schöne dunkelhaarige Jungfrau im Knusperhäuschen der dahingeschiedenen sieben Zwerge.

Als aber all die Manna- und Marzipanvorräte aufgebraucht waren und Avid der Prinzessin überdrüssig wurde, erschlug der schöne Prinz die Ex-Jungfrau, stopfte seine Taschen mit den schönsten Edelsteinen und den Goldschmuck der sieben Zwerge voll und beschloß, seinen Auftrag weiter auszuführen.

Bald galoppierte sein prächtiger weißer Gaul leichtfüßig über Stock und Stein, und nach wenigen Tagereisen gelangten sie zum dornenumwucherten Schloß, an dem auch sein Bruder Aul einst vorbeigekommen war.

Da auch Avid die Existenz der schönen schlafenden Prinzessin nicht unbekannt war, beschloß er, sie zu befreien, was ihm mit einigen eleganten Schwerthieben auch gelang. Er küßte die Prinzessin wach und verbrachte die folgenden Wochen in lustiger Gesellschaft.

Doch bald zog es ihn wieder in die Ferne, und sobald er mit der Prinzessin kurzen Prozeß gemacht hatte, indem er sie mit seinem Schwert aufschlitzte und den Goldschmuck der Ex-Jungfrau einsteckte, schwang er sich gestärkt und gutgelaunt auf sein Roß Arak, um seine Mission weiter zu verfolgen.

So gelangte der schöne, von der Vorsehung so bevorzugte Avid in das Land Anaan, wo ihn – wie einst seinen verblichenen Bruder – König Jemomo freundlich begrüßte.

Avid mußte nun – wie einst Aul – die Fragen des Königs beantworten, und auch von ihm verlangte der Herrscher ultimativ die Annahme des einzig wahren Glaubens.

Der schöne Avid antwortete wie folgt: „Heiliger König und großer Prophet, gerne will ich deinen Gott anerkennen, Reue zeigen und Umkehr begehen. Laß mich an deiner

Akademie studieren – natürlich unter der Voraussetzung einer Befreiung vom Militärdienst –, um dann nach allen 316 Geboten deines Landes zu leben. Ich will auch gerne dein Schwiegersohn und Nachfolger werden und, so bald wie möglich, die Seelen aller Ungläubigen der Welt retten."

Wie von der Vorsehung bestimmt, nahm Prinz Avid ein reinigendes, rituelles Bad im heiligen Ordanfluß, um dann die weltbekannte Akademie des Landes Anaan zu besuchen. Dort ließ er sich vom Hohenpriester Oiyvadia in allen 316 Glaubensvorschriften unterweisen.

Danach durfte er die Lieblingstochter des Königs heiraten und in einen neu errichteten prunkvollen Palast einziehen.

König Jemomo war von seinem neuen Schwiegersohn sehr angetan, überschüttete ihn mit kostbaren Geschenken und machte ihn bald zum zweitwichtigsten und reichsten Mann in seinem Reich.

Avid verbrachte viele glückliche Jahre in seinem neuen Palast und zeugte auch 73 Söhne und 120 Töchter mit der ihm angetrauten Königstochter und seinen 70 Nebenfrauen.

Außerdem lernte er, die Harfe zu spielen, komponierte wundervolle Lieder, erschlug all seine potentiellen Rivalen und unterjochte feindliche Völker im Namen des Königs und der einzig wahren Lehre. Zur Belohnung für seinen gottgefälligen Lebenswandel schenkte ihm die Vorsehung noch mehr an Schönheit, Reichtum und Macht.

Eines Tages ermahnten ihn König Jemomo und der heilige Oiyvadia, endlich sein Versprechen einzulösen und der Welt den einzig wahren Glauben zu verkünden.

Avid versammelte nun ein mächtiges Heer um sich und zog mit all seinen Getreuen in das gelobte Land seines Vaters.

Auf dem langen Weg in seine ehemalige Heimat Ion erfüllte er all die ihm auferlegten 316 Gebote gewissenhaft.

Alle Götzendiener – Männer, Frauen und Kinder –, die seinen Weg kreuzten (es waren wilde, barbarische Völker, die sich Idianiter, Moriter, Maleker, Apachen und Inkas nannten) ließ er am Scheiterhaufen verbrennen oder kreuzigen. Avid und seine Begleiter vergaßen auch nicht, die ihnen auferlegten Gebote – sich schrankenlos zu vermehren und Besitz zu ergreifen von allen niederen Lebewesen auf Erden (egal ob Bäume oder Tiere) – zu erfüllen. Sie brannten Wälder nieder, schürften nach Bodenschätzen und fischten die Gewässer leer, ohne dabei zu vergessen, der wohlmeinenden Vorsehung täglich Brandopfer darzubringen.

Endlich erreichten Avid und seine Truppen das gelobte Land seines Vaters.

Der greise Vater Elchizedek empfing den längst verloren geglaubten Sohn mit allen nur erdenklichen Ehren und Tränen der Freude in seinen Augen, und das Volk feierte den schönen und berühmten Avid mit rauschenden Festen. Selbst Neugeborene wurden nach ihm benannt.

In einer vielbeachteten, drei Tage andauernden Ansprache an sein Volk erklärte Avid, daß er ab sofort die Macht im Lande übernehmen wolle, um sein Land aus Armut, Rückständigkeit und falsch verstandenem religiösen Liberalismus zu befreien.

Dabei verkündete er folgende heilige Gebote:

„Von nun an gelten im Land alle Ungläubigen als Sünder, die vernichtet werden müssen."

„Die Teilnahme an den alljährlich stattfindenden Straf- und Bekehrungsexpeditionen in alle Länder der Erdscheibe werden zur heiligen Pflicht eines jeden männlichen Bürgers von Ion erhoben."

„Als Todessünde werden mit sofortiger Wirkung folgende Vergehen aufgelistet: Homosexualität, von Frauen begangener Ehebruch, Wahrsagerei, Ungehorsam gegen die eigenen Eltern und jede Kritik an der Heiligen Schrift oder am großen Propheten Jemomo, sowie die Freundschaft mit Ungläubigen."

„Andere Sünden, wie Empfängnisverhütung, Abtreibung, Diebstahl, Geschlechtsverkehr oder Heirat mit landesfremden Subjekten werden mit Auspeitschung und Gliedmaßenamputation streng bestraft werden."

„Frauen dürfen nur noch in Tüchern verhüllt und in Begleitung ihrer Brüder ausgehen und als schutzbedürftige Wesen weder außer Haus arbeiten noch studieren. Ihre Worte vor Gericht haben mit sofortiger Wirkung nur noch den halben Wert der Aussage eines Mannes."

„Besitztümer von Ungläubigen werden beschlagnahmt und an verdiente Freunde und Mitarbeitern des Königs übergeben."

Als Avid diese, inzwischen weltberühmt gewordene Ansprache mit einem selbst komponierten Lied – und unter Harfenbegleitung – beendete, jubelte ihm das Volk zu, und auch der gütige Vater Elchizedek küßte dem heimgekehrten Sohn dankbar beide Füße und erklärte seinen freiwilligen Thronverzicht zugunsten Avids.

Daraufhin zog Avid im Königspalast ein, übernahm alle 700 Ehefrauen seines Vaters, ließ sämtliche Götzenfiguren schleifen und vernichtete die Ungläubigen und all diejenigen, die sich nicht mit Ordanwasser besprengen lassen wollten.

Es ist auch überliefert, daß Avid, der berechtigte Zweifel an der Loyalität des Vaters hegte, den alten König – unter Beifallsstürmen des Volkes – mit glühenden Eisen blenden ließ, um ihn dann im Fluß Arkon zu ertränken.

Die Exegeten erklären, daß Elchizedeks Tod als göttliche Strafe für seinen milden Umgang mit Götzendienern erklärt werden muß.

König Avid herrschte, von der Vorsehung wegen seiner frommen Taten stets belohnt und von allen nachfolgenden Generationen bewundert, vierzig Jahre lang über Ion. Als er im Alter von 120 Jahren in seinem Bett (an dem weinende Engel wachten) friedlich verstarb, durfte er auf direktem Weg ins Paradies emporfahren.

Avid hinterließ ein glückliches, vereintes, götzenfreies, genetisch reines und waldloses Land.

Sein Volk trauerte um den großen König und Propheten, und der greise Hohenpriester Oiyvadia und sein designierter Nachfolger Unterpriester Chnerson versicherten der Nachwelt, daß mit seinem Wiedererscheinen am Ende aller Tage jederzeit zu rechnen sei.

Seither bewahren wir (seine frommen Nachkommen) Avids Gedenken, bekämpfen Unglauben aller Art und warten sehnsuchtsvoll auf seine Wiederkehr in unsere schöne neue Welt.

FAZIT

Wie so oft im „wirklichen Leben", werden die „Guten" vom Schicksal geschlagen, die „Bösen" hingegen belohnt.

Auch in diesem Märchen verhält es sich nicht anders.

Der gewissenlose, böse Prinz Avid erreicht alles, was er sich nur vorgenommen hat, und erlangt Reichtum und ewigen Ruhm. Die „Vorsehung" scheint auf seiner Seite zu stehen.

Die „Guten" hingegen – König Elchizedek, Prinz Aul und die friedfertige Bevölkerung des Landes Ion – sind die großen Verlierer im schicksalhaften Konflikt zwischen Toleranz und Intoleranz, Friedfertigkeit und aggressiver Dogmatik; und das Gedenken an Könige und „Heilige", in deren Namen viel Unheil geschah und geschieht, wird von der Nachwelt auf ewig gelobt und gepriesen.

13.

Ein Interview mit Gott

Nach langen und zunächst vergeblichen Bemühungen, war es mir – Dank der Intervention mehrerer bekannter sehr frommer Persönlichkeiten (die aber anonym bleiben wollen) – gelungen, ein Kurzinterview mit Gott zu führen.

Das historische Gespräch fand unlängst auf der Spitze des Djebel Musa (Moses Berg) am Sinai in 2285 Meter Seehöhe statt.

Selbstverständlich war es mir nicht möglich, meinen Gesprächspartner zu erblicken (denn von Angesicht zu Angesicht Gott zu sehen, war bisher nur dem Propheten Moses vergönnt), doch seine dröhnende Stimme konnte ich sehr wohl laut und deutlich vernehmen.

Da ich zu meinem Leidwesen beim Interview kein Mikrophon benützen durfte (und auch sonst keinerlei technische Hilfsmittel mitbringen sollte), ist die hier vorliegende Niederschrift ein Gedächnisprotokoll. Kleine Wiedergabefehler sind daher nicht ganz auszuschließen.

ICH: Allmächtiger, lieber Gott, gestatte mir, mich zunächst für das von Dir gewährte Gespräch ganz herzlich zu bedanken (*Anmerkung des Verfassers: Mir schien die Ich-Du-Form im Gespräch – und ich beziehe mich auf Martin Bubers Grundwort – durchaus angemessen, und Gott hatte auch offensichtlich keine Einwände dagegen*), ich versichere Dir, daß ich all Deine Worte wortgetreu und unverfälscht der Weltöffentlichkeit bekannt geben werde.

GOTT: Tu mir einen Gefallen und versuche dich, kurz zu fassen. Ich mag keine geschwollenen Platitüden, und außerdem fehlt mir auch die Zeit für allzulange und sicherlich nutzlose Gespräche. Wisse, daß ich mich um mein ganzes

Universum kümmern muß, um Trillionen von Sternen, Planeten und mehr oder weniger intelligenten Lebewesen. Um es dir ganz deutlich zu sagen: Eure winzige Sonne und Euer unbedeutender, verkommener Planet mit all seinen geistig noch unterentwickelten Bewohnern ist für mich nur noch lästig. Also stelle deine Fragen, drei an der Zahl, und das dali dali. (*Diese Worte wurden von einem gewaltigen Blitz und fürchterlichem Donner begleitet.*)

ICH: Danke, lieber Gott, für die Belehrung, ich will Deine Befehle erfüllen und mich kurz fassen.

Meine erste Frage, die sicherlich alle Menschen brennend interessiert, lautet: „Gibt es ein ewiges Leben nach dem Tod, Paradies und Hölle?"

GOTT: Was für eine dumme Frage! Glaubst du allen Ernstes, daß ich dir diese Frage beantworten werde? Denn würde ich mit „nein" antworten, dann müßten ja alle Menschen verzweifeln, und meine braven Diener – die Geistlichen der verschiedenen Religionen – ihren Job an die Wand hängen. Ein „Ja" hätte aber noch schlimmere Folgen. Denn die Gewißheit auf ein Jenseits würde dazu führen, daß keiner von euch mehr am Leben interessiert wäre, mit ungeahnten Folgen für alle Erdenwürmer.

ICH: Eine sehr enttäuschende Antwort, doch ich muß sie wohl akzeptieren.

Meine zweite Frage lautet daher: Welche der drei monotheistischen Religionen ist für Dich der einzig wahre Glaube?

GOTT: Wieder eine unglaublich dumme Frage. Gab ich euch nicht den Verstand, um diesen auch zu benutzen?

Einer der wenigen Menschen, der meine Intentionen begriff, war der Schriftsteller Gotthold Ephraim Lessing, der mit seiner Ringparabel eine treffende Antwort auf diese Frage gab.

Lies „Nathan der Weise", und stelle mir gefälligst intelligentere Fragen, du vergeudest nur meine Zeit.

(Jetzt durchzuckten gewaltige rote Blitze den tiefblauen Himmel, und ein heftiger Windstoß fegte mich fast von der Bergspitze fort.)

ICH: Entschuldige, ich will das gerne nachholen und komme jetzt zur letzten Frage.

Meine dritte Frage, lieber Gott, lautet: Seit jeher gibt es so viel Leid, Ungerechtigkeit und Bosheit auf dieser Welt. Wie konntest Du die Massenmorde von Hitler und Stalin zulassen?

Warum sterben Millionen Kinder in aller Welt an Unterernährung und Krankheiten? Wieso stürzen Flugzeuge ab? Warum gestattest Du Kriege? Weswegen denkst Du Dir die grausamsten Krankheiten und Todesarten aus? Warum werden die Bösen belohnt und die Guten scheinbar bestraft? Wieso verhinderst Du nicht Selbstmordanschläge auf Unschuldige?

Gibt es keine Gerechtigkeit auf dieser Welt? Ist das alles Dein Werk?

GOTT: Endlich eine vernünftige Frage. Hier will ich dir ein wenig ausführlicher antworten.

Erinnere dich an Adam und Eva und das Paradies. Dort gab es weder Gut noch Böse, keine Fragen und Antworten, weder Belohnung noch Strafe, kein Altern und keinen Tod, keinen Haß und keine Liebe, dort gab es nur ein Alles und Nichts. Alles im Paradies war ewig gleichförmig, und grau in Grau das Nichts. Denn selbst die Farben, die heute eure Sinne so erfreuen, waren an diesem Ort unbekannt.

Glaube ja nicht, daß die Rückkehr in ein solches Paradies erstrebenswert wäre. An solch einem Ort würdet ihr nur verzweifeln.

Als Eva auf Anraten der Schlange vom Baum der Erkenntnis den Apfel pflückte und verzehrte, konnte ich – da mir die zukünftigen Konsequenzen ihrer Tat bekannt waren – menschliche Wesen an diesem Ort nicht mehr halten.

Aus Mitleid vertrieb ich daher Adam und Eva aus dem vermeintlichen Paradies, in eine scheinbar wenig perfekte Welt, doch glaube mir, es war zu ihrem Guten.

Auf Erden galten ab diesem Augenblick neue Spielregeln. Denn, um denkenden Wesen eine für sie passende Welt zu geben, mußte ich das Prinzip der Dualitäten erfinden. Einzig Dualitäten machen das bewußte menschliche Leben lebenswert. Ab sofort gab es Gut und Böse, Licht und Schatten, schwarz und weiß, groß und klein, dick und dünn, Geburt und Tod, Gesundheit und Krankheiten, Leid und Glück, Dummheit und Weisheit, liberale Menschen und Fundamentalisten, friedfertige und kriegerische Lebewesen und vieles mehr. Ich gab euch aber auch neben dem Gebot der Nächstenliebe den freien Willen und den Verstand, um ihn zu benützen. Ab jetzt konnte jeder Mensch, ganz für sich alleine zwischen Gut und Böse entscheiden. Die Erbsünde gab ich euch aber nie. Denn bei seiner Geburt ist jeder Mensch rein und unschuldig.

Um diese Welt aber nicht nachträglich zu zerstören, kann ich meine eigenen Prinzipien nicht mehr aufheben. Denn ohne Licht kein Schatten, ohne Leid kein Glück und ohne böse kein gut.

Wären sämtliche Menschen nur gut, dann würden alle meine ethischen Verhaltensregeln unnütz sein. Gäbe es keinen Tod mehr, dann müßten – um eine Überbevölkerung der Erde zu verhindern – auch die Geburten abgeschafft werden.

Das sind die Dualitäten, von denen ich spreche.

Auch wenn ich alles Leid dieser Welt kenne und mit jedem einzelnen von euch mitleide: Ich darf – zu euerem eigenen Besten – nicht mehr aktiv eingreifen, denn dann würde ich all die von mir erlassenen Gesetze außer Kraft setzen. Das schmerzt mich sehr, doch das ist eine unabänderliche Notwendigkeit.

Doch mein erzwungenes Nichteingreifen bedeutet nicht, daß ich wegblicke. Ich beobachte und registriere, ich übersehe nichts und vergesse ebensowenig. Nichts, was auf Erden geschieht, bleibt ohne Konsequenz.

Frage daher nach menschlich verursachten Katastrophen nicht: Wo war hier Gott? Frage viel mehr: Wo ist der Mensch geblieben?

Das ist meine Antwort auf deine letzte Frage, jetzt gehe von dannen und überliefere deinen Mitmenschen all diese Worte.

Nun bebte die Erde, dunkle, bedrohliche Wolkenfetzen fegten über den zerklüfteten Berggipfel des Mosesberges, und gräßliche Blitze, gefolgt von lautem Donner, beendeten meine Audienz bei Gott.

Gerädert und erschüttert machte ich mich auf den Weg, um all das Vernommene – wie ich es Gott versprochen habe – nach bestem Wissen und Gewissen niederzuschreiben.

* * *

Tieferschüttert geben wir bekannt:

Der Verfasser dieses ketzerischen Artikels wurde kurz nach Erscheinen dieses Buches, von Dutzenden aufgebrachten „wahren" Gläubigen gefaßt, zur Rede gestellt, gefesselt, gefoltert, geteert und gevierteilt.

Er ruhe in Frieden.

Dr. Walter Weiss
für den Verlag EDITION VA bENE

Glossar

AGUDAT ISRAEL: 1912 gegründete orthodoxe Bewegung. Wie viele andere orthodoxe Gruppierungen war auch sie antizionistisch eingestellt. Ihre Vertreter unterzeichneten allerdings 1948 die Unabhängigkeitserklärung des Staates Israel. Seither pragmatische Haltung zum Staat.

AGUNA: Die „angekettete" Frau, die von ihrem Ehemann verlassenen wurde. Frauen, die nicht im Besitz eines *Get* (Scheidungsbrief) – den nur der Mann übergeben kann – sind, dürfen nach jüdisch-orthodoxem Gesetz nicht wieder heiraten (selbst dann nicht, wenn der Ehemann über Jahre verschollen ist).

Sollte eine solche Frau – nach nur einer zivilrechtlichen Scheidung – sich wieder verheiraten und Kinder bekommen, dann sie die Kinder aus dieser Ehe *„Mamzerim"* (Bastarde). Im nichtorthodox-religiösen Judentum wurde dieser Brauch längst abgeschafft.

AMALEK: Biblisches, heute nicht mehr existierendes Volk, das als Todfeind der Israeliten galt. Von orthodoxen Chauvinisten auch als Synonym für „Araber" und manche „Linke" gebraucht.

AMIDA: „Achzehner-Gebet". Das Gebet ist der Mittelpunkt eines jeden Gottesdienstes und wird im Stehen gesprochen. Es besteht aus Lobpreisungen Gottes, Bitten und Danksagungen.

AMIR YIGAL: Er ermordete 1995, mit dem Segen einiger ultraorthodoxer Rabbiner, Ministerpräsident *Izchak Rabin,* der von ihm als „Verräter“ an der Idee von „Großisrael“ angesehen wurde.

AMULETTE/KAMEE: Von „heiligen Männern“ gesegnete Glücksbringer. Sie werden – besonders in Wahlzeiten – unter der Auflage, für bestimmte (religiöse) Parteien zu stimmen, an Passanten verteilt. Manche Politiker besorgen sich „sicherheitshalber“ derartige Glücksbringer.

ASHKENASIM: Bezeichnung für Juden, die aus Zentral- und Osteuropa stammen.

BABIJ JAR: Tal nahe Kiew. Dort wurden 1941 33771 Juden von einem Sonderkommando der Gestapo (mit Beteiligung der ukrainischen Kollaborationsmiliz) mit Maschinengewehren ermordet.

BE TEAWON: hebräisch: „Guten Appetit“

CHABAD: Ultraorthodoxe chassidische Frömmigkeitsbewegung, die im 18. Jahrhundert entstand. Chabad missioniert säkulare Juden und tritt gegen jeden territorialen Kompromiß Israels auf.

CHASSIDISMUS: mystisch gestimmte religiöse Erneuerungsbewegung mit Ursprung in Osteuropa

DERI ARJE: charismatischer, ehemaliger Vorsitzende der Schass-Partei.

Deri sitzt derzeit wegen Korruption (natürlich „unschuldig“ und vielbewundert) im Gefängnis.

GEMARA: siehe Talmud

GET: Scheidungsbrief, den nur der Mann übergeben kann (im Reformjudentum obsolet)

GOI (pl. Goyim): ursprünglich biblischer Ausdruck für „Volk“ (besonders das jüdische Volk). Der Ausdruck wird heute vor allem für „Nichtjuden“ verwendet.

GOLDSTEIN BARUCH: Der Arzt Dr. Goldstein ermordete 1994 am Grab Abrahams in Hebron 29 betende Moslems und kam bei dieser „heldenhaften“ Aktion selber ums Leben. Von fanatischen Siedlern wird er seither (offen und ungestraft) als „Held und Märtyrer“ gefeiert.

GUSCH EMUNIM: „Block der Getreuen“. 1974 gegründete extremistische, außerparlamentarische Gruppe in Israel, die sich um die Besiedlung des gesamten Westjordan-Landes bemüht und sich als „Erneuerungsbewegung“ sieht.

HALACHA: gesetzlicher Teil der mündlich überlieferten Thora. Grundlage des gesamten jüdisch-orthodoxen Gesetzeskodex. Auch „der Weg, auf dem der einzelne zu gehen hat“.

HAMAN: der berühmt-berüchtigte Bösewicht und Judenhasser aus der Esther-Rolle

HAREDIM: Ultraorthodoxe diverser Schattierungen. Viele von ihnen (besonders diejenigen, die im Jerusalemer Stadtteil „Mea Schearim“ wohnen) sind antizionistisch eingestellt, verweigern jeden Dienst am Staat (selbst den Zivildienst), akzeptieren aber großzügigerweise staatliche Subventionen für ihre (staatsfeindlichen) Schulen. Die einzig bekannten Lieblingssportarten vieler Haredim sind: das Steinewerfen gegen am Schabbat fahrende Autos, Anzünden von am Schabbat geöffneten Lokalen und körperliche Züchtigung von „Dissidenten“ aus den eigenen Reihen, die es wagten, ein Fernsehgerät zu erwerben. Auch die Teilnahme an Großdemonstrationen gegen den säkularen Staat (und besonders gegen die ihnen verhaßten Richter des Obersten

Gerichtshofes) wird als „Mizwa“ (gottgefällige, gute Tat) angesehen.

So demonstrierten 1999 250000 Haredim (unter Leitung von Rabbiner Ovadia Jossef) gegen die besagten teuflischen säkularen Richter, die es u. a. wagten, einen Erlaß zum Import von Schweinefleisch und zur Anerkennung von Reformkonversionen im Land zu unterzeichnen.

JESCHIWE (pl.: Jeschiwot): Thora-Talmud-Lehranstalt für Kinder und Erwachsene. In diesen vom Staat – aus politischen Gründen – hochsubventionierten Schulen existieren keine verbindlichen Lehrpläne.

Lehrgegenstände wie etwa Geschichte, Hebräisch, Physik oder Staatsbürgerkunde werden dort nicht unterrichtet.

JIDDISCH: die Sprache der Aschkenasim. Eine Mischsprache mit deutschen, aramäischen, hebräischen, romanischen und slawischen Elementen. Bei manchen Orthodoxen noch als Umgangssprache in Gebrauch.

JOSSEF OVADIA: Immer noch sehr einflußreicher, ehemaliger sephardischer Großrabbiner und geistiges Oberhaupt der orthodoxen Schass-Partei. Er sorgt immer wieder mit seinen oft umstrittenen Aussagen für weltweite Aufregung.

KABBALA: mystisch-spekulative Bewegung, die seit dem Mittelalter besteht und in der auch esoterisch-magische Vorstellungen ihren Platz haben.

KACH-PARTEI: 1973 von Rabbiner Meir Kahane gegründete extrem nationalistische religiöse Partei. 1988 vom Obersten Gerichtshof Israels als „rassistisch“ eingestuft und verboten.

KADDISCH: Lobpreisung Gottes; altes aramäisch gesprochenes Gebet am Ende des täglichen und des Festtagsgottesdienstes; ein Gebet, das auch von Trauernden gesprochen wird (obwohl „Tod und Trauer“ darin nicht vorkommen).

KASCHER/KOSCHER: nach den Kaschrutgesetzen einwandfreie Speise, die zum Genuß erlaubt ist. Verbotene Speisen sind u. a.: Schwein, Meeresfrüchte, Blut in jeder Form.

KESCHET: hebräisch „Bogen“ und „Regenbogen“

KIDDUSCH: Segnung des Weines und Brotes (wird vor dem Schabbatmahl und anderen Festlichkeiten gesprochen)

KIPPA: Kopfbedeckung, die entweder ständig oder nur während des Gebets getragen wird. Die Sitte des Kippa-Tragens entwickelte sich erst um das 3. Jahrhundert n. Chr.

KOHEN: urspünglich Priester im Tempel zu Jerusalem. Seit Zerstörung des zweiten Tempels (und nur aufgrund des Namens) gilt ein Kohen als „Abkömmling“ des Priesters Aaron. Im Reformjudentum bedeutungslos.

KOL NIDRE: aramäisch vorgetragenes Eröffnungsgebet am Vorabend des Versöhnungstages

KONSERVATIVES JUDENTUM: nichtorthodoxe Strömung im Judentum. Im allgemeinen traditionsbewußter als das Reformjudentum.

LUBAWITSCHER REBBE: Rabbiner Schneersohn, der schon verstorbene Wunderrabbi der chassidischen *Chabad-Bewegung,* wird von einem Teil seiner Anhängerschaft als der kommende Messias gesehen.

MAKKABIADE: Sportfest, das alle vier Jahre, nach dem Vorbild der olympischen Spiele, in Israel stattfindet.

MANNA: Der biblischen Überlieferung nach (Ex. 16,4) ernährten sich die Israeliten in der Sinai-Wüste vom „Brot, das vom Himmel fiel". Laut Wissenschaft handelt es sich um eine nahrhafte, sirupartige Absonderung von Insekten, die in der Wüste vorkommt.

MAMSER: Kind aus religionsgesetzlich verbotener Ehe. Kann als „Bastard" nur seinesgleichen heiraten (im Reformjudentum obsolet).

MEA SHEARIM: ultraorthodoxes Viertel in Jerusalem, wo die Bewohner (Neture Karta: „Wächter der Stadt") die Lebensweisen des traditionellen osteuropäischen Judentums pflegen. Der säkulare jüdische Staat Israel gilt für sie als „Teufelswerk".

MESSIANISMUS: der Glaube und die Erwartung an das Kommen des Erlösers (das Reformjudentum glaubt nicht an das Kommen einer Person, betet hingegen für ein „messianisches Zeitalter" für die gesamte Menschheit)

MISCHNA: siehe Talmud

MIZWA (Plural: Mizwot): eines von den 613 Gottesgeboten (Gebotserfüllung, Verhaltensmaßregel, auch im Sinne einer guten Tat)

OBERSTER GERICHTSHOF: wacht, ohne sich auf eine Verfassung stützen zu können, über die Grundrechte und Freiheiten im Staat. Viele Gerichtsentscheidungen, welche die religiöse Freiheit und Gleichheit aller Bürger verteidigen, werden von orthodoxen Gruppierungen heftig und bitter attackiert.

ORTHODOXIE: strenggläubige jüdische Richtung; Verbindlichkeit der schriftlichen und mündlichen Thora. Glaubt, daß die gesamte Thora am Berg Sinai Moses übergeben wurde. Innerhalb der Orthodoxie bestehen unterschiedliche Gruppierungen, von moderat orthodox bis hin zur Ultraorthodoxie. Sie sieht sich weltweit als alleinige Vertreterin des Judentums und wird vom Staat Israel auch als solche anerkannt.

RABBINER: Lehrer(in), Seelensorger(in), Prediger(in), Leiter(in) des Gottesdienstes (Rabbinerinnen gibt es allerdings nur im konservativen und liberalen Judentum)

REFORMJUDENTUM: Anfang des 19. Jahrhunderts in Deutschland entstandene Richtung, die das traditionelle Judentum modernisieren wollte. Heute werden die Adjektive „reform", „liberal" und „progressiv" synonym verwendet. Zum nichtorthodox-religiösen Judentum zählt auch das „konservative Judentum". In den USA gehören rund 80 % aller jüdischen Gemeinden dem nichtorthodox-religiösen Judentum an. Im Gegensatz zur Orthodoxie sieht das nichtorthodoxe Judentum die Thora (fünf Bücher Moses) als Menschenwerk (wohl mit göttlichem Ursprung, doch im Verständnis der damaligen Zeit niedergeschriebenen) an, das auf mehrere Autoren (nicht nur auf Moses) zurückgeht. Die Vorstellung einer progressiven (fortwährenden) Offenbarung Gottes an inspirierte Menschen erlaubt auch die theologisch begründete Neuinterpretation von Gesetzen (nach den sozialen und gesellschaftlichen Entwicklungen und Notwendigkeiten jeder Generation), wobei der Ethik ein höherer Stellenwert zukommt als dem Gesetz. Im Reformjudentum (aber auch im konservativen Judentum) sind Frauen den Männern in allen Belangen gleichgestellt. In Israel wird das nichtorthodox-religiöse Judentum, auf Betreiben der Orthodoxie, vom Staat nicht anerkannt und benachteiligt.

SABBATIANISMUS: von Sabbatai Zewi gegründete messianische Bewegung (17. Jahrhundert). Galt im Judentum stets als Irrglaube.

SARID JOSSI: Linkspolitiker, Friedensaktivist und Vorsitzender der Merez-Partei. Feinbild vieler politischer und religiöser Falken.

SCHABBAT: der siebente Wochentag. Ruhetag für Mensch und Tier. Heiligster Festtag im Judentum.

SCHASS: orthodoxe Partei sephardischer Juden. Ihr geistiges Oberhaupt ist Rabbiner Ovadia Jossef, dessen Sprüche und „Weisheiten“ weltweit für Ärger, Verwirrung und Unverständnis sorgen.

SCHAWUOT: Wochenfest; Offenbarungsfest der zehn Gebote und eines von drei Wallfahrtsfesten (Erntedankfest).

SEDERFEST (hebr. „Ordnung“): Feier zur Erinnerung an den Auszug aus Ägypten

SCHEMA: eines der Hauptgebete im Judentum. Das Gebet ist Treueerklärung an Gott und betont zugleich dessen Einzigartigkeit (Unteilbarkeit). Es beinhaltet aber auch das Auf-sich-Nehmen der Mizwot und die Erinnerung an den Auszug aus Ägypten.

SCHOAH: wörtlich „Katastrophe“. Hebräischer Begriff für den Holocaust.

SCHOFAR: Horn eines Widders. Traditionell wird der Schofar im Zusammenhang mit dem Neujahrsfest (Rosch ha-Schana) und dem Versöhnungsfest (Jom ha-Kippurim) geblasen.

SCHULCHAN ARUCH: der „wohlgeordnete Tisch". Für orthodoxe Juden verbindliche Gesetzessammlung ihrer Lebensweise (Verfasser: Josef Karo, 16. Jahrhundert).

SEPHARDIM: Juden, die aus Spanien oder dem Orient stammen. Ihre Gebräuche unterscheiden sich zum Teil beträchtlich von denen der aschkenasischen Juden (die aus Mittel- und Osteuropa stammen).

SUKKA: Laubhütte, die anläßlich von Sukkot (dem Laubhüttenfest) errichtet wird.

SYNAGOGE: Die Synagoge ist mehr als nur ein Haus des Gebets. Sie ist gleichzeitig ein Ort des Lernens (Schule) und ein Versammlungshaus, auch für gesellige Zusammenkünfte.

TALLIT: Gebetsmantel aus einem viereckigen Stück Stoff mit Quasten (Zizit)

TALMUD: wörtlich „Studium", „Lehre". Ca. im 5. Jahrhundert n. Chr. beendete, aus Gemara und Mischna bestehende „Enzyklopädie des Lehrgutes"; Hauptwerk des rabbinischen Judentums.

TEFILLIN: Gebetsriemen, an denen eine Lederkapsel befestigt ist. In ihr befindet sich ein Pergamentstreifen mit Thora-Mahnungen.

TESCHUWA: „Geistige Umkehr", „Buße". Die Teschuwa des Menschen gilt auch als Beitrag jedes einzelnen zur Einleitung der messianischen Zeit.

THORA: die fünf Bücher Mose (Genesis, Exodus, Leviticus, Numeri, Deuteronomium). Von Christen auch als „Altes Testament" oder „Erstes Testament" bezeichnet.

ZION: Ursprünglich die Bezeichnung für einen Jerusalemer Hügel, später Synonym für Jerusalem und das gesamte Heilige Land.